荒巻義雄

Yoshio Aramaki

高天原黄金伝説の謎

神武東征『アレクサンドロス東征』・『出エジプト記』相似説の真偽

LEGENDARY MYSTERY OF TAKAMAGAHARA

小鳥遊書房

【日本超古代伝奇ロマン　書き下ろし】

高天原黄金伝説の謎

——神武東征『アレクサンドロス東征』・『出エジプト記』相似説の真偽——

荒巻義雄

古事記神話をデジタル思考で読解し、
アナログ感覚で体験するとき、
わがご先祖様が暮らしていた神代は、
質感を以て立ち現れる。
これをクオリア（qualia／感覚質）という。

目次

第一部　古事記殺人事件

第二部　神武東征の謎

第一部　古事記殺人事件

第一章　水母《くらげ》なす漂《ただよ》へる時に

1

——ヤマトタケシ
と、何者かが呼んだ。

——山門武史《やまとたけし》
と、だれかに呼ばれた。

——お前はだれだ？

——ちゃかぽこ
——お前はだれだ？

——ちゃかぽこ
あたりが騒がしい……

幼いころ、母に連れられて行った祭りの夜店の賑わいのようでもある。

——ちゃかぽこ
夢の中に目覚めたおれ自身に気付く……

夢の場所ははっきりとはしないが、天岩戸《あまのいはと》の前らしい。

だが、子供のころ、毎日のように遊んだ色内《いろない》の採石場のような気もした。

しかし、肝心の天宇受売命《あめのうづめのみこと》の姿はなく、まして岩戸に身を隠したのがだれかもわからないが、もしかすると諏佐世理恵《すさよりえ》議員かもしれない。むろん、夢だから脈絡などあろうはずもないのだが……

（もしかすると片思いの須佐之男命《すさのをのみこと》につけ回され、身の危険を感じた天照大神《あまてらすおほみかみ》が身を隠したケースじゃないだろうか）

などと、夢の中でしきりと考えている自分がいるのだが、こんな夢をみるのは、昨年の暮れごろから、改めて『古事記』の再読を行っているからだろう。

きっかけはなくはないのだった。昨年の暮れ近く、議事堂前で諏佐議員が暴漢に襲われるという事件があったからである。幸い、逃げようとして転んだ際、手首を痛めただけで済んだが、犯人はまだ不明だ。新聞各紙が勝手な憶測で書いているが、男女平等の権利に関する法案に反対する団体だろうと言うのだ。

だが、おれの勘では、例のハタレ一味の企みかもしれない。なぜなら、この世界は古事記的世界観が色濃く反映しているからで、もしかすると神話的殺人とか、はなはだ曖昧模糊《あいまいもこ》としているが、なにか重大事件が起きるかもしれないぞ——と、例の嫗《おみな》イワナガ様が教えてくれたのはたしかだが……だが、とりとめなく考えながら、どうやらおれが育った東京下町の家を探しているのになかなか行きつけないというか、しきりに焦っているというか、もやもやしている自分が……


目が……そこで覚めた。

それにしても不可解な夢だ。

頭がはっきりするにつれて、〈古事記殺人〉という言葉が記憶されていた。

実際、『古事記』の神話の件《くだり》には、ちょっとばかり唐突《とうとつ》な殺人事件も記されているのである。

——そこで、ふたたび我に還った。

身体が冷え切っていたのに気付いて、おれが目覚めたのは昭和二六年、西暦なら一九五一年である。

そのとき、古びた柱時計が「ぼろーん」と四回、午前四時を打った。

冷気が綿入れの丹前《たんぜん》を羽織った全身を走る。まるで、物怪《もののけ》でもいるようである。気がつくと、海側の窓の隙間から粉雪とともに寒風が吹き込んでいた。

昨年同様、今年も初日の出は拝めそうもない。日本海は荒れているらしい。防波堤の外の海鳴りが、おれの耳にも届く。

対岸世界で、わけもわからぬまま捕虜となり、過酷な労働を強いられ、異国の地で命を落とした仲間たちの怒りの声だと、おれには感じられる元日の嵐だ。

気がつく……炬燵《こたつ》の火が消えかけていた。

布団を捲り上げて灰をかき分けると、まだ熾火《おきび》が残っている。

急いで、炭を継ぎ足す。

部屋は散らかったままだ。

空になった一升瓶たち。コップや丼や皿たち。

昨夜のドンチャン騒ぎの跡が残っている。

ここは、おれの下宿先、旅籠竜宮《はたごりゅうぐう》の帳場《ちょうば》である。

女主人、キヨさんは、暮れから恒例の湯治で留守であった。

行き先は函館本線倶知安《くっちゃん》の先、昆布《こんぶ》温泉である。

留守番の報酬は、朝飯付き部屋代のひと月分だ。ありがたいのは無論だが、今年のおれの懐は実は暖かいのだ。

他人の不幸に便乗しているようで気が引けるけれど、朝鮮動乱はおれにとっても特需となった。日本全国どこもだが、アメリカさんからの発注が大幅に増えているのだ。

芸は身を援けるとはよく言ったものだ。探偵稼業はさっぱりだが、副業の語学力のおかげて、小樽湊のいろんな企業から、契約書やら注文書、仕様書など、英文書類の翻訳を頼まれるのである。

昭和二四年の暮れは一〇〇パーセントの金欠で惨めであったが、二五年の暮れはつい気が大きくなり、住み込みで働いている仲居《なかい》のおばさんたちを招いて、忘年会を主催したのだ。

改めて知ったが、彼女たちは、全員、戦争未亡人であり、幼い子供らの母親でもある。

それぞれが正月料理を持ち寄り、おれは地元の手《て》宮《みや》酒造の若旦那から地酒の〈手宮《てみや》〉数本を入手した。

加えて、元黒人兵のエルビスに頼み、米軍のチョコレートやチューインガム、さらに暗緑色の大きなパイナップル缶を分けてもらった。

むろん、彼も招待した。親友だからだ。昨年の暮れ、エルビスは除隊したが、シカゴへ帰国せずにそのまま小樽湊に住み着くことになったのだ。

コックの腕を生かし、カレーライス専門店を開きたいと言うのである。

おれも賛成して、あれこれ相談に乗っているところなのだ。

半刻も立たぬうちに忘年会は、おばさんたちの解放区となった。

さながら、神代の神々の酒宴のごとしである。おばさんらが交互に歌うのは、たとえば、

鰊来たかと鴫に問えば
わたしゃ発つ鳥　波に聞け

などの民謡ばかりである。

おれは思うのだった。

（天岩戸の前で行われた神々の酒宴も、こんなふうだったにちがいない）と。

なかには、胸乳ばかりか、番登《ほと》まで露わに、神懸かりして踊り狂う天宇受賣命《あめのうづめのみこと》を髣髴《ほうふつ》とさせる飯炊きのサキ婆さんの臍《へそ》出しダンスまで飛び出す有様。一方、漆黒のエルビスは、夷神《えびす》である。

外の世界から、様々なお土産を持ってきてくれる福の神なのだ。

エルビスのやつ、年増《としま》の大和撫子《やまとなでしこ》に囲まれて、満面の笑み。

おれはふと思うのだった。

ハレとケガレである。

この対語が、あらゆる祭礼の基本原理である。

悪霊を祓い、禊ぎを行い、結界を設け、呪文を唱えて悪霊の侵入を防ぎ、降臨した神々と酒宴を催して交歓する。これが祭事の原理である。

そう考えると、元黒人兵とおばさんらが歌って踊る大晦日の酒宴が、神話の世界のように思えてならないのだった。

今度の戦争だってそうだ。昭和一六年一二月八日の大本営発表、真珠湾奇襲攻撃成功のニュースからして、少なくとも翌一七年、翌々一八年までの連戦連勝のときまでは、日本一億総国民がハレ気分だったのだ。それが一九年から敗色となり、ついに一億総玉砕を覚悟する瀬戸際まで追いつめられたのである。

（いったい全体、あの戦争は何だったのだ）

と、呟きながら、おれは、我々日本人の心を未だに支配している〈神話的無意識〉について考えているのだった。

なぜなら、あの戦争は、見た目には戦艦大和だの零戦だのと近代戦争であったかもしれないが、戦争に参加したほとんどの国民の精神状態は、たとえば、〝撃ちてしやまむ〟など、どう考えたってあれは、神話的な心理状態で戦った戦争だったのである……。

2

――などと、とりとめなく思考を垂れ流しながら、喉が渇いたので燗冷《かんざ》ましの酒を飲《や》っていると、キヨさんの孫娘が帳場に顔を出した。

高校生である。

「今夜も徹夜かい。受験、頑張るね」

と、声をかけたおれ。

白兎志子《つくもとしこ》と言い、キヨさんに頼まれて、おれは、英語の家庭教師をしているのだ。

「願書、出した?」

と、訊ねると、

「はい」

彼女は、この春、小樽湊商科大学を受験するのだ。

「最後の追い込みだね。頑張れよ」

「はい」

林檎のように赤い両頬に笑窪《えくぼ》が浮かんだ。

「余市《よいち》の知り合いからもらった林檎があるよ」

と、言って差し出すと、

「ありがとう」

と言って、おかっぱ頭を下げた。

英語を教える代わりに、おれは、高校ではスキー部の彼女から、歩くスキーを習っているのだ。

小樽湊はスキーのメッカだ。坂の街だからだ。市中のどこでも子供らのゲレンデだ。幼児用のスキー板に板を打ち付けた手製の橇《そり》で、子供らが遊んでいるし、近くの手宮公園には子供たちが作ったジャンプ台まである。

「受験準備は順調?」

と、訊くと、

「ええ」

「そう言えば、新聞で見たけど、昨年暮れの天狗山《てんぐやま》シャンツェの全道高校ジャンプ大会で、君のスキー部が優勝したんだね」

「ええ」

「一度、どんなものか見てみたいな」

と、言うと、

「ええ。受験が終わったら案内しますけど」

と、応じた。

「そのときはよろしく」

わが国のスキーは、オーストリア＝ハンガリー帝国の軍人、テオドール・エードラー・フォン・レルヒ少佐が、新潟県の高田師団で指導をしたのを以て、嚆矢とするらしい。

「たしか、その翌年だったと思いますが、小樽湊高商の校長になる苫米地英俊《とまべちひでとし》というかたが高田からスキー三台を持ち帰って滑ったのが小樽湊のはじまりなんですって」

「さすが小樽湊っ子だ。よく覚えているね」

と、褒めると、

「口頭試問で聴かれるかもしれないので、一応、校史を調べたんです」

なお、ジャンプ台の建設は昭和二年だという。

「まさか、君は女子だから、飛んだことないよね」

と、言うと、

「あたし、ありますよ」

「すごいな」

本気で驚くと、

「あそこは小樽湊の市街地に、いいえ、港の中に向かって飛行するような感覚になるんですよ」

と、教えてくれた。

「探偵さんもぜひ」

と、言うので、

「いや。やめとく」

と、手を顔の前で振って笑うと、

「あのう、スキーは英語では ski ですけど、日本語の使い方とちがうんですか」

「いい質問だ。英語のスキーは道具のことだから、たとえば、スキーを脱ぐと言うときは、複数扱いだよ。ははッ、試験に出てまちがえると二点減点になる」

「あの、動詞にもなるんですか」

と、重ねてきかれたので、

「そう。じゃあ、〝私はスキーでスロープを滑り降りた〟を英訳したら、どうなる？」

「I skied down the slop. ですか」

「うん。合格」

「じゃ」

兎志子は、笑窪《えくぼ》を見せて踵を返し、おれは、階段を駆け上る兎志子の足音を聞く。

脳裏に、おれは、彼女の白いふくらはぎを思い浮かべながら、猩紅熱《しょうこうねつ》で亡くなった妹のことを思いだした。

おれには、二歳で死んだ一つ下の妹がいたのだ。なぜかわからないが、あのシベリアでの抑留生活中、よく夢に顕れた妹。妹はおれのなかに記憶された存在として生きつづけているのだ……


と、また我に還っているおれは、読みかけの本のページを開く。

椎名麟三《しいなりんぞう》『深夜の酒宴』。

椎名は野間宏《のまひろし》、梅崎春生《うめざきはるお》らと並ぶ戦後派作家だ。

実は、去年の夏に書いたおれの処女作『凍土の墓標』が、ついに出版されたのだ。版元はむろん、児屋勇《こやねいさむ》の解放出版社だが、初版千部で原稿料なしである。

むろん、自分の未熟さに気付いているので、椎名麟三を一読者としてでなく、作家の目で読み直してみると、自分の文学修業の足りなさがよくわかるのである。


たとえば、冒頭の一頁で語られるアパートの雨音と下水の音の描写は、単に主人公である「ぼく」の貧乏を述べているのではない。湿気や臭いなど五感を感じさせるだけでなく、主人公の心理状態まで活写しているのだ。

おれなどは素直に、

(これこそ、実存主義的リアリズムだ!)

などと呟いてしまう……。

3

それから、

(今年こそは寝だめしてやるぞ)

と、心に決めていた寝正月というものをやって昭和二六年一月五日(金)の朝、地元紙北門タイムスの一面、国連軍ソウル撤退完了の記事に目を通していると、帳場の卓上電話が鳴った。中女卯女子《さるめうめこ》からである。

「やあ、おめでとう」

と、言うと、

「正月は何していたの？」

「待望の寝正月さ」

「聞いたわよ、大晦日の忘年会パーティ」

「ああ、戦争未亡人のための慰労会のつもりでね」

「議員宿舎まで聞こえたわ。盛大だったようね」

「卯女子さんはいなかったけど、さしずめ天岩戸の解放区さ。飯炊きのサキ婆さんが、神懸《かむがか》りしてさ」

と、冗談で返すと、

「まあ、羨ましい。あたしは、世理恵先生のお供で暮れから東京よ。お隣の国があんなでしょう、取材やら講演会やらで忙しくって、昨夜、おそく帰ってきたの」

「東奔西走か。偉いな」

と、言うと、

「お願いがあるの」

「なに？」

「車であたしと月夜見《つきよみ》夫人を、アカシア市まで送って欲しいの」

どうやら、昨日からのドカ雪で国鉄が止まっているらしい。

「婦人人権同盟北海道支部の新年会があるのよ、今夜」

「わかった」

おれは二つ返事で引き受けた。

車というのは、昨年、近く車検を受けて、そのまま整備工場に預けてある例のT型フォードである。

帳場の番を受験生の兎志子に頼む。

朝飯もそこそこに、昨年から整備に出している色《い》内《ろ》町《ない》の西塔《さいとう》自動車整備工場に出かけて、車を受け取る。

「ラジエーターは不凍液に交換しておいた。ワイパーも冬用にね」

「助かります」

おれは礼を言った。

「山門さんは、冬道の運転に慣れていないんじゃないの」

と、西塔社長から、改めて冬期運転のコツを伝授された。

圧雪面でのブレーキの踏みかた。夜間駐車時には凍結防止のため、ワイパーをフロントのガラス面から離すこと。後部タイヤにつけるチェーンの装着法。ぬかった際のサイドブレーキとセカンド・ギア発進のやりかたなどを習ってから出発、銀行通りの諏佐世理恵事務所で卯女子を拾い、月夜見《つきよみ》邸経由で国道へ出た。

だが、国道の除雪も満足とは言えない。ところどころで、道路脇の雪山へ突っ込んだ車を見かける。深いわだちができているので、ハンドルが効かない。ブレーキも効かない。

おれは緊張の連続である。

夏道の二倍も掛かって、ようやくアカシア市に入る。

深い雪に後輪がはまり、脱出できなくなったダットサンを、人々が押して手伝う光景も見かける。


午後五時、諏佐世理恵後援会の新年交礼会は、駅前通りの北海グランドホテルで開かれた。おれも後援会会員なので会費を納めて参加、卯女子が紹介してくれた幾人かと名刺を交わす。これも営業活動である。おかげで、新たに英文契約書の翻訳と作成を頼まれた。

パーティは、アメリカさんに倣ったのか立食形式である。

おれの耳にも届いてくるもっぱらの話題は、朝鮮戦争である。いったんは、半島南端の釜山橋頭堡《プサンきょうとうほ》まで追いつめられたが、マッカーサー司令官が仁川《インチョン》上陸を成功させると形勢は逆転、北朝鮮軍を北部国境附近まで追いつめた。だが、突如、中共義勇軍が参戦して押し戻され、首都ソウルが再占領されたのだ。

人々のひそひそ話は、

「もしかすると、第三次世界大戦になるのではないか」

「原子爆弾を使うだろうか」

「マッカーサーの考えはどうなんだろう」

などである。

ともあれ、(もう戦争はうんざりだ)と考えながら、列席者の顔ぶれを観察していると、気になる男がいた。痩せ形筋肉質、長身の四〇代である。目付きが鋭い男の視線の先では、諏佐世理恵議員と月夜見月《つき》江《え》夫人が話している……。

（探偵なら選挙区でライバルになる側からのスパイかもしれない）

と、思ったおれが、近付いて話かけようとしていると、中女卯女子が会員の一人を連れきて紹介した。

「このかた御毛沼神子《みけぬしんこ》さんとおっしゃるの。途中、車の中でエルビスさんがレストランを出したいらしいと話していたでしょう。それでね、御毛沼さんが銀行通りで何十年もやってこられた仏蘭西亭《フランス》をやめられるんですって。ですから……」

「山門です。去年の参院選のときお会いしましたし、たしか、ハヤシライスが看板メニューの洋食店でしたっけ。何度か食事に行きましたよ」

と、挨拶すると、

「あなたと卯女子さんが保証人になってくださるなら、居抜きのままお譲りしますわ」

と、即決で言ってくれた。

建物は大正時代の倉庫を改修した軟石造りで、二五坪。しかも〈此の世界〉のルールで無償で譲渡してくれるというのだ。

「昭和の初めに、主人と一緒に始めた洋食屋ですが、昨年、あちらの世界へ旅立ちましたの。あたくしも、そろそろ夫の元へ旅立とうと思っておりますので、継続して使っていただけるなら願ったりかなったりですわ」

と、話は、嘘みたいにとんとん拍子で決まる。

会場の顔ぶれは豪華である。小樽湊政財界にも後援者の顔がいるらしい。つい、職業の癖で、出席者の顔を記憶しながらおれは、会場に流れているのが琴の演奏だったと気付く。会場正面左隅が畳敷きの設えで、振り袖姿のどこかの令嬢が琴を弾いていたのだ。

その隣も畳敷きで茶の湯が振る舞われていた。時間つぶしにおれも靴を脱いであがる。

驚いたことに、お点前《てまえ》が侘び茶とちがうようだ。品のいい老婦人が点《た》てた抹茶を神社の巫女の赤と白の衣裳を着けた二十代半ばと思われる女性が運んできて、おれの前で奇妙な所作《しょさ》をしてから、

「どうぞ」

と、差し出す。

緑の液体を飲みほすと、志野らしい歪んだ茶碗《ちゃわん》の

底に、お神籤《みくじ》のような金色の札が沈んでいる。

「これは？」

と、訊ねると、

「お客様に差し上げる護符でございます」

と、教えてくれた。

懐紙に包んで財布にしまったとき、おれは強い視線を感じた。目を上げると茶を点てた老婦人である。かすかに笑っていた。おれは瞳の吸引力に吸い込まれそうな気がした。

（あなたはイワナガ様のお子様？）

と、テレパシーで聴かれたような気がした。

おれは相手に向かってうなずく。

相手もうなずく。

「宜しくね」

と、言われた。

「はい」

と、答えたものの、おれには、その意味がわからない……

4

七時――パーティが終わった。

おれは、創成川《そうせい》と狸小路《たぬきこうじ》が交差するあたりにある後援会事務所の車庫に、T型フォードを入れる。

これでお役御免と思ったが、依然、国鉄が不通のままだ。

（ひと晩、どうしようか）

（駅の待合室で過ごそうか。終夜営業の映画館で朝まで待とうか）

と、考えていると、

「狭いけど、事務所の宿直室に泊まれるわ」

と、卯女子が教えた。

「そりゃ、ありがたい」

「相談したいことがあるの」

「なんだい？」

「諏佐先生のこと」

「議事堂前で暴漢に襲われたそうだね」

「ええ。そのこと」

「国会議員なら、警察が警護してくれるんじゃないの」

と言うと、

「それがね、逃げようとして転んだぐらいではだめなの。民間の警備会社に頼んで、ボディーガードをつけてもらうしかないみたい。武史さんにいい考えがないかしら?」

「それなら鍛冶村組《かじむら》だ。組長の鉄平さんなら世理恵先生のファンだしね。あそこなら威勢のいいのが揃っているよ」

と、教えると、

「じゃあ、頼んでみて」

「そうしよう」

うなずいてから質《ただ》した。「犯人の目星はついているのかい?」

彼女は無言で首を横に振った。

「でも、考えられるのは、先生が進めている賃金男女平等法じゃないかしら」

「それって新聞社の説だろう」

「じゃ、ちがうの?」

「諏佐家は須佐之男命の裔《えい》だろう?」

「ええ。でも、それが?」

卯女子は首を傾げる。

「もしかすると〈古事記殺人〉に発展するんじゃないかと思ってね」

「まさか」

だが、卯女子は何かに気付いたようだ。

「もし、そうなら大事にならないといいけど」

気がつくと天候が急変したらしい。吹雪は激しく窓を叩く。

卯女子がカーテンを開け、外を見る。

「いやだわ。こんなじゃ、アパートに帰れないわ」

視界を遮る濃密な粉雪の乱舞だ。

外気温は、マイナス一〇度くらいかもしれない。

除雪車は稼働していない。街灯にも雪が張り付いていた。

「あたしも、今夜、ここに泊まるわね、いいでしょう」

おれは彼女の瞳が潤んでいるのに気付く。

彼女が市内に借りているのは、中島公園の南端に近いアパートである。最近は後援会の仕事が忙しいので、彼女はアカシア市にもねぐらを確保しているのだ。

入居のときに手伝ったから知っているのだが、小綺麗ないい部屋だった。

今、彼女は羽ばたこうとしているのだ。例の小樽湊市会議員立候補の話も決まった。まちがいなく当選するにちがいない。

(そのうち、近寄りがたい社会的地位を獲得するかもしれない)

と、思っているおれの前で、卯女子は一組しかない布団を敷きはじめた。

先に潜り込んだのはおれのほうだ。布団は冷たかった。

台所で、化粧を落としおえた卯女子は、スリップだけの姿になり、当然のように傍らに潜り込んできた。

「温かくて幸せ」

と、言いながらおれにしがみついてきた。

「湯たんぽの代用品だね、おれは」

「ええ、そう。暖房のない部屋に一人で帰り、冷たい布団に潜り込むときが一番、独身女が寂しいと感じるときなのよ」

おれは彼女に答えず、無言で天井を見詰めていた。

「何を考えているの?」

と、訊かれたから答えた。

「吹雪の夜には、シベリアの夜を思い出してしまう、どうしてもね」

おれは、頭の片隅で、これから書き始める予定の第二作の書き出しシーンを考えているのだった。

すると、

「実はね、中島公園って、深夜、兵隊さんの幽霊が出るのよ」

「その噂は聞いたことがあるけど」

と、応じると、

「アリューシャン列島のアッツ島からの帰還兵たちよ」

「ええ」

「あの玉砕した?」

「たしか、山崎陸軍大佐が打電した最後の電文は、昭和一八年五月二九日だった」

「ええ。でね、アッツ島へ行く前に一部の部隊が、公園内の敷地にバラックの兵舎を建てて駐留していたのよ」

「ふーん」

おれはうなずく。

「ぼろぼろになった軍旗を先頭にね、ざくざくと砂利道を踏む行進の足音がしたかと思うと、真っ暗なバラックの兵舎のなかで、がやがやと大勢の声が聞こえるのよ」

「じゃ、あの話は単なる噂じゃないんだ……」

「あたしも、深夜、何度も聴いたし、一度は軍旗を先頭にここに戻ってきた行進を見たのよ」

「すごいな」

おれとしては、そうとしか答えられなかった。

「すぐ傍に護国神社があるせいかしら」

「だろうね」

「武史さんも知っているとおり、〈此の世界〉は〈中間の世界〉だから、幽霊が実体化しているんだわ、きっと」

「かもしれないね」

おれは否定しない。

現に、しょっちゅう、おれも、この港街で、シベリアの土に埋まっているはずの戦友らと会っているのだ。

5

翌朝、目覚めたのは八時すぎだ。

卯女子は起きていた。

布団の中で腹這いになって煙草を吸う。

ベニヤ板がそのままの壁の日めくりは一月六日、印刷の色は土曜日の青である。

窓を見る。吹雪は止んだようだ。

「あら、お目覚め」

年上の女性は、昨夜とは別の女に戻っていた。

「ここでは、ちゃんとしたお料理はできないけど、お雑煮ならできるわ」

意外と彼女は家庭的である。

出された雑煮は醤油味で、板蒲鉾《いたかまぼこ》と乾燥葱《ねぎ》が入っていた。

ラジオから流れる松島詩子《まつしまうたこ》の「上海の花売り娘」、近江俊郎《おうみとしろう》の「湯の町エレジー」を聴きながら食べ終わると、彼女は諏佐議員が泊まっている北海グランドホテルへ出かけ、おれは映画を観る前に、紫烟荘《しえんそう》という名の喫茶店に寄る。

噂だと地元文化人のたまり場らしい。窓辺の席に座り、外との温度差で曇ったガラス越しに駅前通りを眺める。小樽湊とちがうところは市電が走っていることだ。運良く、ささら電車が線路の雪を跳ねとばしながら走る光景を目撃した。

通りの向かい側で除雪をしているのは、失業対策事業で傭われた人々だろう。おれの席の傍らではルパシカにレーニン帽の中年の男が二人、北鮮・中共連合軍がソウルを再占領したらしいという話をしているのが聞こえてきた。

おれは、タンポポ・コーヒーではない本物のコーヒーをゆっくり堪能して時間を潰す。滞留するコーヒーの香と店内の湿度に精神を委ねながら、かつてロシア文学を何冊か読んだ印象、暗さと湿り気のことを考えていた。そのとき、おれはジョイス流の〈意識の流れ〉に浸っていたのだろうか。一方では一夜を過ごした彼女の湿り気のことを考えているのだった。

それから、狸小路の外れにある帝国座で、イタリア映画の『自転車泥棒』を観る。ネオリアリズムの傑作という話題作である。イタリアもわが国と同じ敗戦国だが、日本の映画人とは本質的にちがう迫力をおれは感じる。

観おわってから駅前通りへ戻る。雪がまだ道路のあちこちに山積となり、市電と馬橇《ばそり》が仲よく走っていた。

駅の待合室で二時間ほど待って、小樽湊行きに乗る。銭函《ぜにばこ》を過ぎると右手に日本海が広がるが、不機嫌そうに黒々と荒れていた。列車は南小樽湊を経て市街地へ入る。左右の家々や擁壁は吐き出す列車の煙で真っ黒である。

午後四時すぎ到着。街ははやばやと暮れ始めていた。

駅の売店で見かけた小樽湊新報の見出しが気に

なって一部、買った。

一面に大きく、

天狗山山荘の惨劇

毒殺死体の心臓に五寸釘！

恨みの犯行か！


と、ある。

高名な茶道家が、昨夜、惨殺されたらしい。

だが、事件の詳細までは書かれていなかった。

多分、人心の不安を煽るという理由で、ＧＨＱの検閲が介入したにちがいない。


その翌日は、松の内最後の七日。日曜日である。

早速、エルビスを伴い、銀行通りの仏蘭西《フランス》亭へ行き、御毛沼《みけぬ》未亡人と引き合わせると、明日からでもいいと二つ返事である。

厨房と客席を見て、

「ベリベリ、ワンダフル。エルビス、気に入ったので、このまま使わせてもらうよ。設備投資のマネー要らないから、エルビス、とてもたすかる。サンキュウ・マダム」

彼の底抜けに明るい人柄が、御毛沼未亡人も気に入ったようだ。

エルビスは上機嫌で、明日からでも開店準備にかかると張り切っていた。


——同日、午後、鍛冶村鉄平から新年会の誘いを受ける。

今年は、覚えたてのスキーを履き、除雪されていない車道を進む。長靴履きの徒歩よりずっと楽だ。

鍛冶村組の事務所前はきれいに除雪され、大きな対の門松がおれを迎える。

半纏《はんてん》姿の若いもんが数人、来客を出迎える。おれはスキーを預け、事務所奥の組長室へ行き、鍛冶村に例の護衛の件を話した。

すると、

「昨日のうちに世理恵さんから、直接、電話をもらった。今まではうちの職業のこともあるんで控えていたが、そういうことならと喜んで引き受けたよ」

　と、破顔しながら、「道内に関しては、おれの責任で議員を護衛するつもりだ。早速、小頭《こがしら》の権堂《ごんどう》を隊長にしてチームを作った。服装もな、鳶職《とびしょく》の格好じゃなんだから、大国屋《だいこくや》の呉服部を呼んで寸法取りをさせ、背広の上下、ワイシャツにネクタイも揃えさせることにしたよ」

　など、驚くほどの張り切りようである。

　それから、昨年同様、今年も大広間の上座寄りに座り、型どおりの挨拶と乾杯につづき、海の幸、山の幸の供応にあずかる。豪華である。特に海の幸は料理するのではなく、食材をそのまま食べるのが小樽湊の流儀らしい。メインが大きなタラバ蟹だ。しばらく、宴席は静まりかえる。おれもだ。鮮紅色の殻から外した太い蟹足を、ひたすらただ黙々と口に運ぶ。

　三〇分ほど沈黙の宴がつづいたろうか、ふたたび、ざわめきが戻る。

　気がつくと、隣の席は、昨年、知り合った小樽湊警察の刑事が坐っていた。間土部海人《まどべかいと》である。

「やあ」

　おれは口を拭った。

　すると、

「山門さん、実は、昨日の朝刊で報道されたのでご存じでしょうが、卯女子さんに『あなたに、一度、相談してみたら』と助言されて……」

　と、話しかけてきた。

「卯女子さんからおれを……ですか？」

　と、ちょっと怪訝《けげん》に思って訊き返すと、

「彼女、諏佐世理恵議員のことで署に来られたのです」

「ああ、東京で起きた傷害事件の件ですか。幸い軽症で済んだそうですが、もしかすると、天狗山の麓で起きた例の殺人事件と関係があるかもしれないと、おれも思っていました」

「ええ、卯女子さんも同じことを……実は、卯女子さんの話をうかがっているうちに、初めて知ったのですが、彼女の兄上と自分は戦友でしてね……」

「中女春彦《さるめはるひこ》君ですか」

　と、おれは昨年の記憶をたぐり寄せる。

「そうです」

「奇遇だなあ、彼は旧制高校時代の友人ですよ。すでに、あちらへ逝かれたと聞いておりますが」

「自分はサイパンで一緒でした。しかも自分は鹿児島出身ですが、亡くなった母親は伊勢の出身で猿田姓だったのです」

「じゃ、遠い昔には、卯女子さんと縁戚だったかもしれないですね」

「ま、そんなわけで、卯女子さんの説にも耳を傾ける気になったのです。それで、ここだけの話にしてもらいたいのですが、いいですか」

「口は堅いつもりです」

と、うなずき、「新聞記事でしか知りませんが、殺害されたのは著名な茶道家だそうですね」

「はい。すでに犯人の目星はついているのです。裏をとり次第、引っぱるつもりでいますが、ちょっと前例にない事件でしてね、山門さんのお知恵を借りたいのです」

「いいんですか。おれは部外者ですよ」

と、言うと、

「ですから、内々でお願いできませんか」

「別にかまいませんが」

「じゃ。近々、日を改めて連絡をいれます」

と、言い置いて、間土部刑事は銚子を持って席を立ち、鍛冶村鉄平の席へ去る。

——一方、上座側の隣は案山子《かかし》書房の少名史彦《すくなふみひこ》である。

間土部刑事との会話を聴いていたらしく、

「例の事件ですか。聞こえてくる噂では、難事件らしいですよ」

と、囁く。

「そうですか」

「ああ、そうそう、暮れにサイン本をいただいたお礼をしなくっちゃあと、思いながらつい多忙で」

と、頭を下げる。「『凍土の墓標』を読ませていただきました」

「お恥ずかしい。まだまだ未熟です」

おれは言った。

すると、

「お悩みなのは、レトリックですか」

と、訊かれた。

「ええ。まあ」

「山門さんは、最近、『古事記』に凝っているそうですね」

「だれに聞きました?」

「秦子《しんこ》さんです」

つづけて、「山門さん、秦子さんが岩戸家《いわとや》の休日を利用して開催している読書会で、講師をされておられるとか」

「ええ。岩戸家文学サークルですが……分不相応で」

と、首を竦めると、

「次回は、大岡昇平《おおおかしょうへい》の『武蔵野夫人』だそうですね」

「ええ。先の『俘虜記』から一転して、『武蔵野夫人』はプルーストの影響を受けていると思います」

「なるほど」

と、うなずいたが、

「山門さん、『古事記』は、レトリックの塊だと思いませんか」

と、つづける。

問われたおれは、一瞬、戸惑いつつ、

「たとえば……」

と、促すと、

「たとえば、第一章一節の「天地のはじめ」です」

「……」

少名は、澄んだ声で、

「〝次に國稚《わか》く、浮かべる脂《あぶら》の如くして水母《くらげ》なす漂《ただよ》へる時に〟ですが」

ひと息ついて、「〝水母なす〟は〝水母のように〟ですから、まさに直喩《ちょくゆ》です」

「なるほど」

おれはうなずき、「じゃ、〝浮かべる脂の如く〟もシミリですね」

すると、お酌で席を回っていた秦子が、

「お二人しておもしろそうなお話……山門さん、シミリってなーに?」

「レトリックの一つで直喩のことです」

「そのレトリックって、なあーに?」

と、好奇心、丸出しである。

「比喩のことです」

おれは応じた。

「わかりやすく説明して」

と、秦子に言われて、説明するはめになった。

昔、外語大にいたころ習った知識だが、直喩(simile)の他に、隠喩《メタファー》(metaphor)、換喩《メトニミー》(metonymy)、提喩《シネクドキ》(synecdoche)など、いろいろあるのだ。

「秦子さん、〝ナニナニのようだ〟、たとえば、〝乙姫さんのような秦子さん〟のような言い方が直喩《ちょくゆ》です」

「あら?」

と、言って、彼女はちょっと怪しい眼をして、

「じゃ、大根足は?」

「〝大根のような足〟なら直喩ですが、大根足と言い切った場合は隠喩《いんゆ》になります」

「どうして?」

「足を大根に見立てているからです。たとえば、月見蕎麦は、お蕎麦の上に載せた卵の黄身を月に、雲のように広がった白身の姿がお月さんのようだからです」

「ま、わかりやすい」

「じゃ、油揚げの載った狐蕎麦は?」

「?」

「狐の肉が入っていなくても、客は文句を言わない」

「ええ」

「油揚げの色が狐の色だからです。つまり、狐がもっている様々な属性のごく一部だけをとって、その類似性でするたとえが換喩《かんゆ》なんです」

「おもしろいわ」

秦子は何度もうなずく。

「じゃ、親子丼は?」

と、訊くと、

「えッ?」

「ご飯の上に鶏肉と卵が載っているでしょう。つまり、親子の関係です」

「ですね」

「でも、親子は人間の親子もいるし、他の動物の親子もいる。つまり親子は類で、その下に人間や動物やいろんな下位概念の種がある。つまり、鶏肉と

卵の関係は下位概念なのに上位概念の親子で喩えているわけで、これが提喩《ていゆ》です」

おれはつづけた。「では焼き鳥は?」

「さあ?」

「鶏の肉であるのに、肉全体を代弁させているから、やはり提喩です」

など、話が長くなったが、少名がおれを遮る。

「山門さんの話を聴きながら、今、思いつきましたが、天照大神《あまてらすおほみかみ》という神名は太陽神信仰から来ていると思いますが、隠喩表現ですか」

「とも言えますが」

おれは少し考えてから応じた。「天照は光です。光は、太陽自身がもつ多くの属性の一つですから、換喩じゃないでしょうか」

その瞬間、ふと、おれは気付いた。

「少名さん。太陽そのものを信仰した古代エジプト神官団のアモンラー信仰に異を唱えたのが、一神教のイクナートンでした」

「なるほど、彼のアトン信仰は太陽そのものではなく、太陽の光の信仰とも理解できるわけですね」

「もしかすると、わが国とエジプトに関連があるかも」

と、おれ。

「あえて否定はしません。なぜなら、ぼくは古事記神話と旧約聖書の関連さえ考えているくらいですから」

「まさか」

と、おれ。

「冗談で言っているとお思いなら、ぼくは否定します」

と、少名は笑いながら言うと小首を傾げ、「一方、対になっている月讀命《つくよみのみこと》ですが、どうなりますか」

「月を読むとは、月の満ち欠けを読むことで。暦を司る。ならば、満ち欠けは月の属性の一つですからやはり換喩でしょうね」

なお、黄泉《よみ》の国から逃げ帰った伊邪那岐命《いざなぎのみこと》は橘小門《たちばなのをど》の阿波岐原《あはぎはら》で禊ぎをした際、左目から生まれたのが天照大神で、右目から生まれたのが月読命である。

「じゃあ、鼻から生まれた須佐之男命《すさのをのみこと》のレトリックはどうなりますか」

「そうですね」

おれは応じた。「須佐は、吹きすさむの荒《すさ》むですから、荒ぶる神、乱暴な神を表しているとも言えます。自分としてはメソポタミアの主要都市スサからの渡来神と考えておるのですが、鼻息とか鼾《いびき》のもとの鼻から生まれた神なので嵐の神という説もあるようですね」

すると、少名も、

「シュメル神話のエンリルをモデルにしている可能性は否定できません」

と、応じた。

エンリルは、シュメル語で〈主人・嵐〉である。文字どおり、天空、風、大気の神だ。

ある神話では、エンリルは、清らかな乙女ニンリル女神をヌンビルドゥ運河の堤で強姦し、その罪で冥界に追放されるのだ。

一方、須佐之男命《すさのをのみこと》は、高天原で大暴れしたとき、衣織女《みそおりめ》が梭《ひ》に陰上《ほと》を衝き亡くなるのだ。

「しかし、これはあくまで比喩で、実態は陵辱《りょうじょく》だったのじゃないでしょうか」

「そうなら、エンリルの冥界への追放原因と須佐之男命の高天原からの追放は一致しますね」

と、少名。

彼はつづける。

「話を戻しますが、犯されたニンリルはエンリルの子、月神ナンナを身籠もった軀《からだ》で冥界へ行くのです。そこでナンナを冥界から逃がすため、エンリルはさらにニンリルと交わり三柱の子を孕ませて、身代わりとするのです」

つまり、どう考えても、伊邪那岐神の黄泉国行きとシュメルのエンリル神話には類似性があるのだ。いわゆる〈物語素〉が同じなのだ。

時間も距離も遠く離れた二つの地域の〈神話の構造〉が似ているのは、なぜか。

〈物語の伝搬あり、とすれば語り部として人間の交通もあったことになる。たとえ、直行ではなくとも伝播はあったはずなのだ〉

と、おれは、思いつつ、つづけた。

「父伊邪那岐命の指示は海原の統治であったのに、

須佐之男命は泣き叫んで、母伊邪那美命《いざなみのみこと》のいる黄泉へ行きたいと、子供のようにダダをこねますが、どう思われますか」

と、問うと、秦子が、

「それはね、天孫族が出雲を貶《おとし》めるためにこしらえた話だと思うわ」

と、言った。

どういう意味かと言うと、順序があべこべなのだそうだ。最初に須佐之男命が創建した出雲王国があった。しかし、建御雷之男神《たけみかづちのをのかみ》を使って出雲を征服した大和政権は、大和から見て北西の位置にある出雲を死者の国とする必要があったと言うのだ。

「なるほどなあ」

少名が言った。「それで敢えて須佐之男命に冥界へ行きたいと喚《わめ》かせたわけですか」

「やるもんですね。『古事記』の編纂者たちは」

と、おれも言った。

結局、高天原を追放された須佐之男命は出雲へ行くのだ。とすれば、出雲は必然的に黄泉の国となる。

「巧妙な印象操作です」

と、少名も言った。「はっきりとは書かないが、この一連の操作で、出雲は冥界になり、一方、出雲とは対概念である大和はまほろばの国、日神にふさわしい陽の差す土地になるのですから」

「しかし、黄泉国はほんとうに出雲にあったのですか」

と、質すと、

「むろん、ちがいますよ。大國主が訪れる須佐能(之)男命の墓所、〈根の堅州國〉は出雲にあったかもしれませんが、伊邪那美命の墓は紀伊熊野の有馬、七里ヶ浜に〈花の窟《いはや》〉があります」

6

午後八時には宴会が終わったが、おれと少名は鍛冶村秦子に誘われ、彼女の部屋の炬燵《こたつ》に入って二次会を開いた。むろん、飲みながらの話題はやはり『古事記』である。

口火を切ったのはおれで、

「小説を書いているうちに気付いたのですが、小説は書き始める前に材料集めをします。いわば資料という部品なんですが、筋つまりプロットを組み立てながら、部品を配置していくわけです。大安萬侶《おほのやすまろ》も同じことをしたんじゃないでしょうか」

「ということは、安萬侶はわが国最初の小説家なわけね」

と、秦子。

「ええ。物語作家と言うべきかもしれませんが」

おそらく、古代の〈人間レコーダー〉であった稗田阿禮《ひえだのあれ》が記憶したのは、無文字時代の日本列島各地に棲む諸々の先住民らの伝承だったのであろう。しかし、多くの食い違いがあった。これを取捨選択、しかし、すっきりと一本の筋書きに纏まった形に編纂し直すのが、安萬侶に託された大仕事であった。

この困難な編纂作業に、能力を発揮したのが、彼であった。

「当然、矛盾点もあります。編纂の目的が、征服者である高天原王朝の正統性を立証する以上、史実から切り捨てられた多くがあってもおかしくない」

つづけて、「ですが、それはそれとして、隠された部分を推量するのは、決して不遜ではないと思うのです」

「たとえば?」

秦子が言った。

炬燵の上は山海の珍味ばかりとはいかないが、いろいろ出された。

おれは鰊漬けを小皿にとりわけ、キャベツの歯触りを楽しむ。主役は身欠き鰊だが、丼の中で大根とキャベツの白の協奏曲にアクセントを付けるオレンジの人参と真っ赤な唐辛子。白のつぶつぶは米麹《こめこうじ》でまさに風景である。しかも外の物置から出してきたばかりなのか、薄い氷さえ残っているので、俳句の季語にもなりそうなのだ。

「たとえば」

ふたたび、秦子が訊ねた。

われに還って、

「たとえば、さっきの〝水母《くらげ》なす漂へる〟ですがね」

と、つづける。「この比喩がどうして生まれたのか。こんな比喩を思いついた文才はすごいと思いませんか」

「さすが探偵さん、いや作家さんね」

と、秦子が言った。

「比喩というのは、慣用句以外は、経験してはじめてできるものです。古代人は実際に巨大な水母を見たのではないかと思う」

「見た？ どこでですか」

少名が言った。

「日本海側です。日傘くらいでかいのが押し寄せることがあるそうですが、地元では越前水母と言うそうです。発生源はどこだと思います？」

「さあ」

少名が首を傾げる。

「黄河です。黄河の河口は土砂の浅瀬になっているそうですが、水母はここで孵化するのです。それが東シナ海に出て、黒潮分流の日本海流に乗って沿岸に流れ着くらしい。となると、対馬海峡が開いていなければならない」

「ですね」

「いつごろと思いますか」

「さあ」

と、少名。「大昔ですか」

「地球の最後の氷期であるウルム氷期、約五万年が終わり、大陸と陸続きだったわが国が分離したときだと考えるのが合理的です」

「なるほど」

「約一万九〇〇〇年前がウルム氷期のピークだったようですが、以後は急速に溶けて約七〇〇〇年前にはユーラシア大陸や北米大陸の北部を何千メートルも覆っていた氷床が、全部融けるのです」

「数万年前にはじまる旧石器時代につづく縄文時代は、一万六〇〇〇年前に始まり三〇〇〇年前ごろまでつづいていたと言いますから、まさに〝水母なす漂へる〟の比喩は、縄文人の目撃した光景から生まれたわけね」

と、うなずきながら秦子。

「むろん、一つの考え方です。仮説です。しかし、そう考えると、『古事記』の国生み神話の謎が解けます」

「探偵さんは何をおっしゃりたいの」

「ええ。日本列島の形成を、伊邪那岐命《いざなぎのみこと》、

伊邪那美命《いざなみのみこと》の夫婦神の性行為に喩えた発想にも、具体的な経験があったはずだと思うのです」

「おもしろい」

少名が手を拍《う》った。

「日本列島の形成を合理的に考えれば、それまでは大陸から延びた細長い日本大半島が、海面の上昇によって島に分かれたと考えるのが妥当だと思うのです」

「なるほど。それが大八州《おほやしま》か」

少名はふたたび手を拍った。

「で、最初にできたのが淡路島ね」

秦子が言った。「でも、その前に子水蛭子《みこひるこ》を生むわ」

「ええ。葦船に入れて流してしまいますね」

少名が言った。

「ええ。しかも、この葦船の葦は、『天地のはじめ』冒頭の〝葦牙《あしかび》のごとく萌《も》え騰《あが》る物に因《よ》りて〟を受けているのです」

おれはつづけた。「葦牙は葦の芽のことですから、春爛漫《はるらんまん》の表現です。つまり、長かった地球の氷期が終わり、やっと暖かくなってきた歓びの表現でもあるのです」

「ですね。それで」

少名が促す。

「その前に、伊邪那岐命、伊邪那美命の夫婦神が降り立った淤能碁呂《おのごろ》島がどこかを比定しなければなりません」

「説はいろいろよ」

と、秦子。

「秦子さんはどこだと思いますか」

「そうね。淡路島の南にある小山、自凝島《おのごろじま》神社が有力な候補だと思いますけど、やはり沼島じゃないかしら」

「賛成です」

と、おれは言った。

沼島は淡路島の南四・六キロメートルに浮かぶ島で、面積二・七一平方キロメートル、周囲九・五三キロメートル、最高地点一一七・二メートルである。

「根拠は?」

と、逆に訊かれたので、

「『古事記』にはちゃんと示めされています。夫婦神が天浮き橋の上から天の沼矛を下ろしてかき混ぜ引き揚げたとき、滴り落ちた塩が固まってできたのが、淤能碁呂島なんですからね」

「わかったわ」

と、秦子。「沼矛の沼が沼島の沼ですものね」

つづけて、

「でも、なぜかしら。『古事記』には〝鹽《しお》こをろこをろに畫《か》き鳴らして〟とあるわ。これっておかしくありません?」

「ですね。掻き回すじゃないですものね」

と、少名。

つづけて、「この神話は、縄文人が製塩を行っていた記憶かもしませんね」

「しかも、〝こをろこをろ〟と擬音《オノマトペイア》まで。なぜでしょう」

と、秦子。

「これって、鳴門《なると》の大渦じゃないでしょうか」

おれは言った。「そもそも鳴門という地名は、〈大渦が鳴り響く海門〉、つまり海峡を意味しているにちがいありません」

「あり得るわ」

と、お多福《たふく》顔を崩して、秦子が手を打つ。「淡路島と四国の間の鳴門海峡は、沼島からさほど遠くないわ」

いわゆる縄文海進が起きた時代の様子は想像するほかないが、今以上の大渦が鳴門海峡以外でも起きていたのかもしれない。

「となると、古代の人間レコーダー、稗田阿禮が記憶した伝承は、古代人の優れた表現力というか、レトリック力というか、文学性を有していることになりませんか」

と、少名。

「じゃあ、葦舟に乗せられて、沖へ流された水蛭子《ひるこ》の正体はなあーに?」

秦子が訊いた。

「『日本書紀』ですと、三年たっても足が立たないと記されているので、不具の子だったのかもしれませんが、水とあるので流産のイメージじゃないでしょうか」

少名が答えた。「で、この子は摂津の西宮に流れ着いたところ、土地の者が拾い上げて夷三郎《えびすさぶろう》大明神として崇め、祀ったという話もありますよ」

「どうして?」

「漂着したものは、異界のものとして崇める風習があったからですよ」

「夷《えびす》信仰ね」

と、秦子。

「外来神です」

と、おれ。

「古代世界は、今とちがって各地が孤立していましたからね、たとえば漂着した鯨とか、渡り鳥とかも信仰の対象になったみたいですね」

と、少名。

「敗戦国の我々がそうじゃないですか。子供たちがアメリカ兵に群がって、『ギム・ミー・チョコレート』ってせがんでいる光景をみていると、まさに彼らが夷神に見えてしまう」

と、おれ。

「ですね。たしかに」

と、うなずいて、少名はつづける。「で、流産のあとに生むのが淡島なんですが、子の類いには入らないと『古事記』にはあるのです」

「なぜかしら?」

と、秦子が首を傾げる。「もしかすると不義の子かしら。私生児だったとか、いろいろ想像できますわ」

「とにかく、子供を産み、島を産むのですが、一説では淡路島の属島の粟島だとも言われますが、ほんとうは泡島かもしれない。淡路島も、本来は、阿波つまり四国ではなくて〈鳴門の泡へ到る島〉という意味だったんじゃないか」

「もしかすると……これは医学博士の天手力男《あまてりきお》というかたから聞いた話ですが、淡路島に着いた最初の人々が海人族だとすると、鳴門の大渦は、彼らにとっては天国への入口だったのかもしれない」

「なぜですか」

と、おれ。

「一度、太晋六君《おおのすすむ》の紹介で会ったことがあるのですが、天手博士というのはマルケサス諸島の出身でしてね、昔、彼らの先祖は、高貴な人を埋葬するのに、舟形の棺に入れ、島の断崖から海中に投じたというのです」

「まあ、水葬ね」

秦子が言った。

「いいえ。彼らの観念では、天国は海底にあるんだそうです」

「浦島太郎みたい」

秦子が言った。

「とにかく、こうして、国生みのドラマがいよいよはじまるわけです」

と、おれ。

「大八洲の生成ね」

と、秦子。

「しかし、淡島が泡とすれば、秦子さん、何を連想しますか」

と、おれ。

「アフロディティ、つまり海の泡から生まれたヴィーナスのことかしら」

「ええ。もしかするとギリシア神話が縄文時代に伝わっていたりして……」

むろん、冗談のつもりである。

ともあれ、この段でわかることは、大和朝廷の勢力範囲である。生まれた島々は西日本に限られているのだ。

「ひきつづきこの夫婦神は、〝子淡道《みこあわじ》の穂《ほ》の狭別《さわけ》の島〟、つまり淡路島を生みます」

と、少名。

つづけて、「次いで伊豫《いよ》の二名《ふたな》の島を生むのですが、四国です」

「伊豫というのは伊予柑の伊予ですか」

と、おれが言うと、

「そうよ。愛媛県」

と、秦子が言った。

「名前が二つあるのはどうしてですか」

と、訊くと、

「伊豫二名島《いよのふたなしま》の意味は四つある国がそれぞれ別の名前を持っているということよ」

と、秦子に言われてしまった。

「四国に顔が四つあると言うのは擬人法ですね」

と、おれ。

「伊豫《いよ》国は愛比賣《えひめ》、讃岐《さぬき》国は飯依比古《いひよりひこ》、粟《あわ》国は大宜都比賣《おほげつひめ》、土左《とさ》は建依別《たけよりわけ》」

と、少名が言った。

それぞれ今日の愛媛、香川、徳島、高知である。

「それにしても、神武東征の折、なぜ四国は避けたのだろうな」

と、少名が言った。

つづけて、「『古事記』国生み神話に関して言えば、安萬侶の記述は瀬戸内海が詳しいのです。しかし、重要な大国の吉備と出雲が触れられていません」

「『日本書紀』とちがうわね」

と、秦子も言った。

「越《こし》もです。とてもおかしい」

つづけて、「とにかく、この国生み時代の段から読み取れるのは、彼らが古代の海洋勢力だったということですね」

と、少名が言った。

「と言うことは、伊邪那岐一族は、シーパワー勢力だったわけですか」

と、おれ。

「おそらく、淡路島は、瀬戸内海が活動範囲だった古代海人族の拠点だったと考えるべきです」

と、少名。

「じゃ、彼らは、地中海で活躍したフェニキア人のような存在じゃないですか」

と、おれ。

「そうね」

秦子も言った。「瀬戸内海の役目は小さな地中海だったと言えますね」

おれもは改めて気付く。『古事記』の国生み神話の時代は、紀元前五〇〇〇年前後に比定できるのではないだろうか。この神話は大和政権成立以前のもので、彼ら天孫族の日本列島への計画的移民の遙か以前の話である。

しかも、これと同じころ、わが国は壊滅的天災に襲われるのである。

「秦子さん、わかりますか」

「さあ?」

「それ、鬼界カルデラの破局的巨大噴火のことですか」

「ええ。前五三〇〇年に起きた海底火山の噴火ですす」

「九州の南ね」

「竹島と硫黄島は、その巨大火口の外輪山の一部とされています」

その結果、西日本はほぼ全域が被害を受けた。火山灰は偏西風に乗って遠く奥羽地方にも達したほどで、四国、中国地方、紀伊半島、種子島にも堆積した。あとは想像だが、西日本の陸地は人が住めないか、住みにくくなっていたのではないだろうか。

特に薩摩半島南部、大隅半島南部は火砕流に直撃され、当時、この地で暮らしていた縄文人の暮らしを全滅させたらしい。

「いわば、ポンペイね」

と、秦子が言った。

「当時、生き残れたのは、淡路島などに拠点をおいた海人族のみであったとは考えられないだろうか」

と、おれが言うと、

「いや、ちがいますね」

少名が言った。「おそらく『古事記』編纂に際して問題の天岩戸隠れの神話が挿入されたのも、完成の約一七〇〇年前に起きた天変地異がまだ記憶に残っていたからだと思います」

「それってどんな」

秦子が訊いた。

「ジャワ島とスマトラ島を分離させたほどの超巨大噴火ですよ。世界中の空が暗くなり大規模な飢饉が各地で起き、わが国も例外ではなかったのですが、しかしね……」

と、少名はつづけた。

ひと呼吸おいて、「山門さんはサロス周期というものをご存じですか」

「いいえ」

「実はね、天岩戸神話の正体は日蝕だという説があるのです」

「あり得ますね」

と、おれ。

「牛飼春樹《うしかいはるき》名誉教授の説なんです」

「北海総合大学の考古学の先生ね」

と、秦子。

「サロス周期というのは同じ地点で日蝕や月蝕が起きる周期のことです」

少名はつづける。「もしも古代世界で日月蝕を予言できたとしたら、その人物はどう思われると思いますか」

「それこそ、神様でしょう」

と、おれ。

「牛飼博士は、日神族である神武天皇とその子孫が、当時、大勢いた豪族らを納得させ、従属させたのはなぜかと考えるとき、何か特別な能力があったからだと言うのです」

「それが日蝕予言ね」

秦子が言った。

「だからこそ、彼らは天孫族を名乗ったのであって、決して、山越えして里に現れたわけでも、雲の彼方の国から来た外来神でもなく、まさに、先住民を驚かせる技術を持っていたからなんです」

「つまり、鏡・剣・勾玉の三点セット、三種の神器の製造法を彼らが知っていたからだけではなかったのですね」

と、秦子。

つづけて、「『古事記』にも『日本書紀』にも書かれていない高度な天文知識を彼らが有していたからだと言うのね。でも、どうやって、日月蝕を予言できたのかしら?」

「ですから、サロス周期を知っていたのですよ、おそらく彼らは」

と、少名が言った。

「まさか」

と、秦子とおれは声を揃えた。

「実はね、すでに、サロス周期は、メソポタミアで占星術を行っていたカルディア人に知られていたんですよ」

六六五八五日がサロス周期である。単純に閏年を考慮せず、一年(三六五日)で割れば一八年と一一日である。なお、サロスとはシュメル語の三六〇〇を表すギリシア語訛りだそうだ。

「ならば、あり得ますね」

ようやくおれも思いあたる。

「天孫族は日向にいた時代、シュメル人やタミル人と接触していた可能性がありますものね」

と、つづけながら、昨年、経験した一連の出来事を思い出していた。

「でしょう」

少名が一段と声を高めて言った。「言うまでもなく、彼らが大和を目指す東征という大移動を開始したのは日向の地です。であれば、紀元前に、南九州へ移住したシュメル人か、彼らの子孫と接触した可能性が、十分、あるのです」

第二章　オナリ神の謎

1

それから数日、銀行通りのおれの事務所へ行かなかったのは、燃料費節約のためだ。

犯罪雑誌《クライム・マガジン》から選んだ短編の翻訳に疲れると、昨年暮れに出版された大岡昇平の『武蔵野夫人』を読んだ。風景を書きながら主人公の心理の襞まで描く手法は堀辰雄《ほりたつお》もだが、この作品も同じである。おれには、復員兵であるこの作家が、プルーストの眼を通してフローベルの『ボヴァリー夫人』を意識しているような気がした。

こんなことを考えるのも、犯罪小説を訳していると、筆が荒れそうな気がするからである。むろん、はっきりと意識しているわけではないが、たとえばテキストとテキスタイルが語源が同じだとわかれば、小説というものの構造もわかってくる。

現に、編集とか編纂とか言うではないか。〈編〉は〈編む〉ことである。では、作家は作品を編むかと言うと織機を想像すればよい。縦糸が筋、つまりプロットである。

たとえば、〝あるとき、王様が死に、つづいて女王も亡くなった〟はストーリー（荒筋）であるが、〝王様が死んだので、悲しみのあまり女王も亡くなった〟であればプロットである。王様と女王の死には、因果関係があるからだ。

一方、小説という織物の横糸は、細部にわたる描写である。むろん、説明と描写はちがうわけで、描写とは、風景で主人公の心理を描きだす手法、あるいは主人公の動作で心理を表すやりかただ。たとえば、ヘミングウェイは、〝寝ていた男は機嫌が悪かった〟とは書かない。〝男はくるりと壁に向かって寝返りを打った〟と書く。

普段は気付かないが、小説を書いてみるとわかることがある。こうして、一次元の縦糸と横糸が編まれて二次元の布になると、布面に模様が浮かびあがってくるのだ。

長編を書きはじめて、気付いたことだ。こうした新たな視点で『古事記』を読むうちに、おれは、

（編者である太安萬侶の実像は、物語作家だったのではないか）

と、気付く……。

つまり、そういう見方もあるということだ。おそらく、古典の専門的研究者では気付かない、おれなりの見方である。

（もしかすると、安萬侶には面従腹背の意図があったのでないか）

（もしかすると、彼は発注主には気付かれない方法で、高天原と天孫族の秘密を後世に残そうとしたのではないだろうか）

などと考えていたところに、帳場の黒電話が鳴った。

「旅籠竜宮です」

「オオノです」

「……？」

「太晋六《おおのすすむ》です」

「ああ、汐留《しおどめ》中学の」

と、言いかけると、

「止む得ぬ事情で、昨年で教師は辞めました」

「突然ですね」

「実は、山門さん、あなたに直接会って頼みたいことがあるので、時間とれませんか」

「いいですよ。いつでも」

「じゃ、六時にギンサロウで」

「どこです?」

と、聞き返すと、

「むろん、あなたの記憶にある、あのギンサロウですよ」

と、謎めいて答えて、一方的に電話を切る。

(どこだろう)

首を傾げながら、電話帳をめくり、やっと見付けた。

2

(銀茶楼《ぎんさろう》か)


だが、おれには覚えがない。記憶にもない……

とにかく、市街地図を頼りにでかけることにした。

なんども道に迷ったが、マル井百貨店をすぎた下りの終わりで、おれは立ち止まった。そのまま、踏切を渡って真っ直ぐ進めば、案山子《かかし》書房がある左文字《さもんじ》坂である。そのとき、すれ違った還暦がらみの粋筋の女性が、

「あら、山門支店長さんとこの坊っちゃんじゃない」

「え?」

「すっかり大きくなって。見違えましたわ、坊っちゃん」

「え?」

「立派な大人になったんだから、あたしたち、年増芸者にも声を掛けてくださいな」

妙に馴れ馴れしい。

あえて、心の中で、

(坊っちゃん、坊っちゃんって、おれは夏目漱石《なつめそうせき》じゃねえ)

と、無視したが、

（いったい、だれだろう？　けど、この街では、ちょくちょく、死んだはずの者によく会うのでそうかもしれない）

呟きながら、おれは左へ港のほうへ、川に添って曲がる。

この川が天狗山《てんぐ》に源を発し、小樽湊運河に注ぐ妙見川《みょうけん》である。

（妙見は北極星のことだ。神格化されて妙見菩薩になったはずだ。たしか、信仰すれば延命、防災、眼病平癒に効くはずだ）

など、ぼんやり、考えながら雪道を下る。

両岸は間知石《けんちいし》で護岸されていた。道は両側にあるが、おれが歩いているのは左岸側である。川面は雪に覆われていたが、おれの鼻はどぶの臭いを嗅ぐ。雪は止んでいたが、部厚そうな雪雲が頭上を覆っていた。

しばらく行くと、うっかりすると、見落としそうな小さな看板が出ていた。入口の戸におしゃれな色ガラスがはめ込まれ、丸い笠の明かりが灯っていた。

入口の傍らに箱橇《はこそり》を曳いた驢馬《ろば》が止まっていた。瞬間、おれの脳裏で電気が走った。理由はよくわからない。店の中から、かすかに電蓄《でんちく》の音がした。ジャズのようである。扉を押して中に入ると、奥へつづく通路の両側に、汽車の三等席のような背もたれが高い、ボックス席が連なっていた。

いわゆる、カフェである。むろん、本場のフランスならコーヒー店だが、ここには竹久夢二《たけひさゆめじ》のイラストから抜け出してきたような、和服に大きなエプロンの女給さんが数人いた。

おれは、進駐軍払い下げのオーバーコートを脱いで、三十年増の女給さんに渡しながら、むっとした部屋の湿気に溶け込んだ白粉《おしろい》の香を嗅ぐ。

外国人が一人、離れた席について、年増の女給を相手に話し込んでいた。

とても気になる。

記憶にあるのだ。

他にも、母親らしい小柄な和服の女性と並んで座っている、小さな男の子供もいた。

なぜか、彼にも見覚えがあるのだった。

子供は、なぜか、おれの顔をじっと見詰めているのだった。

(まるで時間の割れ目へ紛れ込んだような気分だ)

その瞬間、ふたたび、おれの脳の中で記憶が炸裂した。

ひどく懐かしい……

子供のことが、気になってしかたがないのだ。

幼いころ、この店に来たことがあるような気がしたのだった。

(もしかすると、あの子はおれ? おれ自身?)

――と、

「山門さん。こっちッ」

と、大声で呼ばれた。

一番奥の席にいた彼が、中腰で身を乗り出しおれを手招きする。太晋六《おおのすすむ》である。

近づくと、

「わざわざ、呼び出してすいません」

「この店、まるで、大正時代に迷い込んだような気分にさせられますね」

と、言うと、

「ここを教えてくれたのは、案山子書房の……」

「少名さん」

と、うなずくと、奥から出てきた中年の女性が、

「いらっしゃいませ」

「ああ、おせいさん。友人の山門君です」

彼女がここの女将《おかみ》らしい。

「おせいです。よろしくね。お飲み物は何になさいます」

と、聞かれたので、

「同じものを」

と、答えながら、やはり見覚えのある顔だと気付く。

女将も、しげしげとおれを見て、

「山門芳《よし》様のお坊っちゃんですか。戦前、銀行通りにあった大八州《おおやしま》商事の支店長さんだった……」

「えッ!」

「たしか、四歳か五歳のころで、ロース幼稚園に通っておりましたわ」

なんと応じたらいいのか、おれは戸惑うばかり

だ。

おれの全身に、異なる時間が流れているような気がしてならなかった。

ほどなく、運ばれてきたのは、電気ブラウンのソーダー割りだ。

とりあえず、グラスを合わせてから、教師を辞めた理由を訊くと、上の兄たちが、相次いであちらへ旅立ってしまい、末っ子の彼が家業の安萬侶《やすまろ》海運のあとを継ぐことになったらしい。

「……ついては、近々、社長就任披露の会を開くので、発起人と司会をお願いしたいのですが、頼まれてくれませんか」

と、持ちかけられる。

あまりにも突然で、返事をためらっていると、

「世間様のことをあまり知らないので、心細い」

と、言って頭を掻く。

先生という職業は奉られることが多いので、いわゆる世間知に乏しいということらしい。

「少名君にも頼んでOKしてもらったので、山門さんにも、ぜひ非常勤でいいから相談役になって欲しい。むろん、些少だが給料と手当、交通費なども出します。うちは海外との取引もけっこう多いので、その方の書類の翻訳とチェックの仕事も、その都度、頼みたいのですが……」

実務に関しては未経験だが、書類の翻訳ならばおれの守備範囲だ。

「わかりました」

と、即答したおれ。

収入の定まらない自由業の身としては、定期収入はありがたいのだ。

3

思いがけず、お年玉をもらった気分である。

朝鮮戦争の今後の成り行きなど、しばらく雑談していると、関取《せきとり》のように太った鬚男が入ってきた。

太《おおの》が手をあげる。

「やあ」

大股でのしのしと近づいてきた男は、二メートルはありそうな巨漢である。

近づくと、会釈しておれの脇にドシン、

「御免ッ」

と、言って座る。

「お飲み物、何になさいます?」

と、女将《おかみ》が訊くと、

「あそこにおられるのは、白系露人のスミルニツキーさんじゃろ」

と、外人の客を指しながら、「表に驢馬《ろば》がいたからね、あの先生もここの常連さん?」

「ええ、小樽湊商大のロシア語の先生ですわ」

「戦時下に姿を消していたけど、また戻ってきたのだね」

「ええ。特高警察がね、外人さんを監視していましたからね」

「ああ。彼が来る店なら、ウォッカあるね」

「七〇度のものならありますけど」

「いいねえ。じゃ、瓶ごと持ってきて。それと氷も」

髭面の面構えからして、かなりの酒豪らしい。

「山門君、紹介します。天手《あまて》先生です」

我々は名刺を交換した。

おれがもらった名刺には、
天手ハンドパワー精神療法研究所代表
小樽湊海洋大学教養学部教授
医学博士　天手力男《りきお》
とある。
おれは思い出した。先日、少名史彦から聞いたばかりの名前である。
話が、がぜん盛り上がったのはそれからだった。天手博士が、なんと、ユングの深層心理学を生かした『古事記』の研究者でもあるとわかったからだ。
「重要なのは無意識ですな。たとえば、我々が暮らしている陸地がマントルの上に浮いているのと同じで、意識というものは、無意識というマントルの上に浮かんでおるのです」
この無意識とは、意識によって意識されない意識のことだが、たしかに存在し、地底のマントルが莫大なエネルギーを持っているように、強いエネルギーを有しているのだ。
「未だに、我々人間の脳の正体は完全にはわかっていないが、夢や伝説、幻覚のようなヴィジョンあるいはファンタジー、そして各民族に伝わる神話などの形で顕れるので、それらを分析して探ろうとしているのが、ユングの心理学なんじゃ」

「では、『古事記』の神話の部分もそうなんですね」

と、おれ。

「いかにも……我々が眠っているとき視る夢は、矛盾に満ちた、おかしな夢ばかりだ。しかし、『古事記』神話も非合理的な話が多い。たとえば、冒頭の国生みの場面ですが、伊邪那岐命《いざなぎのみこと》、伊邪那美命《いざなみのみこと》の夫婦神が、まぐわって島々を産むなんて考えるのは、我々現代人からみれば不合理極まりない」

「だが、先生。隠れた意味があるのでしょう」

と、太晋六が言った。

「左様」

天手が応じた。「ユングの概念には民族類型というのがあるが、『古事記』のこの話は〈洪水型兄妹始祖神話〉と呼ばれるもので沖縄、中国西南部、台湾、インドシナ半島、ポリネシア諸島などに広く流布するパターンですのじゃ」

大洪水によって民が全滅したとき、唯一、生き残った兄妹が神意をはかって交わり、民族の始祖になるという神話らしい。

「世界の再生という点では〈ノアの方舟伝説〉と同じですね」

と、太が言った。

「伊邪那岐命、伊邪那美命の二神は、すると兄妹ですか」

と、おれが質すと、

「妹の霊力が兄を守ると信じられている風習は、今日でもある」

たしかに、戦地に赴くとき、妹の髪や手拭いを身につけて御守りにするという話は、おれも聞いたことがある。戦時下、女性たちが戦地に赴く兵士に贈った千人針の手拭も、この流れだろう。

「オナリ神をご存じか」

と、天手に問われた。

「いいえ」

「オナリ、つまり妹が、エケリ、つまり兄を霊的に守護するという信仰でしてな、琉球に多くみられる」

「耶馬台国の卑弥呼《ひみこ》もオナリですか」

と、問うと、

「でしょうな。神に仕えるノロやシャーマンである琉球のユタも、下北半島の恐山《おそれざん》のゴゼも同じでしょう。あるいは、多分、天照大神もこうした古代の観念を代表するような神にちがいない」

改めておれは、『古事記』神話には、その編纂以前の風習や観念、信仰がそのまま反映されているという点では、決して偽造ではないと気付く。

つまり、稗田阿禮《ひえだのあれ》や太安萬侶《おほのやすまろ》のフィクションではなく、根拠があることに気付かされたのだ。

考え込んでいると、傍らで、太晋六が、

「すると、伊邪那岐命《いざなぎのみこと》、伊邪那美命《いざなみのみこと》の神名も南方由来ですか」

と、天手に訊く。

「もちろんです。古代ポリネシア語でまちがいないない。伊邪那《イザナ》はイ＋サナで〈冠詞＋聖なる〉だ。岐《ギ》はキで男子、翁《おきな》のキじゃ。伊邪那美の美《ミ》は嫗《おみな》のミ。（おうな　現代、おきなは古語よみ）。つまり聖なる男と女、あるいは世界最初の男と女の聖婚を意味するのじゃよ」

と、教えた。

つづけて、「『古事記』にはないが、『日本書紀』では、この兄と妹はマグワイの仕方がわからない。そこへセキレイが飛んできて、尻尾を振って交合のやりかたを教えるんですな。実はこれ、インドネシアの神話と同じなんじゃよ」

「あら、まあ」

と、天手博士の隣に坐っていた、竹久夢二《たけひさゆめじ》の絵のなかから抜け出してきたような瓜実《うりざね》の女給さんが、

「嫌だわ、先生ったら」

と、顔を真っ赤に、「嘘でしょう?」

「いや、ほんとうですよ。この先生は」

太が教えた。「天手博士は、生粋のポリネシア人ですよ」

「ポリネシアってどこですの? ガダルカナルとかですか。ガダルカナルなら、あたしの息子が名誉の戦死、いいえ、飢死した島ですけど」

「もっと東ですよ」

と、おれは応じた。

「わしの先祖はマルケサス諸島じゃがな、この名は西洋人が勝手に付けた名前でな、わしは気にいらん。ほんとうは、我々の神がつけてくれたヘヌア・エナナが正しい。〈人間の大地〉という意味だ」

場の話題が一気に広がるかと思っていたら、天手博士は、

「諸君。国生みの最初は、天浮橋《あめのうきはし》に立ったとあるが、これは何か、ご存じか?」

「虹ですか」

と、おれが答えると、

「いや。天《あめ》は、単に天孫族を表す敬称かもしれない」

「そうか。体言につく接頭語で尊称と考えればいいのですね」

と、太晋六。

「だとすると、これはポリネシア人が日常的に使っている筏《いかだ》に他ならない」

「木材より竹のほうが浮力がありますね」

と、おれも話を合わせ、「わが国に、南方世界から最初に漂着したのが、ポリネシア人たちであったわけですね」

「左様。黒潮に乗って漂流し、沖合で黒潮反流に乗り換えれば、自然に熊野、つまり紀伊半島に着く」

と、天手博士は、ご満悦の顔で「熊野の語源をご存じか。各説、幾つもあるがのう、正しくはポリネシア語で〈大勢の人々が到着したところ〉という意味だ」

「なぜです?」

と、おれは質す。

「熊野はKU+MANOと分解できる。KUは到着だし、MANOは大勢の意味だ」

「つまり、太古の昔、紀伊半島には黒潮に乗ってやってきたポリネシア人が、大勢いたということですか」

と、太が言った。

「でも、ポリネシアと言えば、たしか東端はイースター島、西はニュージーランド、北はハワイを繋いだ大三角形の範囲ですよね。この海域と黒潮は無関係ですが」

と、おれも質すと、

「当たり前だよ、君。ポリネシア人のご先祖は台

湾のあたりなんだ。つまり、ここを起点として、まず東のトンガやフィジーへ向かった一派と、黒潮に乗って紀伊半島に漂着した連中がおったということじゃよ」

「なるほど」

と、太。

おれも合わせて、

「なるほど、先生のお考えは合理的です」

つづけて、「地球最後のウルム氷期では、台湾は大陸と陸つづきだったと言いますしね」

すると、

「では、両君に訊ねるが、伊邪那岐、伊邪那美の夫婦神が、天沼矛《あめのぬぼこ》で海面を掻き回すとある。この描写から何か連想せんですか」

「さあ」

と、首を傾げる我々。

「矛は明らかに征服者天孫族の武器ですぞ。つまりですな、この個所は安萬侶の加筆というか、演出というか、先住者神話の上に天孫族の概念を被せた創作じゃ」

と、言われて、太が首を傾げたとき、おれが気付いた。

「そうか。矛はリンガですか。つまり男根《リンガ》を母なる海に突き立て、掻き回して引きあげたとき滴り落ちた塩水は、精液の比喩であったわけですか」

「左様。まさに隠喩的表現です」

「なるほど。結果、原古の島が産まれたわけですね」

と、太が言った。

「古代世界では、万物が生成される因果関係を、彼らが日常的に行ってる性行為の比喩でしたのじゃ。にもかかわらず、我々現代人は彼ら古代人の豊かな文学的才能というか、つまり、思考パターンを理解しないから真意を読み誤るのです」

と、天手はつづける。

「つまり、ユングの理論なら解明できるというわけですか」

と、おれ。

「では、夫婦の二神が美斗《みと》の麻具波比《まぐはひ》を行うにあたり、最初は妻は右より左へ反時計回り、夫は左より右へ時計回りに柱を回ってから交わった結果、水蛭子《ひるこ》つまり流産してしまった。これはなんの比喩だとお思いかな」

「さあ」

「太陽は東から昇り、西に沈む。これは真東に向いて観察すれば、左手から右手ですから時計回りです。従って、太陽信仰の原理に従い、かつ原始時代の女性は太陽であったという観念に反するから失敗したわけじゃよ」

「なるほど。理屈があっていますね」

と、おれが納得すると、

「諸君。では、なぜ柱を回るか、おわかりか」

「さあ」

と、ふたたび、両人。

「この柱は、彼らの家の柱ですよ」

と、天手。「もしかすると、大黒柱の起源じゃないかと思う」

太が応じた。

「なるほどなあ、先生。古代人は柱に神霊が寄りつき、降りてくると信じていたはずです。生殖行為そのものが、子種が天から授かるものだと考えられていたわけですから」

「わしが思うに、この柱は、土に下部を埋めた掘っ立て柱だ。神々のことを御柱というくらいだから、ただの柱ではない。おそらく、この建築様式から、はじめに柱を二本建てて、棟で繋ぎ、内側に四囲の壁を造り、屋根を葺いた構造の唯一神明造と呼ばれる神殿建築が生まれたのではないか——と、わしは思う」

「八尋殿《やひろとの》ですね」

と、太。「『古事記』にある……一尋は大人が両手を広げた長さですから、八人が並べば、十数メートルもある家だから広いですね」

「もしかすると、伊勢神宮のプロトタイプですか」

おれは声を弾ませた。

4

この夜の会話は稔りあるものだった。

たとえば、伊邪那岐命の〝成り餘れるところ一處〟とあるのは陽、伊邪那美命の〝成り合わぬところ一處〟とあるのは陰であるから、明らかに中国の陰陽思想である。

　第一、『古事記』では多用される〝天〟の概念も、起源は北方遊牧民の思想が、西周《さいしゅう》の時代にすでに中国に入っていた。さらに、『古事記』序文「過去の時代」の冒頭にも、〝陰と陽とここに開けて〟とあるばかりか、「古事記の企畫」の〝徳は周王に跨《こ》えたまへり〟と、周王との比較まで出てくるのだ。

「つまり、古事記編纂は、本来は海洋系先住民の観念であった水平思考、ニライカナイなどの海原思考に基づいた神話の数々を、大和政権の騎馬民族的な垂直的天地の観念に従って編纂しなおした結果、各所で破綻あるいは無理が生じておるのじゃ。わしにはそうとしか思えない」

　と、天手博士は言うのである。

　つづけて、「とにかく、『記紀』の神話編はおもしろい。よく考えられたレトリック術を駆使して、歴史的事実を巧妙に隠蔽しているような気がする。だが、編纂当時の知識階層には、隠された史的真実が伝わるように工夫されているようにわしには思える」

　と、ウォッカのグラスを空けて、つづける。

「太君、君のご先祖は、古代日本の真相を、改竄《かいざん》ではない方法で伝えておるんじゃよ」

「偽造ではないと、先生は言われるのですね」

「考えてもみたまえ、当時の政権を仕切っていたのはだれだと思うね」

「大和政権の官僚たちですか」

　と、おれは質した。

「当時は、多くの渡来人が大和政権の中核をなしておったんじゃよ。新羅人もいたし百済人もいた。彼らは雇い主の意向に従って『記紀』を編纂したが、まったくでたらめの歴史に仕上げることは、彼らの知識人としての良心が許さなかったんじゃないかとね、わしは考えておる」

「同感です」

　おれはうなずく。

「倭国をとりまく国際情勢を考えれば、うなずけます」

　と、太もうなずく。

「隋滅亡後の覇権国、唐が朝鮮半島に出兵しておったからな」

と、天手博士。

つづけて、「わが国としても、国民の意思統一をはかる必要があったのだろう。でな、天武天皇らの大和政権が朝鮮半島勢力の植民地というか、延長というか、それを完全に否定するような国史、つまり万世一系の歴史が自国民向けに必要になったんじゃないかとね、わしは考えておるのだ」

「それが『記紀』編纂の裏事情だったわけですね」

と、太が言った。

「わしは『紀』は西の大陸国、つまり、先進文化圏の中国をはじめとする、対外向けの史書。一方、『記』は、国内の豪族に向けて準備された歴史書だったと思う。つまり、役割分担だったわけだ」

「なるほど」

おれはうなずく。

「しかしだ、敗戦日本のように無条件降伏させた出雲国の扱いを、国譲りというフィクションに書きかえたのは、当時の豪族たちへの配慮だろうが、やはり歴史の歪曲には無理があるから、我々、後の世の者たちが、あれこれ憶測して、思い思いの仮説を立てておるわけじゃな」

「しかし、『古事記』には多くの真実も含まれております」

おれが応ずると、

「左様、読解力がなくては読み切れない真実がたくさんある。たとえば、山門君と言ったね、君は天照大神の天岩戸《あまのいはと》隠れをどう解釈するね」

「あれは、日月蝕予言を行った日神族の天文技術を暗示するという説もあるようですが」

と、おれが言うと、

「ああ、サロス周期じゃろ、北海総合大学名誉教授の牛飼春樹《うしかいはるき》君の説だ。むろん、否定するつもりはないが、日食なら短時間で終わる。何日も世界が真っ暗になったという以上は、もっと大規模な天変地異が起きたと考えたほうが合理的だと思うがねえ」

と、天手博士。

「八百万の神々が天安河原《あまのやすのかはら》に召集されるわけですから、何日も何ヶ月も暗闇がつづいたでしょうしね」

と、太晋六。

「とにかく、太陽が隠れるほどの大災害が、過去にあったという記憶でしょうか」

おれ。

「と、思うね」

と、天手博士。

「もしかすると、七三〇〇年前のあれですか」

と、おれが質すと、天手博士は、

「〈火山の冬〉を全世界にもたらした、鬼界カルデラの巨大噴火のことかね」

「はい」

と、答えると、

「いや、ちがうね」

と、否定してから、博士の専門らしい見解を述べた。

「いいかね、君たち、岩の割れ目や洞窟に隠れるというのは、むろんここにも昼と夜、光と影、フロイドなら陰（洞窟）対陽（太陽）の対比とも考えられるが、ユングの元型理論に従えば、明らかにグレート・マザーだ。人間の無意識に棲んでいる太母のことだ。だが、わしの見立てでは〈割れ目信仰〉であり、となれば天孫族の正体は鉱山部族だと思う」

おれはちょっと驚く。発想が三段跳びだ。飛躍するのだ。

博士によると、ユングには元型《アーキタイプ》という重要概念があり、さらに、

影（シャドー）

アニマとアニムス

太母（グレート・マザー）

老賢人（オールド・ワイズマン）

に分けられるのだそうだ。

「わしの考えでは、いや、わし自身の解釈であるが、これらは、無意識が何かを表すときに生まれるイメージだと思う。言ってみれば芝居の配役表のようなものだ。ヒトは熟睡ではなく、半覚醒つまりレム睡眠状態のとき夢を見るが、彼ら元型たちが、それぞれの役割を演じて語りかけてくる。ファンタジーも神話も同様だ。文学や絵画にも隠し絵のように潜んでいることが多いものだよ」

「『古事記』がそうなんですね」

と、おれが質すと、

「少なくとも、神話の部分は歴《れっき》とした文学作品だよ。だが、時の権力によって抑圧された真相が、絵画の下絵のように隠れておるんじゃ」

「『古事記』は隠し絵構造だというのですね」

と、太晋六。「我々は、それを見付けて読み解く必要がある」

おれも、

「『古事記』解読の手掛かりは、神話独特のレトリックにあると思いますが」

「左様じゃ」

天手博士は浅黒い顔を崩して、「『古事記』というわが国最古の国産歴史文学は、意識と無意識の二重構造になっておると言うことである……」

さらにつづけて、「晋六君。大國主の役割は〈影《シャドー》〉だ。おとぎ話に現れる〈影〉は、たとえば一寸法師だ。桃太郎のような子供だったりする。若い男だったり、老人、外国人、黒人だったりもする。この考えを当てはめれば、色黒で醜男だった大國主は、怪物を退治した須佐之男と同じ異邦人だから、天孫族の〈影《シャドー》〉なのだ。あるいは、おそらく……」

と、おれの方を見て、さらにまたつづけた。「山門君。日本武尊《やまとたけるのみこと》も、多分、〈影《シャドー》〉だよ。彼は双子の兄弟の片割れでな、割りの悪い遠征の仕事ばかりを命じられたのだ」

などと、天手博士の饒舌《じょうぜつ》は止まらない。

気がつくと七〇度のウォッカのボトルは、空になりかけていた。

アルコールに強い体質らしい。天手力男命《あめのたぢからをのみこと》を思わせる天手博士の風貌容姿からも弥生系でないのは明らかである。

やがて、意外なことを言い出す。

「わしが思うに、諸君。問題の天岩戸隠れの段だがな、あれは古代民族に共通する典型的太陽信仰の倭《やまと》版変形《デフォルメ》だよ」

と、言って博士は、アイルランドにあるニューヴィレッジ遺跡の例を挙げた。

「古代人らは、恵みの太陽は毎日死んで、次の朝に蘇ると考えていたのだ。特に冬至の日が大事になる。ふたたび陽が長くなるからだ。彼らは春分と秋分をも大事にした。英国南部のストーンヘンジはじめ、ストーン・サークルの機能は季節時計と考えていいだろう」

博士はつづける。「とすれば、あの岩戸は墳墓かもしれんのだ。太陽信仰の大巫女天照大神はほんとうは死んでいたのかもしれない」

「でも、鏡を見て……」

と、おれは言った。「女神は鏡に映った自分の顔をみて、自分以上の後継者ができたと勘違いしたんじゃありませんか」

「そこだ。そこが太安萬侶の才能だ。あたかも、イエスの復活のように、発注者の意向を汲んで、女神を復活させたにちがいない」

現に、『古事記』では、天岩戸の外で笑いざわめく理由を訊ねた天照大神に向かって、天宇受賣が、

「貴女に勝る貴い神がいるからです」

と、答えるのだ。

「だが、これはだ、天宇受賣がついた嘘ではないのかもしれない。ほんとうに天照大神の後継巫女がいたのかもしれないのじゃ」

たしかに、言われてみればそうかもしれない。

つまり『古事記』という文学作品には、複数のプロットが重層的に隠されているのかもしれないのだ。

――ようやく、夜の九時過ぎ、おれは銀茶楼を出た。

手宮の下宿まで数キロの雪道を、おれは、天手博士に注入されたため発熱した自分の頭を冷やすべく、雪明かりの道を歩く。

歩きながら考えたのは、

（建御雷軍《たけみかづち》と戦いに破れた出雲国との関係は、連合軍に破れたわが国の関係とそっくり同じだ）

と、いうことだった。

（ただし、出雲降伏の時代設定に関しては、『記紀』に改竄《かいざん》があるらしいが、古代と現代には共通点がある。だってそうじゃないか。占領軍のキング、マッカーサーは厚木飛行場へ天下《あまくだ》ったのだ）

（無条件降伏した日本国民が、彼と占領軍を、新

たな統治者として迎え入れたのは、なぜか。日本人の無意識にあの神話時代の記憶が残っていたからではないだろうか〉

おれは、以前、児屋勇《こやねいさむ》が話した〈進駐軍＝天孫族論〉を思いだしながら、一人で苦笑していた。

第三章　天狗山山荘の仙女

1

小樽湊署刑事の間土部海人《まどべかいと》に呼び出されたのは、一月一〇日（水）。北海道は猛烈な寒波に見舞われ、内陸の旭川はマイナス二九度、倶知安《くっちゃん》マイナス三〇度。小樽湊は海に面しているのでそれほどでもないが、軀を流れる血液が凍るかと思うほどだった。

待ち合わせたのは、久しぶりの岩戸家である。間土部刑事は先に来ており、店の一番奥にある小上がりを確保していた。

「今夜の軍資金は鍛冶村組長から預かってきたので、遠慮なく注文してください」

と、言ったので、ここの冬の名物料理の鱈ちりを頼む。酒は手宮酒造の新作、弁慶《べんけい》だ。辛口で喉越しがいい。

お通しの松前漬けを肴《さかな》に、冷え切った軀を熱燗《あつかん》の弁慶で温めながら、間士部の話を聴いた。

天狗山山荘で殺害された茶道家、宮滝火徳《みやたきかとく》（七〇歳）は当地では有名人らしく、弟子は数千人もいるらしい。

「自分は無趣味で、その方面の知識もまったくないのですが、なんでも熊野神仙流《くまのしんせんりゅう》という神代からつづく流派だそうです」

「ほんとうに数千人もいるのですか」

と、おれは質した。

「ええ。全道だけでなく日本中、いや世界中に会員がいるらしいですよ」

と、聞かされておれは驚く。

「もしかすると、茶道にかこつけた新興宗教かもしれません。そういう噂もあるのです」

間士部はつづけて、「茶道と言えば、普通、我々は秀吉に切腹を命じられた千利休《せんのりきゅう》を考えます。さもなくば、当時の先進文化都市であった堺衆です。しかし、月夜見月江様を訪ねてうかがってきたのですが、唐代に定着したものを、奈良時代から平安時代初期に遣唐使がわが国にもたらしたものだそうです。『日本後記』によると弘仁六年、西暦八一五年に僧永忠《ながただ》が嵯峨《さが》天皇に茶を献じたとあるそうです」

と、警察手帳を見ながらおれに教えた。

「つづけてください」

と、うながすと、

「ところが、なんと、熊野神仙流では、わが国神代の時代に存在した原始茶道の流れを汲むものだそうです」

「まさか」

「むろん、ペテン師だという者もおりますよ。ですが、ご夫妻とも月江様とも知り合いですし、諏佐世理恵後援会の幹部会員だそうです」

と、聞かされて、おれは思い出した。

「そう言えば、五日にアカシア市の北海グランドホテルで開かれた新年恒例会の会場でお点前を振るまっておられたのが……」

「ええ。自分は呼ばれませんでしたが、小樽湊署の署長は出席して、熊野神仙流のお点前を初めて体験したそうです」

「じゃ、茶をたてたあの女性が……」

「亡くなられた火徳宗匠の奥方、姜永《きょうえい》様です」

「事件は何時に起きたのですか。ＧＨＱが詳しい報道を抑制したらしいが……」

「犯行時間は、午後一〇時から一二時ごろと推定されます」

「他に家族は？」

「娘さんが一人、薬子《くすこ》さんと言いますが、このかたが跡取りらしい。事件当夜は、姜永様と一緒に北海グランドホテルに宿泊されています。むろん、裏はとれております」

「ああ、あのかたが」

おれは思い出した。赤と白の巫女のような衣裳を着けて、お点前を運んできたのがその娘さんらしい。

「で、容疑者は絞られているのですね」

「幹部会員五人に絞って事情聴取しましたが、ともに熊野神仙流の高弟で、跡目争いの真っ最中であったということです」

「つまり、高弟の一人が、お嬢さんの薬子さんと婚姻するわけですね」

「だそうです」

うなずいて、「ただし、五日は花婿候補の認定式のようなもので、この一年をかけて人格や人柄、あるいは出自、さらに統率力や技量など、諸々を見きわめてから決めるという段取りだったようです」

「じゃあ、一月五日に花婿レースがスタートしたというわけですか」

「なにしろ、全国、数千人のお弟子さんとともに、宮滝家の先祖伝来の財産ばかりでなく、その事業をも継承するわけですから、跡目争いは、外目にはわからないお互いの反目があったと想像されます」

など、事情を聞くうちに、複雑な背景があるらしいとわかってきた。

さらに、小一時間ほどをかけて、間土部刑事からおれは、天狗山山荘界隈の地図や現場の見取り図、写真などを見せられて説明を受けた。

——気がつくと看板の時間である。

「どうも事件が複雑すぎて、今はまだ何も言えません。いただいた資料を持ち帰って整理し、考えてみましょう」

と、おれは言った。

「ええ。事件の背景に神代の昔からの因縁と言いますか、我々も内輪で〈古事記殺人事件〉と呼んでいるくらいですが、署の全員がそちらの教養に疎く、お手あげです」

と、言って丸刈りの頭を掻きながら、「それで鍛冶村さんに相談したところ、山門さんにお願いして協力してもらえと。で、『小樽湊署としては、賞状ぐらいで、金銭的には何の謝礼も出せませんが、協力のほどよろしく』と、署長から言いつかってきました」

「それでかまいませんよ」

おれは言った。

つづけて、「それにしても、あなたのお話を聴きながら思いましたが、どうも気になっているんですが、現在、我々がいる〈此の世界〉つまり〈中間世界〉のルールと言いますか、特別な事情が解決を遅らせているように思いましたが、ちがいますか」

と、質すと、

「ええ、まさに……」

と、深くうなずき、「まったくそのとおりなのです。打ち明けた話、我々はすでに本命と思われるホシを逮捕して拘留しているのですが、一貫して黙秘をつづけており、自白がとれない。しかもですよ、任意で呼んで事情聴取した他の四人については……」

間土部刑事は言葉を途切り、溜息をついた。

「じゃ、もしかすると」

と、おれがうながすと、

「ええ。彼ら四人には、例の〈霊魂再来補完機構《ザ・コンプリメンタリー・オーガニゼーション・オブ・リインカーネーション》〉から召喚命令が届き、今は我々には手が出せないのです」

「では、再度、任意同行を求めるわけにはいかないのですね」

「ええ、彼らがこちらへ戻されるまでは、当事者の供述はお渡しした調書だけなのです」

2

間土部刑事と別れたおれは、自分のねぐらに戻った。

オーナーのキヨさんも湯治から戻り、帳場にいた。

「やあ、お帰りなさい」

と、挨拶しながら、おれは気付く。

湯治が効いたのか、顔色も肌もつるつるである。

「暮れからの二週間、ゆっくり休ませてもらったお陰様で、膝の痛みもね、治ったわ」

と、感謝された。

「昆布と言えばニセコですね。東洋のサンモリッツと言われるほど、雪質がいいそうですね」

と、おれが言うと、

「冬もいいけど、そうね、今年の秋は、ぜひ、みんなを連れて観楓会《かんぷうかい》へ行きましょう」

つづけて、「暮れには、うちの者たちが楽しませてもらったそうね」

「忘年会のことですか」

「どんちゃん騒ぎの噂は、昆布温泉まで届いていたわよ」

「なにかと普段、皆さんにはお世話になっているもので」

と、肩を竦めて頭を掻くと、

「山門さん。気を使ってくれてありがとう。これ、お土産」

と、言いながら、温泉饅頭《おんせんまんじゅう》をひと箱くれた。

礼を言って自分の部屋に戻る。六畳一間だ。布団は万年床だ。電灯を点けると散らかし放題で、エントロピーの法則を地で行っているようである。

そのまま、寝床に潜り込み、腹這いになって寝煙草をやりながら、間土部刑事から預かった書類を広げる。

ガイ者の宮滝火徳《みやたきかとく》宗匠は宮滝家の女婿《じょせい》らしい。

事件が起きた夜、天狗山山荘に集まっていた高弟五名の名前も記されていた。

花婿候補第一次選考に残った五名の名は、次のとおりだ。

絵馬《えま》道士《どうし》
瓢《ひさご》箪道士

魔鏡《まきょう》道士
八角《はっかく》道士
左道《さどう》道士

共に戸籍名ではない。熊野神仙流独自の役職名らしい。

なお、道士というのは、方士とも言うらしいが、道教の用語では長生不死などの神仙術を身に付けた者を指すらしい。

ページをめくると、訊問調書の要約が記載されていた。

一、絵馬道士の証言

取調官　ええ、本日の聴聞は任意ですので、答えたくなければ、答えなくてけっこうです。まず、本名を教えてください。
絵馬道士　武部和気《たけべわき》です。
取調官　ご出身は?
絵馬道士　南熊曾《みなみくまそ》、つまり鹿児島です。
取調官　最初にお訊きするが、絵馬道士は役職名だそうですが、門外漢の私には想像もつきませんな。
絵馬道士　難しいことはありません。神社に奉納する絵馬のことですよ。大昔は本物の馬を殺したそうですが、飛鳥時代以降は殺生を嫌う仏教の影響もあり、絵馬で代用するようになったのです。
取調官　つまり、どういうことですか。
絵馬道士　熊野神仙流というのは、単なる茶道ではないのです。
取調官　つまり、どういうことですか。
絵馬道士　熊野神仙流の本質は道教です。
取調官　道教ですか。というと老子の流れをくむ……。
絵馬道士　老子は有名人ですが、当時、大勢、存在した神仙の一人にすぎません。
取調官　そうですか。では本題に入りますが、あなたにお伺いしたいのは一月五日夜のことですが、どんな様子だったのですか。
絵馬道士　はい。一人ずつ宗匠の部屋に呼ばれ、二、三、雑談をしましたが、花婿候補の証にと、私は熊野神仙流奥義書の一つ『芝菌』を拝領いたしました。

取調官　『芝菌』とは何でしょう？　部外者にもわかるようお願いします。

絵馬道士　茸です。

取調官　ほう。椎茸とか、松茸とか、今でも日常的に食卓にあがるあの茸ですか。

絵馬道士　そうです。しかし、古代では、不老不死の霊薬と考えられていたのです。しかしですね、刑事さん、ほんとうはね……

取調官　何でしょう？

絵馬道士　ほんとうは『経方』を拝領したかったのですが、拝領したのは左道道士です。

取調官　お訊ねしますが、『経方』の内容がどんなものか教えていただけませんか。

絵馬道士　本草学《ほんぞうがく》と言いますか、薬草の知識が詰め込まれているものです。

取調官　つまり漢方ですか。

絵馬道士　漢方も道教の一部にすぎません。

取調官　もう少し詳しく教えてくれませんか。

絵馬道士　そうですな。中国超古代の王に神農《しんのう》と言われるかたがおられました。炎帝《えんてい》神農と呼ばれることもあり、超古代中国の神話時代に登場する三皇五帝の一人で、医療と農業を、あまねく民衆に伝えた神仙とうかがっております。

ざっとこんな感じである。

二、瓢箪道士の証言

取調官　あなたの本名を伺いましょうか。

瓢箪道士　白家琵琶《しらけびわ》です。

取調官　ご出身地は？

瓢箪道士　筑紫、いえ、福岡です。

取調官　瓢箪道士とはどんな役職なんですか。

瓢箪道士　桃と等しく、瓢箪も魔除けなのです、道教では神仙境を表すとも言われます。

取調官　そういえば『西遊記』にもあったような気が……ところで、当日のことは武部さんからうかがいました。一人ずつ宮滝宗家の部屋に呼ばれたそうですが、あなたの順番は武部さんの後ですか。

瓢箪道士　そうです。武部さんが一番最初、自分は二番目でした。

取調官　それで……。

瓢箪道士　奥義書『黄治』を拝領いたしました。

取調官　その内容は？

瓢箪道士　熊野神仙流、門外不出の錬丹術です。

取調官　と言うと、どんな？

瓢箪道士　不老不死の丹薬を錬成する秘法です。自分としては、これを学ぶことは、この上ない名誉と思っております。

三、魔鏡道士の証言

取調官　本名を言ってください。

魔鏡道士　豊家《とよけ》日和《ひわ》、またの名を神野地《かのち》粂夫《くめお》と言います。

取調官　ほう、お名前が二つも……で、背が高いですねえ。

魔鏡道士　中学ではバスケットボールのセンターでした。

取調官　ご出身は？

魔鏡道士　言い伝えでは葦原中国《あしはらのなかつくに》と言われておりますので、多分、周防灘《すおうなだ》に面した大分県の中津《なかつ》あたりでしょう。

取調官　魔鏡も道教関連の祭具ですか。

魔鏡道士　いかにも。鏡に妖怪を映せばその正体がわかる。つまり魔除けですな。

取調官　ところで、あなたが宗家の部屋に入られたのは何番目？

魔鏡道士　三番目です。

取調官　拝領品は？

魔鏡道士　『医経』をいただきました。

取調官　『医経』と言うのはどのようなものですか。

魔鏡道士　古代から伝わる医術、つまり鍼灸《しんきゅう》術の極意です。

取調官　なるほど、鍼とお灸は私もよくかかりますが、道教に発しているのですか。

魔鏡道士　ええ。東洋医学の双璧と言えば、漢方薬と鍼灸術ですからな。しかし、ツボを一つまちがえば、患者を死なせることもあるのです。

四、八角道士の証言

取調官　本名は?
八角道士　依竹和気《よりたけわけ》と言います。
取調官　ご出身地は?
八角道士　ええ、土佐つまり高知県です。
取調官　八角の意味を教えてください。
八角道士　わかりやすく言えば鼈《すっぽん》の腹が八角です。戦時中流行った〈八紘一宇《はっこういちう》〉は道教なのです。道教では八角で宇宙を表す。殷代の亀甲占いとも関連します。
取調官　なるほど。で、宗家に呼ばれたのは豊家さんの次ですか。
八角道士　はい。四番目です。
取調官　何を拝領されました?
八角道士　私がいただいた奥義書は『導引』です。
取調官　それはどんな内容ですか。
八角道士　『導引』は養生と長生きの法で、主に身体の屈伸運動や呼吸法です。ま、自分の専門分野でして、いわゆる按摩・整体術も含まれます。

五、左道道士

取調官　本名を教えてください。
左道道士　黙秘
取調官　黙秘の理由を訊かせてください。
左道道士　黙秘
取調官　では、左道さん、左道というのはどのようなものですか。
左道道士　聴いてどうするのですか。
取調官　参考までに。
左道道士　人形に関係する術法です。
取調官　人形も道教に関係あるのですか。
左道道士　刑事さん、その先は訊かないほうがあなたの身のためですよ。
＊以降、雑談にも応ぜず、完全黙秘をつづける。

3

しばらく考えたが、どう考えたらいいのかさえ、おれにはわからなかった。

　だが、行き詰まったときは現場百遍という言葉を思いだした。

　おれは月夜見未亡人に電話を掛けて、

「被害者の妻、姜永夫人におれのことを紹介してくれませんか」

　と、頼むと、二つ返事で引き受けてくれた。

　折り返し電話が来て、

「先方様は、あなたのことをよくご存じでしたわ。喜んで協力するそうです」

「ありがとうございます」

　おれは礼を言って、「実は熊野神仙流について教えていただきたいのですが、日を改めて参上してよろしいですか」

　と、言うと、

「このところ退屈しておりますの。いつでもいらっしてください」

　と、同じく二つ返事であった。

　数日して返事があった。早速、出かける。途中、緑町の鍛冶村鉄平の事務所に寄って道順を訊ねると、

「いっしょに行こう」

　と、彼も二つ返事である。

「間土部君から連絡があって、貴様が引き受けてくれたと喜んでいたぞ」

「いや」

　おれはかぶりを振った。「引き受けたはいいが、今のところは五里霧中の状態だ」

「焦ることはないさ。真犯人は捕まっているんだからな。問題は半落ちだってことだ。動機がわからないのだ」

「役職名は左道道士だが、本名は黙秘、素性もはっきりしないそうだ。とにかく、本人が黙秘を貫いているのでな、まさか名無権兵衛《ななしのごんべい》で〈霊魂再生補完機構〉へ送ることもできないらしい」

　熊野神仙流についても、彼は、詳しいことはわからないと断りながらも、

「ただ、わが国政財界の黒幕という噂はある。君は知らんだろうが、茶会はこの種の裏工作というか、

密談にはもってこいの場所なのだ。ま、おれの憶測だが、茶聖の利休という人物にしても、諸侯割拠する複雑な当時の世界では、黒幕の一人だったんじゃないか。それを秀吉が恐れたので、彼を切腹させたというのがほんとうの理由かもしれないぜ」

「なるほどな。茶会《ちゃかい》をサカイと読めば堺に通じるわけか」

と、冗談で応じながら雪道を急ぐ。

天狗山のジャンプ台に行く道らしいが途中で二股に分かれ、右へ行けば最上《もがみ》町、左側が入船《いりふね》町だ。

我々は左の道を進む。天狗山山頂は左手で、この道は麓の道なので、あちこちの斜面で子供らが自分らで造ったゲレンデでスキーを楽しんでいた。

さすが、積雪の多い坂の街だ。子供らはみな上手である。斜面の途中に雪を積んで造った手製のジャンプ台まであり、巧みに飛んでいた。

「貴様、スキーはやるのか」

「今、レース用を借りて歩くスキーを習っているところだ」

と、言うと、

「無理して、足、折るなよ」

と、言われてしまった。

やがて、

「あれだ」

斜面の前方に鉄筋コンクリート三階建ての建物が見えてきた。屋上の様子は坂の下からは見えないが、おそらく二メートルを越す雪で覆われていた。

建物の背後は、高さが二〇メートルはありそうな崖である。その上に、樹木が疎らな急斜面が上方の天狗山山頂のほうへつづいていた。

「あの施設だが、うちでな、道路の除雪や、その他、諸々の修繕、保守点検などを請け負っているんだ」

と、鍛冶村が言った。

我々は一〇〇メートルはある急な坂道を登り、玄関前の広場に着いた。大きな玄関である。門松は取れていたが、立派な注連縄《しめなわ》が張ってあった。

中に入って声を掛けるまでもなく、門人らしい中年女性が奥から出てきた。

「あら、組長さんも一緒でしたの」

と、笑顔で会釈すると、おれを向いて、「山門様ですね。姜永様がお待ちかねです」

案内されて、中庭が見える広いニス拭きの廊下を進むと、突き当たりが神殿のような作りであるが、神道でも仏教でもない。教会のようでもない。

思わず戸惑っていると、

「ここは道教の神殿だ」

と、鍛冶村が小声で教えてくれた。

「この国にも道教があるんですね、ほんとうに」

と、言うと、

「貴様、神道と道教の関係を知らんのか」

と、たしなめられた。

「初耳です」

朱塗りの祭壇の中央に大きな軸が掛かっていたが、これが御神体の神農らしい。頭に二つ、左右に瘤のような角もしくは肉瘤《にくりゅう》が付いていた。

我々は、神殿脇の控え室のような部屋で待たされた。

来客が多いようだ。顔見知りはいなかったが、ニュース映画で見たことのある政界や財界の著名人が、二人ほど新聞を読んでいた。


「驚いたな。おれもこの部屋に通されるのは初めてだが、今、呼ばれて奥へ入ったのは政権与党の大物、大太黒光造《おおたぐろみつぞう》だぜ」

と、耳元で鍛冶村が囁く。「わざわざ、帝都から来たからには、よほど大事な用事なんだろうな。内閣改造でもあるかなあ。それから……」

と、つづけ、「さっき、出て行ったのは、丸富《まるとみ》商船の会長、丸富一成《かずなり》だし、窓際に座っているのは地元衆議院議員の赤染真作《あかぞめしんさく》の第一秘書の嵐《あらし》だよ」

「凄いな。おれの知らない世界だ」

と、言うと、

「おれも同じだが、いろいろとな、政財界の人間にも悩み事があるのさ」

それから、たっぷり一時間は待たされ、つい睡魔に襲われていたおれを、鍛冶村が起こす。

隣へ案内されると、そこは窓のない部屋で明かりは灯明だけである。

床の間に掛けられた、神仙らしい人物像の軸を背にして、上座を占めて正座している老女が姜永《しょうえい》様である。

「紹介します」

と、鍛冶村が言うのを遮り、

「山門さんとは、ご縁はございますの」

「はい。北海グランドホテルのパーティ会場で、諏佐議員の新年会の席でおめにかかっております」

と、言うと、

「いいえ。遙か昔から」

「えッ？」

「イワナガ様はお元気ですか」

「はあ」

と、応じたものの、なぜか、一気に、神話の時空間に転移させられたような気分である。

「と、思いますが、今年はまだ」

おれは言葉を曖昧にしてつづけた。「イワナガ様は自分の実母というよりは、守護霊のような存在だと思っております」

姜永夫人はうなずいて、

「実は神仙茶道、熊野神仙流は、紀伊の宮滝《みやたき》に起源を持つといわれておりますが、黒潮に乗って南九州の日向から伝わりましたの」

「神武東征のルートは瀬戸内海経由でしたが、そのころ、すでに太平洋沿岸に添った直行ルートがあったのですか」

と、質すと、

「ええ。特に航海術に長けた海人族にのみ可能な航路でしたの」

おれは初耳である。神武天皇も、実は母方の血筋が海人系であるので、彼らの援けを得て、たっぷり時間を掛けた瀬戸内航路を移動したらしい。

だが、それにしても、日向海岸から目的地の大和に辿り着くまで、何年もかかっているのはなぜか。おれとしては、太安萬侶の脚色を感じていたのである。

だが、この件はまたいずれにして、おれは訊ねた。

「それにしても、わが国への茶の湯の伝来は、中国からで奈良時代から平安時代初期に遣唐使によって伝えられたと聞いておりますが」

「むろん、記録ではそうですわ。『日本後記』という書物によると、弘仁《こうにん》六年ですから西暦なら八一五年かしら、僧永忠《えいちゅう》が嵯峨《さが》天皇に献じたとありますわ」

「でも、それより古い記録があるのですね」

と、質すと、

「ええ、わが家にはね」

と、口元を笑わせ、「ごらんになりたい？」

「はい。ぜひ」

「でも、だめ。門外不出の秘伝書ですから」

おれは、からかわれているように思った。

　夫人はつづける。

「でも、そもそも、茶の薬用効果の発見は、後に夏《か》王国を開いた炎帝神農《えんていしんのう》と言われておりますでしょ。医療と農耕の開祖とも言われる神仙の一人ですが、東洋のプロメティウスと言われるように、人々に火の使い方を教え、また生水は飲むな、火で湧かして飲めと勧めたと言われますから、今でいう衛生の神、また医術の神とされているのです」

　後に調べたところでは姓は姜《しょう》、一二〇歳まで生きたと言われるから、『記紀』の古代天皇がことごとく人間離れして長命だった点と符合するのだ。

　なお、一説では、今日、唐辛子の激辛料理で知られている長沙《チャンシャー》に葬られたと言われるが、別の説では、在位一四〇年にして、初めは淮河《ホワイ》中流域の陳《ちん》に置いた都を、北東の山東半島に近い曲阜《きょくふ》に都した魯《ろ》に移したとあるので、ここから南下して南九州笠沙《かさ》の御前《みさき》（野間岬）に到り、山越えして日向に到った可能性は皆無ではないと言うのだ。

「それで奥様は、姜永と名乗られておられるわけで」

　鍛冶村が言うと、

「ええ。神農様縁《ゆかり》の名前ですのよ」

にこっと笑いながら、

「お二人にお訊ねしますが、紀伊半島を旅されたこと、ございまして？」

「伊勢神宮には行きましたが、奥へは」

と、鍛冶村。

おれが、

「はい。大学が関西でしたので、ぐるりと半島を一周を」

と、応じると、

「汽車でですの？」

「鈍行でのんびりと。熊野三山の他、新宮《しんぐう》には徐《じょ》福《ふく》の碑がありますし、那智《なち》の滝へも行きました」

つづけて、「古代史研究会の先輩に誘われて、熊野から飛鳥まで山越えで神武東征の足跡を体験したこともあります」

「では宮滝を通りまして？」

「ええ。吉野の手前ですね」

おれたちが辿ったのは、熊野の少し北東の熊野大泊から東熊野街道を北へ進み、吉野川に沿って降るコースであった。

「で、ゴールの橿原《かしはら》神宮に参詣したのですが、宮滝には何かあるのですか」

「ええ。吉野町宮滝こそ、あたくしども熊野神仙流ご先祖様の地ですわ」

「そうなんですか」

「ご存じないようね」

「えッ？ 何がですか」

「宮滝こそが、知る人ぞ知る道教文化の遺跡がある場所なんです」

「知りませんでした」

おれは正直に言った。


「じゃあ、お訊ねしますが、『記紀』には、特に神話時代の記述ですが、道教の観念が多く入っていることにお気づきでしたか」

「いいえ。初耳です」

「ところが……」

すると、急に、何か、おれの思考を覗き込むような眼になり、

「祆教《けんきょう》もです」

「拝火教《はいかきょう》、つまりゾロアスター教ですね」

「景教《けいきょう》もですわ」

「ネストリウス派の……」

「これらはみな、遣唐使が持ち帰った当時としては、最新思想でした」

「でしょうね」

と、うなずくと、

「あなた、神武東征って、ほんとうの史実だと思いまして？」

「ちがうのですか」

と、おれも姜永夫人の眼を見詰め返すと、幻惑というか瞳のなかに吸い込まれるような感覚を覚え、

姜永夫人の正体は仙女かもしれないと思いはじめているのを自覚しつつも、

「自分の知るかぎりでは、瀬戸内海を西から東へ遠征し、大坂のあたりで上陸しようとしたところ登美《とみ》の那賀須泥毘古《ながすねびこ》の軍勢に阻まれ戦い、そのとき矢傷を負った五瀬命《いつせのみこと》から、日の御子が太陽と向きあって戦うのは理に適っていないと進言され、紀伊半島を南下、最南端の潮岬を回って伊勢湾側へ出て北上、新宮を経て熊野に上陸し、奈良盆地を目指すコースをたどった――と言うのが一般的な説のはずですが」

「でも、ずいぶん遠回りしたと思いません？」

「たしかに」

「那賀須泥毘古の軍勢との戦いで負傷した五瀬命は、紀ノ川の河口かその附近まで来たとき亡くなられるんですが、紀ノ川はご存じね」

「ええ。吉野や宮滝方面から紀伊水道に流れ込む川ですね」

「ここから遡れば、五条経由で橿原へ直行できるでしょう」

「ですが、このルートは朝日の昇る東へ向かいますよ」

「でもね、太陽に向かって戦ったから負けたというのは、部下たちを納得させるための口実じゃないかしら。最初の計画では、今の大阪湾の堺のあたりから大和川を遡り奈良方面へ向かう予定だったのに、生駒山西麓に陣を構えた那賀須泥毘古軍に行く手を阻まれたわけね」

「ええ」

「生駒山麓の高地に陣取って、神武軍を迎え撃った那賀須泥毘古は、なかなかの戦術家だったと思いません？」

「ええ」

「彼の妹の登美夜毘賣《とみやびめ》は、先着した天孫族の一人、邇藝速日命《にぎはやびのみこと》の妻でもあるのよ。ですから、彼も天孫に仕える者という自負があるから、なにを今さら、後からのこのこと神武軍を認めなかったのは当然ね。このことは『古事記』より『日本書紀』のほうが詳しいのですが、結局は主と仰いた邇藝速日命に殺されてしまうのよ」

「もしそうなら、ちょっとやりきれませんね」

と、おれは言った。

「ええ。天孫軍には、だまし討ちや調伏や裏切りやらの策謀がね、けっこう多いですよ」

「今なら諜報活動でしょうか、イリーガルな」

と、おれは応じた。「一例が須佐之男の八岐大蛇《やまたのおろち》退治です。一説では八本の支流をもつ肥の川のことだと言われておりますが、いささか牽強付会だと思いますね。やはり、山鉄を採取に来たオロチ族に好物の酒を飲ませ、熟睡したところを殺します」

「とにかく、昇る太陽に向かったから破れたというのは、あくまで、とってつけたような部下たちへの言い訳にすぎないのでしょうが、軍を南へ向かわせるわけです。でもね、ほんとに神武東征があったのか、それとも『記紀』編纂者たちの意図的創作だったのか、あたくしとしては疑っているのです」

「むろん、根拠がおありなのでしょうね」

と、おれは言った。

するとと、

「山門さんならモーゼはご存じですよね？」

と、姜永夫人。

「旧約聖書のですね。むろん」

「じゃあ、『出エジプト記』をお読みになって？」

「外語大の学生時代に一応は」

「なら、気付くはずですが、でしょ」

「え？」

「似ていると思いません？」

「なにがですか」

「神武東征神話と『出エジプト記』……この二つのエピソードがです」

一瞬、おれの脳内が真空状態になる……

4

気がつくと話題が飛んでいた。

炎帝神農は神仙とされる伝説の王であるが、炎帝の名は炎が南方を意味し、かつ古代王国の夏王《か》となることを運命づけられていた。

「詳しい説明は省きますが、神仙思想とともに道教の元祖でもあるのです。このかたが、偶然、茶の効用を発見したのがはじめてで、むろん様式化された茶道とは関係なく、薬用としての茶の使い方だったのです」

「熊野神仙流はその流れを汲んでいると」

と、鍛冶村が言った。

「はい。遠い昔、南九州に伝わり、それが神武東征以前に熊野へ伝来したのです」

姜永夫人はつづけて、

「良い機会ですわ。お二人に一服《いっぷく》差し上げたいと存じますが、いかが」

「喜んで」

おれより先に鍛冶村が言った。

「どうぞ」

隣室が四畳半の茶室になっていた。

半間幅の床の間には、先ほど見た神殿のものと同じ肖像画が掛かっていた。

「このかたが茶聖の神農様ですか」

「ええ」

「角のようなものが二つありますが」

と、訊くと、

「エジプトから脱出したモーゼにも同じ角がありますわ」

つづけて、「今は敦賀《つるが》、古代は角鹿《つぬが》の語源となった都怒我阿羅斯等《ツヌガラシト》ですが、やはり角が二つありますのよ」

さらに、

「多分、ご存じないと思いますが、神倭伊波禮《かんやまといはれ》毘古命《びこのみこと》、つまり神武天皇にも角が二つございましたのよ」

「えッ！」

と、思わず声を挙げてしまったおれであった。

「むろん『記紀』には書いてありませんわ。実は『先代旧事本紀大成経《さきつよのふることのもとつふみおおいなるおしえ》』というものがございましてね、いわゆる『竹内文書《たけのうちもんじょ》』や『秀真伝《ほつまつたえ》』など多くの神代文書《じんだいもんじょ》の基になったと言われる文書なのです」

すると、鍛冶村が、

「いつだったか、案山子《かかし》書房の少名君から聴いたことがあるな。彼によると、江戸時代に偽書とされたとか」

「たしかに、現存するものは複数ある写本の一つですわ。でも、本物は某所に秘蔵されているのです」

「今で言う第一版、つまり原本があると言うのですね」

と、おれは質した。

「ええ」

「どこにあるのですか？」

「国民のみなさんだれもが知っているところ、でも、余人の拝観は不可能なところとだけ言っておきましょう」

鍛冶村も質す。

「聞くところでは、『古事記』は当時の国民向け、『日本書紀』は外交関係のある国外の諸国向け。しかし、『先代旧事本紀』は当時の政権中枢のみに知られた根元聖典である、と」

「ええ。そのとおりですわ」

「聖徳太子、秦河勝《はたかわかつ》一門、さらに物部《もののべ》一族の一派、当時の藤原一派によって史実が書きかえられた『日本書紀』に対抗するものと聞いたことがあります」

「どなたに？」

「祖母です」

「鍛冶村さんのご出身は津軽十三湊《とさみなと》でしたね」

「ええ。自分の遠いご先祖様は蜆《しじみ》の道をとおり、出雲から諏訪経由で十三湊へきたと、家伝には」

「で、今の生業《なりわい》は鳶職《とびしょく》のようですが、昔は蹈鞴《たたら》を職業とされておられたのでしょう」

「はい。今なら製鉄業ですがね、神代では奥出雲の山でとれる砂鉄を精錬し、これを叩いて鍛える鍛冶を家業とする一族だったそうです」

「もしかすると、さっき言われたお祖母様ですが、紀伊のご出身じゃございません？」

「はい。よくご存じで」

「ええ。蹈鞴を通じて、紀伊と出雲は人的交流があったはずと考えられますもの」

しかも、神武東征のずっと前かららしい。姜永夫人によると、出雲から日本海沿岸を舟で進み、若狭湾に着き、近江高海原《おうみたかまがはら》の琵琶湖を渡り、伊勢湾経由で伊勢や熊野と交流があったはずだというのである。

——やがて、風炉の上の鉄瓶がチンチンと啼きはじめる。

姜永夫人は風雅な作法で茶をたてる。

「どうぞ」

振る舞われたのは緑色とはちがい、赤みを帯びている。

(毒?)

まさかと思って、おれは質した。

「この赤みは、朱ではありませんよね」

「ほほッ」

笑いながら、「昔は、不老不死の神仙薬と思われていた朱、つまり水銀ではありませんからご安心を」

飲むと、未だ経験したことのない味である。

鍛冶村も言った。

「いったい、何が?」

「かの山東半島の方士、徐福《じょふく》が、始皇帝の命を受けて探し求めていた蓬莱山の不老不死薬ですわ」

と言う木魂《こだま》のような夫人の声を耳にしながら、おれの意識は、ふわふわと桃源郷の上を飛んでいるのだった。


景色は仙境である。たわわに実った桃畑、土壁と茅葺きの農家、澄んだ水の流れる小川。かと思うと、明らかに遊離魂となっておれは、南画のような深山幽谷の景色の中にいるのだった。田舎道ですれ違った長い髭、長い杖をついた仙人らしき人々からも、ここが仙境にちがいない。すると、抜けるような真っ青な天空から神のごとき声が響いてきた。

答えたのは、意識されない意識であるおれの無意識である。

無意識のおれは、天の声と言葉を交わしているが、おれにはなんの話か理解できないのだった。


その瞬間、おれは、ハッとして目覚める。

傍らでは、鍛冶村が高鼾《たかいびき》をかいていた。

「初のトリップ体験はいかが」

と、姜永夫人に訊かれたので、

「もしかすると、おれの前世の世界へ行っていたのですか」

「ご存じのように、〈此の世界〉は〈中間の世界〉でしょ。時空構造が堅固ではなく流動的なのです」

と、だけ教えた。

「〈中間の世界〉だから曖昧なのですか」

と、おれはまだ半ば醒めやらぬ意識で呟く。

「でも〈中間の世界〉は、どっちつかずというわけではありませんのよ」

「そうなのですか。たとえば、確率が半々とか」

「ちがいますわ」

「……?」

「似ているといえば、量子《クオンタム》の性質に似ていると言えるかしら」

「……!」

おれには、夫人に試されているのか、揶揄《やゆ》されているのかわからなかった。

「たとえば光子《フォトン》ですが、波であると同時に粒子でもある状態が、フィフティ・フィフティではなく、重なりあっているのです。一方、〈中間の世界〉は生と死の境目などではなくて、生と死が重なりあっている世界なのです」

と、言いながら、姜永夫人の眼が宿す蠱惑《こわく》の光を発した。


「ここに来られる信者の人々の心も同じです。幾つもの意思が重なり合っておられるから迷っておられる。あたくしの役目は、神霊の眼を借りて、それを決めてあげるのです。ご存じかしら、装置から放たれた一個の光子は遮蔽板のスリットを通り抜けるとき、波模様になります。しかし、遮蔽板の手前でだれかが観察していると粒子になるのです。それと同じですの。人々の悩みは、あたくしを介することによって、迷いの根本原因そのものが解消されるのです」

むろん、おれには、半分どころか、何十分の一だって理解できなかった。

しかし、

「それが信じるってことなんですね」

と、言うと、

「イワナガ様のご子息であるのがあなたですから、特別に拝観させてあげましょう。付いていらっしゃい」

半ば夢遊状態で、茶室と繋がっている小さな神殿のような奥座敷に導かれる。障子戸を左右に開け広げると、縁側と外を仕切る硝子戸越しに、雪に埋もれた裏庭が見えた。

「あれです」

と、上へ指でさされた方向を硝子戸越しに視ると、裏山の崖に巨大な岩が露出していた。

注連縄《しめなわ》が張られているからご神体であろう。

「あたくしのご先祖様が、このゴトビキ岩をここ北辺の港街に見付けられ、道場をこの場所に建てることにしたそうです」

そのとき、なぜか、おれの脳裏に言葉が宿った。

「あれが、磐座《いわくら》ですか」

「はい。紀伊の新宮には、これと相似形の巨大なゴトビキ岩があり、新宮の沖合から神武天皇も、那智の滝と同時に、ゴトビキ岩を視認され、実際に登られて参拝されたとありますわ」

「学生時代の研究旅行で、我々同好会の皆も、急な石畳の階段を登って参詣し、たしか蝦蟇蛙《ひきがえる》に似ていたという記憶があります」

「神霊は、こうした岩に依りつきます」

「依代《よりしろ》というそうですね」

と、おれは応じた。「こうした依代は全国にも多数あり、奈良の三輪山のような神体山も磐座だそうですね」

と、言うと、

「はい。では、神倉神社の拝殿まで登られたのですね」

と、うなずきながら、言葉をつづけ、「山門さんは、ゴトビキの意味、ご存じ？」

「いえ。磐境《いわさか》といえば祭祀場ですし、ご神木や榊などの場合は神籬《ひもろぎ》というくらいは知っておりますが、いったい何語ですか」

と、言うと、

「熊野の地方の方言で蟇蛙《がまがえる》のことです」

神倉神社は熊野三山の一つ熊野速玉神社の摂社だそうだが、ほんとうはより古い信仰の歴史があるらしい。

「実はね、蟇蛙は鴉《からす》と対になっておりますのよ」

「と言いますと？」

「鴉は太陽の使者ですわ」

「聞いたことがあります。たしか三本足の鴉ですね」

「熊野三山の神の使いもその三本足の鴉ですわ」

「たしか、樫原神宮の絵馬も三本足の鴉ですよ」

と、言いながらおれは、神武天皇遠征軍を導いた八咫烏が渡り鴉にちがいないという話を思い出していた。

「一方、蟇蛙はね、兎ではなく月の使者なんです」

「はじめて聞きます」

「これで徐福が新宮に来た理由もわかるでしょう。なぜなら、今、申した話は中国由来ですもの」

そう話されて、おれにも納得がいった。黒潮ルートが、中国大陸と紀伊半島を、ずーっと古い時代から結び付けていたのである。

5

おれが、問題の事件のことを教えられたのはそのあとだった。

茶室に戻ると、鍛冶村も夢から醒めていて、

「桃源郷というものを、初めて経験させてもらいました」

と、頭を掻きながら話に加わる。

おれは改めて訊ねる。

「犯行の動機で、なにか思いあたることは、他にもございますか」

「おそらく、あたくしと結婚する前の主人の経歴にあると思いますわ」

「では、ご主人は、この件について何も話されなかったのですか」

「ええ」

「でも、犯人は殺害動機を黙秘しています。なぜでしょう?」

「わかりません。第一、この家に犯人も侵入した方法がわかりませんのよ」

「つまり、天狗山山荘自体が密室だったってことですか」

「表玄関、通用口、裏口の出入り口はすべて、そしてすべての窓もです」

「犯人は、あらかじめ山荘内に潜伏していたのでしょうか」

「むろん、その可能性は考えられますが、では犯

行後、どうして脱出したのか」

「合鍵の可能性は?」

「あっても無駄です。以前、進駐軍兵士の侵入事件がありましてね、この家の開口部はすべて内側にも扉がある二重扉で、しかも内側から閂《かんぬき》が付けられているのです」

夫人によると犯行の翌日、アカシア市から帰宅して天狗山山荘に入ろうとしたとき、閂の掛かった内扉を破壊する必要があったそうだ。

「奥様に呼ばれて真っ先に駆け付け、内扉を壊して中に入ったのは、このおれだ」

と、教えたのは、鍛冶村だった。

「ええ。ここの下の酒屋さんで電話を借り、鍛冶村さんに頼みましたの」

「たまたま、間士部刑事が、別件の盗難事件でうちの事務所に来ていたので、一緒に駆け付けたのだ」

と、鍛冶村。

火徳氏は、三階の寝室で寝ていたところを襲われたそうだ。

「間士部君は、すぐ鑑識を呼んで詳しく調べさせたが、足跡その他の痕跡からは侵入口も脱出口もわからなかった。しかし、唯一、可能性のあるのは屋上へ出る塔屋だった」

と、言うと、鍛冶村は、

「付いてきたまえ」

と、おれに言った。

三階から塔屋へ出る階段を昇ると、がっしりとした鉄製の扉があった。

「ここだけは内扉がないんだな」

と、質すと、

「外へ出ればわかる」

と、鍛冶村は足元の長靴を指した。

スリッパを三匹の馬のマークがついたゴム長に履き替え、おれは鍛冶村とともに、高さが三〇センチはある足元の敷居をまたいで屋上へ出た。

屋上は目の高さまで雪が積もっていた。

「ここから侵入した可能性は?」

と、訊ねると、

「あの夜は、知ってのとおり国鉄も止まるほどの大雪だった。たとえ、侵入者の足跡があっても積雪の下だよ」

「突飛だけど、ヘリコプターを使えば簡単だ。軍用ヘリは朝鮮戦争の戦場で活躍していると聞いたけどな」

「馬鹿言っちゃ困る。犯行があった夜は猛吹雪だったんだぜ、ヘリは飛べない」

「じゃあ、どうやって屋上へ登ったのか」

「第一、外部からは、絶対、不可能だ。自分の目で外壁を調べるといい」

言われたとおり、おれは腰まで埋まった積雪を漕いで屋上の縁に沿って調べる。

積雪は、屋上の一メートルほどあるパラペットを乗り越えて、外側に張り出していた。

港側は急斜面である。おれたちが、さっき登ってきた坂道が十数メートルも下に見えた。天狗山山荘の敷地は、急斜面を切り開き整地した土地のようだ。上から下を覗くと、建物の外壁が崖の急斜面と一体化してつづいているようにさえ見えた。

視線を上げると、市街地の屋根の連なりの向こうに、港の防波堤が見え、最高の眺望と言っていい。

反対の山側は疎らな雑木林の急斜面で、敷地造成のため切り崩した崖を防護するためのコンクリートの擁壁が築かれていた。ざっとの目測だが、崖までの水平距離は五メートルほど、敷地面から擁壁の天井まで二〇メートルある。

ちょうど眼の高さに、先ほど奥座敷の縁側越しに見上げたゴトビキ岩が見えた。

天然のままなのか、人が手を加えたものかは判別できなかったが、たしかに蟇蛙《ひきがえる》に似ていた。

「何を見ている?」

と、訊かれたので、

「あれさ、万古の磐だ。形はないがエネルギーのみがある存在が、ご神霊だ。それが、岩のような不変の存在に宿ると考えた先史人の心だが、わかるような気がするな」

と、おれは答えた。

「貴様、子供のころ、蛙の卵を採って育てたことあるかい」

「あるよ。池などの水溜まりで、ゴマ粒のようなのが寒天《かんてん》のようなものに包まれてな。掬って育てると、やがてオタマジャクシになり、手足が出て、最後に尾が自然になくなる。実に不思議だったな」

「以前に、亡くなった月夜見隼人博士の講演会で聴いた話だがね、ドイツ文化圏では、わが国のお盆に当たる万霊説になると、亡くなった人々の魂が蟇蛙になって戻ってくるという俗説があるそうだよ」

「ああ」

おれも言った。「やはりドイツには鸛《こうのとり》が運んでくる子供は、赤ん坊の池で蛙の姿で泳いでいるのを連れてくるそうだ」

なぜだろうか。

（先史人は、オタマジャクシからの蛙の変態を見て、人間もまた死ぬと霊魂へ変態するはずだ――と、考えるようになったのかもしれない）

そんな思いにとらわれていると、

「ところでどうだい？」

鍛冶村に訊かれた。「屋上から侵入できると思うか？」

「どこにも梯子がない以上、外部からの侵入は不可能だね。蝙蝠《こうもり》にでも変態しない限りは」

と、おれは応じた。

「だろう、悪魔でもない限りは……」

「直接、警察に留置されているご当人に、何とか自白させる他ないんじゃないかな」

「だからこそ、犯人は完全黙秘をつづけているんだ。動機だけでは起訴に持ち込めないと奴は考えているのさ。しかもだ、動機さえもまだわからないのだ」

「だな。弟子がなぜ師匠を殺したか。なぜ師匠が弟子に殺されたかがわからない」

やがて、おれたちは雪だらけになって、屋内に戻った。

雪を払ったのに、三階へ降りる階段に、ズボンに付いた雪が落ちた。

ふたたび、茶室に戻る。

「わかりまして？」

と、訊かれたので、

「いいえ」

と、答えると、

「やっぱり、犯人は空を飛んだのよ」

と、姜永夫人、謎めいた言葉を残す……。

第四章　カレーライス専門店

1

　それから数日後、間土部刑事が銀行通りのおれの事務所に姿を見せた。

　おれはと言えば、このところ急ぎの仕事で忙しかった。他でもない太晋六《おおのすすむ》が代表取締役に就任し、安萬侶《やすまろ》海運の仕事が矢継ぎ早に舞い込んできたのだ。

　朝鮮戦争の形勢が、中共義勇軍の介入で逼迫《ひっぱく》してきたせいもある。敗戦国のわが国にとっては特需であるが、他人の不幸で金儲けをするのは、ちょっと気が引けるものの、おれとしては生活がかかっているのだ。

　アポイントもなく事務所に入ってきた間土部は、興味深そうに机の上に広げた英文の書類を覗き込んだ。積荷の契約書である。

「なにか、用?」

　と、訊きながら古道具屋で揃えた応接セットに誘い、煙草を勧めた。ラッキーストライクである。

「洋モクですか」

　彼は物珍しそうに一本を抜き取る。

　彼が咥《くわ》えたシガレットにライターで火をつけてやり、おれも紫煙をふかす。

　しばらく、強いニコチンを吸いながら間をおき、やがて、

「例の事件ですが、なにもかも不完全なままで送検しました」

　と、告げた。

　つづけて、「ただし、拘留期間の最後に、奴がひと言だけもらしたのが気になります」

「なんと?」

「〝復讐はまだ終わっていない〟とね。気になりませんか」

「なりますよ、そりゃあ」

「でしょう」

「それで、彼はどうなるんです？」

と、質すと、

「判断を下すのは〈霊魂再生補完機構〉で、我々警察の仕事は終わりましたよ」

「つまり、閻魔大王《えんまだいおう》様の役所みたいなもんだ」

と、おれは言った。

「わかりやすく砕けばそうです」

と、間土部も言った。「いってみれば魂の罪を選別する篩《ふるい》です」

「地獄へ墜ちるか、極楽へ行けるか、あるいは人間界に再生するかを決める裁判所ってわけだ」

「ところで、今日来たのは報告です。犯人の出身地がわかりました」

「どこです」

「粟の国だそうです。山門さん、どこかわかりますか」

「四国の徳島県のはずです」

「名前もわかりました」

「そう。やはり名無しの権兵衛じゃなかったわけだ」

「方々を当たってやっとね、これです」

と、警察手帳を開いて見せる。

裳辺津午平
と、癖のある文字で書いてあった。

「何と読むの？」

「モヘツゴヘイです」

「ふーん」

そのときのおれは、なんとなく違和感を覚えたが、そのまま忘れていた。

以来、何事もなく日数が経つ。

敗戦の余波はまだ残り、物不足だし、ひどいインフレがつづくが、戦時に比べれば、この平穏さは値千金《あたいせんきん》である。

強いて言えば二月一〇日、国連軍が金浦《キンポ》飛行場を奪回。韓国軍も首都ソウルを奪回し、北朝鮮・中国軍は漢江《ハンガン》北岸へ後退した。

おれはこのニュースを聴きながら、最近、習い覚えた地政学の観点からも、わが国にとっては、朝鮮半島問題は地政学的宿命として、これからも様々な火種となるような気がした。

たまたま、久しぶりに電話してきた帝都の児屋《こやね》勇《いさむ》にそのことを話すと、

「今度、うちで、純文学でも大衆小説でもない文芸雑誌を出すことになったので、小説を書いてみないか」

と、誘われた。

返事を躊躇っていると、

「ただし純文学は困る。かと言ってカストリ物も困る。その中間を考えているのだ」

と、言った。

「一応、考えておくが、おれたちが戦前習った『古事記』の常識をひっくり返すような古代物なら書いてみたい」

と、おれは答えた。「朝鮮半島とわが国の地政学的関係も絡めてな」

「おいおい、『古事記』と地政学がどう絡むのだ」

と、児屋は言った。「地政学は今の日本じゃあ評判が悪い。日本を戦争に駆り立てた悪の理論だっていう進歩派の連中も多いぞ」

「だろうな」

おれは応じた。「大東亜共栄圏の思想だって、この発想の根底には、ドイツの地政学者ハウスホーファーの影響がありそうだからな。たまたま案山子書房で入手した岩波書店版の『太平洋地政学』を読んでいるところだ」

昭和一七年二月が初版だから、開戦まもなくである。

児屋は言った。

「わかっているならいいんだ」

「むろん、地政学を前面に掲げるつもりはないぜ」

「ならいい」

「しかし、地政学的な考え方が大事なんだ。朝鮮半島を大陸と日本列島をつなぐ通路と考えなくては、日本の古代史は理解できないし、今度の朝鮮戦争も同じなんだ」

つまり、地政学で考えるなら、朝鮮半島は大陸という巨大な薬缶の口のようなものだ。この薬缶の中は湯が煮えたぎっていて、争いが絶えない。それが隣国の歴史であり、地続きの朝鮮半島も北方からの

圧力で心休まるときはなく、王朝がめまぐるしく交替するのだ。

一方、わが国はこの北からの圧力に対抗するために、援軍を送ったが、白村江《ハクスキノエ》の戦いで大敗、撤退に際しては百済《くだら》からの亡命者を、多数、受け入れた。

さらに元寇《げんこう》という大国難を乗り切り、やっと平和になったと思っていたら、一九世紀になると欧米列強が食指を伸ばし、わが国は日清戦争につづいて帝政ロシアと戦い、運良く必敗の戦局を乗り切ることができたものの、多くの死傷者を出した。

などど説明しながら、付け加える。

「結局、こうした我々日本人の民族的無意識に染み込んだ恐怖心が、まるで〝窮鼠《きゅうそ》猫を噛む〟ような気持ちで、あの大東亜戦争に突入させたのではないだろうか」

すると、納得がいったのか、児屋は、

「おもしろい。その考えをどうやって小説にまとめるかは知らんが、やってみる価値はあるかもな」

と、言った。

——翌日は日曜。朝寝坊して昼近くになって起き出して顔を洗いに下へ降りると、調理場でキヨさんに、

「山門さん、玄関に国旗を出して」

と、頼まれた。

「えッ？ 何の日？」

「二月一一日は紀元節でしょ」

戦時下なら非国民と言われるところだった。

日の丸を出して台所に戻ると、

「お昼まだでしょ。よければスイトンだけど、いかが」

板の間の台所の真ん中には大きな囲炉裏が切ってあり、頭上の剥き出しの梁から自在鉤が掛かっている。鉄鍋は囲炉裏の熾火で煮えたぎっていた。仲居《なかい》の戦争未亡人たちと一緒に囲炉裏を囲む。子供らは傍らのテーブルである。

配られた丼の中は、スイトンをメインに、大根、人参、馬鈴薯、牛蒡《ごぼう》などの根菜族との田園交響楽だ。

そう言えば、紀元二六〇〇年を祝ったことがあった。昭和一五年（一九四〇年）だ。あの年からすで

にわが国首脳は戦争突入を準備していたのである。一億総国民をして一致団結して欧米列強と戦うには、迷いなく国民を戦争に駆り立てる思想教育は必要だった。

（万世一系の天皇を戴く総国民の血の繋がりこそが、あの時代のいわば国家家族主義だった）

少し世界史を勉強して、世界史の史実から『記紀』を読めば、神代の記述が事実ではないとわかるはずだ。昭和一五年の前年には、津田左右吉《つだそうきち》がそれを暴いたが発禁となった。

そして、忘れもしない昭和一六年一二月八日、わが国はアジアを植民地として支配する英米に対して宣戦布告するのである。

むろん、開戦当初は、だれもが正義の戦争だと思っていた。初戦の真珠湾攻撃、香港やマレー半島の電撃作戦は成功し、国営放送と新聞各紙の連戦連勝の報道に、だれもが沸き立った。

しかし、早期決戦という軍指導者の思惑が外れると、戦局を左右するのは工業力である。世界一豊かな対岸国、アメリカ合衆国の戦争マシンがフル稼働し始めると、もはや勝ち目はない。いったい、だれが成層圏を飛行する空の要塞Ｂ29の出現を予想し得たであろうか。

そして、広島と長崎に投下された二発の原子爆弾……

湯気の立つスイトン汁は旨かったが、記憶の味は苦いのだった。

2

ふたたび、月が替わり、三月九日には伊豆大島の三原山が一一年ぶりに大爆発、噴煙が溶岩を三〇〇メートル吹き上げた。

同日、警視庁は非正規の砂糖、コーヒー、香水など輸入製品のいっせい取締を開始。吉田首相は国会で講和条約締結後は紀元節を復活したいと言明した。

そして、また月が替わった四月一日、食糧公団が解散、主食の配給業務が民営化、米穀店が復活する。

一方、坂の街小樽湊は降り積もった積雪がなくなり、四月一一日、小樽湊商科大学に合格した白兎志子《つくもとしこ》に頼まれたおれは、父兄代理ということで、旅籠竜宮のキヨさんと一緒に入学式に参列した。

その日の夕方、マッカーサー総司令官が朝鮮戦争の対応で中国本土への攻撃を主張したため、トルーマン大統領と対立、GHQ最高司令官を解任されたというニュースが飛び込んできた。

思うに、これほど占領国民から愛された敵将はいただろうか。一六日の離日の際には二〇万人が沿道を埋め尽くして別れを惜しんだ。天皇も首相も衆参両院議長もである。

なぜだろうか。おれなりに、わが日本民族の心の奥には、あの天孫降臨の神話が脈々と記憶されているからだと思う。神代の昔、天孫は山の頂から降りてきたが、現代の天孫は厚木飛行場に空から舞い降り、皇居前の大日本生命ビルという高殿で、わが国戦後を現人神《あらひとがみ》として統治していると思われたのである。

——そして、

あのエルビスの店が開店したのは、入学式の翌日四月一二日木曜日であった。

午前一〇時からとあった招待状の時間にあわせて、おれは諏佐ビルヂングを出る。

通りの左手、一軒置いたのが元黒人兵の彼の店だ。大きな黄色の看板が掲げられ、

カレーライス専門店　シカゴ

シカゴにこだわったのは、エルビスの出身地だからだ。

店に入ると内装が黄色に塗り替えられ、正面の壁に大きなモノクロの写真が飾られていた。ポーズをとっているのは元フェザー級チャンピオンだった彼の雄姿である。

他にも、彼の故郷の風景を撮ったモノクロ写真がたくさん飾られていた。

背高の料理帽を被ったエルビスは、満面恵比寿《えびす》顔である。

給仕や厨房のスタッフは、彼が、昨年の忘年会でスカウトした旅籠竜宮のおばさんたちである。竜宮

の仕事と交替でここでも働くことになったのだ。

前述したとおり、彼女たちはみな戦争未亡人である。亡くなった夫らはみなあの戦争で亡くなった船員や漁師たちなのだ。

主体客の顔ぶれは、みなおれの知人と重なる。久しく会っていなかった申女卯女子《さるめうめこ》もいた。彼女は諏佐議員の名代で、大きな、

婦人人権同盟北海道支部長
参議院議員　諏佐世理恵《すさよりえ》

の名札付きの花束が飾られていた。

主賓挨拶は諏佐議員のメッセージを卯女子が代読したが、戦争未亡人に職場を提供したエルビスを称える内容。乾杯の音頭はこの店の権利をエルビスに譲った御毛沼《みけぬ》未亡人が指名された。

もう一人挨拶したのが、地元画家の国代昇《くにしろのぼる》氏で、彼が岩戸家の常連客代表である。

挨拶がおもしろかった。日本のカレーはインドから直接ではなく英国かららしい。明治三五年ころまでは西洋料理店のみで出される高級料理だったようだ。

もっとも、わが国初のカレーは、仏教思想上、牛豚鶏の食習慣がなく、食用蛙で代用されたそうだ。が、やがて、海軍最大の病因が脚気であることから白米中心の兵食が中止され、多くのメニューが考案され、その一例がカレーライスであった。

清酒〈手宮〉で乾杯のあと、招待客はテーブルに着く。奥の厨房から割烹着《かっぽうぎ》を着けたおばさんたちが現れて料理を配る。

店内に満ちたカレーの匂いが通りへ流れているのか、大きな硝子越しに中を覗いているのは街の人々である。

皿に盛られたご飯は、まだ配給制が残っているせいか多分、闇米の道産米と外米で、片隅に食紅の色がアクセントを付けている福神漬けまで……。片や、大きく乱切りされた人参、馬鈴薯の根菜の他、手伝いのおばさんの誰かが、実家の養豚場から調達してきた豚肉までがたくさん入っていた。

ソースポットに入ったルーをご飯の上に移し、スプーンで掬って口に運ぶと、招待客はみな、

「美味《うま》いッ」

「美味《おい》しいッ」

と、絶賛、口々である。

秘伝の隠し味は、余市か、アカシア市平岸産の林檎をすり下ろしたもの。蜂蜜の代わりにエルビスは、元勤務先の進駐軍から入手したチョコレートを使ったようだ。

全員、皿を空にすると、アメリカン式といわれるコーヒーが出る。焙煎《ばいせん》にちがいがあるらしく薄味だがカフェイン量は多いらしい。

かと思うと、突然、店の奥に据えられた電蓄《でんちく》が大音量を奏でる。スイングにアレンジされていないブルース風のジャズである。

「お久しぶりです」

奥のトイレに立って戻りかけたおれに声を掛けたのは、小樽湊商大の数学科教官の左田明雄《さだあきお》である。

「白兎志子《つくもとしこ》君ですが、トップテンの成績で合格でした。面接で彼女を担当して知りましたが、あなたが英語の個人教授をされたとか」

「下宿先の女将さんの孫娘なんですよ。なにかと彼女をよろしく」

と、いっぱしの保護者気分でおれは頼む。

「それにしても、面接で同席したのが井氷鹿光《ゐひかひかる》教授でね、このかたは尻尾があるので有名なんですが、神代経済学史《じんだいけいざいがくし》という風変わりな講座を担当しているのですがね、白兎志子という氏名に白兎があるのに興味を示して、いろいろ彼女に訊ねるんですよ」

「ほう、そんなことが……それで」

と、おれが促すと、

「白君の遠いご先祖が出雲で、なんと『古事記』の稲葉《いなば》の白兎伝説に繋がる家系ということで、大学の古代史経済研究会に誘われておりますよ」

なお、これは左田教官が井氷鹿教授から聴いた話だそうだが、

「白兎（『古事記』では素菟）は先住民で、ワニを欺して出雲国に渡ってきたため、怒ったワニ族に丸裸にされ、兄神の後を袋を担いだ大國主命に救けられたという話の背景には、鉄文化を有していた新羅系の連中がおとなしい先住民を苛《いじ》めた話なんだそうです」

と、話題が、予期しなかったものになったので驚

いていると、

「エルビスにこんな趣味があったとはね」

左田と共に同席になった見知らぬインテリ男が、おれに話しかけた。

「空襲を逃れて、帝都から疎開したままこの北の街が好きになりましてね、住み着いてしまいました」

と、自己紹介した。

彼によると、渋谷道玄坂《どうげんざか》でジャズ喫茶店を開いていたが、戦時下のわが国ではジャズは敵性音楽とみなされ禁止となった。やがて、空襲がはじまり、小樽湊へ避難したらしい。

「ジャズはお好きですか」

「ええ。学生のころは、デキシーランド・ジャズを聴きに、ニューオーリンズへ一度は詣でたいと思っていました」

「それはいい。エルビス君とはお知りあいで」

「ええ。親友です」

「私も親友です。エルビス君は、一九一〇年から二〇年にかけて南部農業地帯から北部工業地帯へ移動した連中の子孫です」

彼によれば白人五〇〇万人、黒人三五〇万人の大移動であったらしい。

「ですが、彼ら南部人は、ニューヨークは避けシカゴを選んで住んだのです」

この時代、一九一七年春アメリカ合衆国は第一次大戦に参戦、ニューオーリンズは軍港になり、歓楽街が閉鎖された。結果、職場を失ったプロのジャズマンらはシカゴなど北部へ移住したのだそうだ。

「しかも、同時に南部のブルース歌手も北へ移り、ブギウギもこの地で生まれたわけで」

「じゃ、今流行の笠置《かさぎ》シズ子の東京ブギウギは……」

「ええ。服部良一《はっとりりょういち》の作曲でしたな」

などと、ジャズ談義に花が咲いた。

3

「ところで」
と、紳士から渡された名刺には、
BAR　くだらない亭

とある。

店　主　木素貴文《もくそたかふみ》

「珍しい姓ですね。もしかすると朝鮮のかた。くだらない亭だから」

と、冗談のつもりで言うと、

「はい。私の先祖は百済《くだら》出身です」

「えッ！ほんとうですか」

「〝くだらない〟は〝下らない〟で、採るに足らないという意味ですが、ま、私なりの洒落《しゃれ》でして」

「ほんとうに、『日本書紀』天智天皇の条《くだり》に出てくる、あのわが国に亡命した木素貴子《もくそきし》のご子孫で？」

「ええ、そうですよ。よくご存じで」

「実は今抱えている仕事の関係で『記紀』を読み直しているものですから」

と、おれは応じる。

ともあれ、百済という国は、四世紀前半に朝鮮半島の南西部の馬韓五十余国を統一したが、七世紀に唐・新羅連合軍に滅ぼされるのである。

この際、六六三年八月、援軍二万七〇〇〇人を派遣したのが近江朝の天智天皇であるが、錦江《クムガン》河口付近の白村江《ハクスキノエ》の戦いで決定的敗北を喫するのである。

「一説では五万人とも言われる百済人が亡命し、多くは唐・新羅の倭国進攻に備える防人《さきもり》となりましたし、百済国の高官らは近江朝廷の政権中枢にすら採用され、仏教、学問、技術が伝えられました」

と、木素氏は話した。

とすれば当然、『記紀』の編纂にも、彼らが親しく関わったはずである。

特に、口伝があるのみで文字の記録がない神代に関しては、滅ぼされた彼らの母国に伝わる伝説をわが国に移植した可能性が高いのだ。

「たとえば」

と、木素氏が言った。「天孫降臨の場所は〝筑紫の日向の高千穂の槵触峯《くしふるたけ》〟でしょう」

「たしかに」

「金海加羅《キンカイカラ》国の建国神話では亀旨峰《クジボン》に天降るのです。そっくりでしょう」

この金海（官）加羅国は任那加羅《ミマナカラ》のことである。

「朝鮮半島のどこにあったかご存じで？」

「さあ、そこまでは」

「昔、半島の中・南部に辰国《ジングク》という国があった。やがて馬韓《マハン》・辰韓《ジンハン》・弁韓《ピョンハン》に分かれるのですが、さらに紆余曲折《うよきょくせつ》があり、加耶《かや》または加羅《から》と呼ばれる国ができ、わたしの遠いご先祖様の国、百済ができるのです。しかし、ここが大事ですが、みな倭人の国と考えてよく、従って倭国とは同根なのですな」

木素氏はつづけ、「ま、そんな関係で、多分、天智《てんじ》天皇も瀕死の百済に援軍を送ったのでしょう」

「ええ。出自がそうだったという説もあるようですね」

「ちなみに崇神《すじん》天皇のケース、御真木入日子印恵《みまきいりひこいにゑの》命《みこと》のミマは任那《みまな》のミマを指し示していると言われるくらいです」

さらにつづけ、「この天皇は騎馬民族の後裔にちがいなく、朝鮮から北九州に入って第一回目の建国をなした。一方、応神《おうじん》天皇は北九州から畿内に進攻して第二回の建国がなされたと考える説もあるのです」

「となると、万世一系と教えられたあの時代の教育は、どうなるのですか」

「ははッ、国家神道を以てあの戦争を正当化した連中の主張でして」

と、顔をしかめた。

彼も、特高警察に捕まった経験があるらしい。

「戦争に負けて、やっと国體《こくたい》だの国家主義だのの催眠から醒めたのが今ですが、陛下も人間宣言をされましたね」

と、おれは言った。

「あなたは、シベリアに抑留されていたそうで」

「ええ」

「我々の世代は戦前の大正デモクラシー、戦中の神道国家主義、そして敗戦経験と民主主義という時代のコード変換をさせられているわけですが、あなたは適応できましたか」

「そうですね。実はわが民族にとっては、新しい経験ではないのです。木素さんは地政学という学問をご存じですか」

「聞いたことはあるが、詳しくは存じませんな」

「簡単に言えば地理政治学です。内村鑑三《うちむらかんぞう》の『地人論《ちじんろん》』をご存じですか」

「昔、読みました。ある意味、当時のベストセラーでした」

「文明文化は地理的環境と密接に関係する——と、まあこんな論ですが、これともちがいまして、国家や民族の運命は、それぞれの地理的環境で変わるものだと、自分は理解しています。つまり、日本列島はユーラシア大陸の東縁部の……しかも海中にあるが、ハワイほど遠く離れているわけではない。つまり大陸近接型の島嶼国なのです」

「なるほど」

と、うなずく木素氏。

「わが国に起こった最初の国際緊張は、朝鮮半島の百済支援のため派遣したが、白村江《ハクスキノエ》で大敗を喫してしまった事件でした」

「そうです。我々の先祖が倭国へ亡命したのはそのときです」

「時の天皇、天武が怖れたのは大陸国家唐と新羅連合の侵略です」

「ええ。そのとき、北九州の守りを固めたのは、亡命百済人でした」

「『記紀』はそうした東アジアの政治情勢下、急ぎ編纂された国史でしょう。さらに先だって、聖徳太子が十二箇条を定めて国家の体裁を整えるとともに国内の意思統一を狙った」

おれは、ひと息ついてつづける。「同じ緊張状態が、ペリーの黒船来航で起きました」

「あれはまさに脅しです」

と、木素氏。

「典型的砲艦外交です」

と、おれ。

「そして、ペリーが見せた走る蒸気機関車の模型、電信機などに驚いた日本人は、三種の神器に驚いた倭国先住民と同じですな」

「一方、天孫軍は、禅譲《ぜんじょう》という体裁はとっているものの、実態は砲艦外交と同じく軍事力で出雲を脅して屈服させたのです」

「『古事記』に書かれている建御雷神《たけみかづちのかみ》が剱の先端に座ってみせたあのエピソードは、圧倒的軍事力の誇示です。第一、神名の〈雷〉は鍛冶部を表している
ことからも、彼らが優秀な鉄製武器で武装していた

と考えられますな」

と、木素氏。

「そして幕末ですか」

「そうです。我々は欧米列強に脅されて、やむえず不平等条約を結ばされました」

「ロシアの南下政策もそうですね。それで、日清につづく日露戦争になった。そして、今度の大東亜戦争です。しかし、戦争に負けると戦争名まで強制的に変えられてしまうのですが、構図はまったく同じじゃないですか」

「なるほど。銃後の日本人の心情としては、つまり大義名分ですが、アジア諸国を欧米列強の植民地支配から解放するための戦争であった。が、戦場では事情がちがったわけで」

と、木素氏。

「戦勝国側にとっては、大東亜戦争ではまずいのです。なぜなら、欧米は収奪者、日本は解放軍になってしまうからです」

「つまり、戦争名は真の戦争目的を表していると言うのですな」

「そのとおりです」

おれはつづけた。「つまり、あの戦争の真の意味は、アメリカ側から見れば、太平洋を挟んだわが国と合衆国の国家間戦争ではなかったのです」

「どういう意味ですか」

「大陸間戦争と定義すべきです」

「ほう?」

「太平洋西側の大陸勢力ロシアと太平洋東側の海洋勢力アメリカ合衆国の地政学的大戦略として、むしろ意図的に起こされた戦争だったと思います。こうした考えは現在では禁句ですが、あと一世紀もすれば、地政学的世界覇権戦争という大きなシナリオがあったことが証明されるはずです」

「山門さん、大胆な説ですなあ」

と、木素氏が言った。「いや、驚きました。しかし、気をつけませんと、GHQに睨まれますよ」

「かもね。しかし、だれが考えても、木素さん、無資源国家であるばかりか、鎖国が長かったために、近代世界への参入が遅れてしまったわが国が、なぜ先に戦争を仕掛けたのか。考えられる理由はただ一つ、わが国の地理的位置が、わが国の〈宿命の地政学〉になっているからです」

「国家にはそれぞれの宿命、つまり国家の運命があるということですか」

「ええ。たとえば、植物の種が風に乗ってどこに落ちるかによって、その種の運命が決まるのと同じです、国家も」

「『記紀』を読んで昔を知れば、歴史は繰り返されるということですか」

「わが国に関して言えば、ユーラシア大陸東縁の海中にあるという運命が、どこまでも付いてまわるということですよ」

「じゃ、山門さんは、今度の戦争は、止むを得なかったと主張されるのですか」

「いや。それはちがいます」

おれは語気を強めた。

「どうちがうのですか」

「わが国が〝窮鼠猫を噛む〟ように追いつめられて開戦に踏み切ったこと自体が、まちがいだったと思います。日本軍部には、戦術・戦略家はいたかもしれない。だが、大戦略家はいなかった」

「と、言いますと?」

「日本軍部は、ドイツの地政学者のハウスホーファーの経線に沿った世界分割論に惑わされたのではないでしょうか。しかし、アメリカ合衆国の核心的、つまり隠された本音は、地政学の祖とも言えるマッキンダーの〈大陸島理論〉であったと思います」

「つまり、どういうことでしょうか」

「もし、維新後のわが国に、このいわば〈世界ゲーム〉を参戦する賢明なプレーヤーがいたら、満州の経営を合衆国と共同で行う政策に踏み切ったと思います」

おれはつづける。

「日露戦争後、日英同盟がなぜ破棄されたと思いますか。合衆国からの強い継続反対の圧力があったからですよ。なぜだと思います?」

「わかりません」

「すでにこのときから、対日戦争は予定されていたのではないでしょうか」

「例の〈オレンジ計画〉ですね。聞いたことがあります」

と言って、うなずく木素氏。

「ええ。〈オレンジ計画〉は、対日戦争計画です」

「しかし、なぜですか。我々日本人は、大勢がアメリカに移民しておりましたし、反米感情があったわけでもないのに、なぜ〈日本排斥運動〉が起きたのか、ぜんぜん、わかりません」

「多分、戦後教育でも、こうした合衆国独自の世界戦略で描かれた未来図の下絵は、決して明かされないでしょうね。戦後では、地政学そのものが悪の科学とされておりますが、なぜでしょうか。敗戦国民に地政学を勉強されると、今度の戦争の真の目的が露わになるのを恐れているからですよ、きっと」

「つまり、どういうことですか?」

「大東亜戦争という戦争名は、日本人の大アジア主義からきた命名だと思います。しかし、アメリカ側の視点に立てば、この戦争は太平洋戦争でなければならない。その真意は、あくまで対日戦争は、新大陸国家のアメリカが構想する対アジア、ひいては旧大陸に対する大戦略の一ステップにすぎないからです」

「ますます、わからなくなりました」

木素氏は肩をすくめた。

「ひと口で言えば、〈旧大陸対新大陸の地球世界覇権戦争〉と定義されます」

「山門さん。どこから、そんな発想が出てくるのですか」

「先ほど言ったマッキンダーの〈大陸島理論〉からです」

おれはつづける。「地政学とは地理政治学のことですが、我々の惑星、地球という球体の表面の陸と海の配置から発想して、世界覇権がいかに行われるかを考究した学問と思えばいいでしょう」

「なるほど」

「まさに、海洋大帝国の学者らしい発想ですが、マッキンダーは船乗りの眼で世界を見ているのです。つまり海岸から見た陸地、その典型が〈大陸島〉の発想です。彼にとっては大陸さえも島なのです。ユーラシアとアフリカの両大陸を、一つの超巨大陸島と想定するなら、南北アメリカ大陸は、付属島にすぎなくなるのです」

「いやはや、驚きました」

木素氏は、なんども首をうなずかせる。

声を潜めて、「じゃ、わが国の政治家は合衆国に嵌《は》められたのですか」

「ＧＨＱに聞かれると大事《おおごと》になるので、木素さん、ここだけの話にしていただきたいが、いいですね。個人的見解にすぎませんが、開戦へとわが国が誘導された可能性は皆無ではないと感じています」

おれはつづけた。「たとえば、合衆国中枢の中のさらなる中枢にいる超天才グループが仮にいるとして、彼らならこう考えたのではないでしょうか。もし、中国とソ連、そしてラテン半島諸国が連合したとします。しかも、この〈超巨大連合国家〉が、強力な海軍力を持つとします。このとき、地球の七つの海は、全てこの恐るべき超国家の制海権に入るのです。もしそうなったら、南米などラテン・アメリカは超国家の属国になり下がるでしょう」

「ですね。じゃ、戦後一〇〇年、いや二〇〇年もすれば、南米大陸もユーラフリカ大陸島に吸収され、北米大陸島は完全に孤立する。今、うかがったマッキンダー地政学に従えばですが、そうした悪夢の未来図が想定されますね」

「むろん、紆余曲折《うよきょくせつ》はあるかもしれませんが、たとえば、かつてはローマ帝国と並んだ中国が一歩抜きんでて、やがてアジア全域を制し、さらに大陸島を制し、全世界を制するという歴史のシナリオが絶対にないとは言い切れませんからね」

第五章　倭人発進地　雲南説

1

ともあれ、我々の話を中断させたのは、左田教官である。

「ちょっと、いいですか。山門さんに紹介したい人がいるんですがね」

我々の話に割って入ったので、

「じゃ、わたしはこれで」

木素氏が気を利かした。

窓越しの店の外で、手招きしている女性がいた。チョゴリを纏った典型的な百済美人である。

「家内です」

と、木素氏が言った。

それから、おれは、左田教官から、本物の尾のある人物を紹介された。

他でもない、先ほど名前を聞いたばかりの井氷鹿《ゐひか》教授である。

「失礼ですが」

と、おれは訊ねた。「神武東征の際、皇軍が紀伊半島の山中を越えて吉野に入ったとき出会ったのはあなたのご先祖ですか」

「いかにも」

と、うなずき、「先祖は吉野郡川上村井光に住んでおりました」

「知りませんでした。そんな地名があるのですか」

「ええ。山深い谷間の村ですが井光鉱山というマンガン鉱山があります」

と、教えてくれた。

たしかに、『日本書紀』には〝光りて尾あり〟とあるし、『古事記』には〝尾ある人井より出で来。その井光れり〟とある。

「尾のあるかたは他にもおりましたね、『古事記』では」

と、おれは言った。「岩を押し分けて出てきたので、石押分之子《いはおしわくのこ》と名付けられた国津神です」

「そのとおりです」

と、井氷鹿教授は応じた。

「しかし、『記紀』の注釈によると、後部に垂れたものがある服装などあるのですが、たとえば、動物の毛皮を尾っぽつきのまま腰に巻いていたとか、そういう意味かと思っておりましたが」

と、質すと、

「神代には、額に角のある者が大勢いたのですから、尾っぽがまだ退化していない人間が山中に暮らしていたとしても、別に不思議じゃあないでしょう」

と、言われてしまった。

つづけて、

「今の知識というか、感覚というか、そういう固定観念で『記紀』の神代を読むから誤りが生まれるのですな」

「二〇世紀の常識が邪魔をするわけですか。同感です」

と、応ずると、

「わしは〈古事記原理主義者〉ですわい」

と、ずばり言った。

「なるほど。聖書の解釈にもありますね、聖書原理主義が」

と、うなずくと、

「わしの家には、代々伝わる門外不出の『井氷鹿文書』というものがあるので、ははッ、わが国の権威ある国文学者の説を覆すことができる。じゃが、わが国の学会では通用せんのですな。多くの神代文書同様に偽書扱いですわ」

と、愛嬌のある顔で肩を竦めた。

しげしげと肩幅のがっしりした体軀の教授を観察しながら、おれは、

(もしかすると、この人はネアンデルタール人じゃないだろうか)

などという妄想を抱いた。

しかし、見方を変えれば、日本列島の神代の時代を、直接、目撃した者はいない。従って過去の学問は発掘された骨や土器の類からの推測である。であれば、まだ未発見の証拠は地中に埋まっているかもしれないのだ。

その一例が〈蕗の下のコビト〉とも呼ばれるコロポックルである。

むろん、学術的には否定されているが、このアイヌ伝説とほぼ同じ伝説が、ハワイにもある。彼らは、北海道の大きなラワン蕗と同じくらい背の高いタロ芋の茂みの下でくらしていたが、コロポックルと同様、人知れず北方へ姿を消すのだ。

その話をすると、左田教官が、

「そう言えば土雲《つちくも》もおりますね」

と、言った。

「はい。彼らにも尾があります」

と、井氷鹿教授。

つづけて、「神武東征の最終段階、久米歌の節、宇迦斯《うかし》兄弟の件《くだり》の後に出てきますな」

「ええ」

おれは応じた。「忍坂《おおさか》の大室《おおむろ》に住んでいた先住の穴居民ですが、可哀想《かわいそう》に土雲八十建《やそたける》は東征軍のだまし討ちにあって斬り殺されます」

「饗応をして相手を油断させ、合図とともに暗殺するとは卑怯ですなあ」

と、左田教官も言った。

「ところで、話は変わりますが、わしの姓、井氷鹿の井ですが、いわゆる井戸ではありません。地面を掘り下げ、釣瓶で水をくみ上げる井戸は、江戸中期からです。その前は丘陵地などの山崖に横穴を掘る横井戸があったが、時代は下がります。つまり、神武時代の井はいわゆる井戸ではないのです。ご存じかな」

「いいえ」

と、おれと左田教官。

「まだ井戸なんてものはなかったんじゃ。『古事記』の井は川の中に井桁を組み、ここで野菜を洗うなどする場所だったのです」

「なるほど。でもなぜ、その井が光ったのですか」

「光ったのは川底に溜まったマンガンですよ。あるいは、上流の東吉野村には神戸《かんべ》鉱山がありますから、そこで採れるセリサイト、白雲母、アンチモンの可能性もある。いずれも銀白色の鉱物です。しかし、国語学者はだーれも気付かなかった」

「紀伊半島にそんな鉱山があったのですか」

と、おれは言った。「紀伊半島にあるのは辰砂つまり丹《に》、水銀の鉱脈だけかと思っていました」

2

「ところで、山門さんにお訊ねしたいのだが……」

「なんでしょう」

「山門さん、あなたは出雲がなぜ出雲と呼ばれるか、考えたことがありますか」

「さあ」

突然、話題が変わったので、おれは戸惑う。

「いろんな説があるのですが、わしの考えは〝雲から出る〟が語源と思います」

「と、言いますと？」

「あなたも、雲の付く有名は地名をご存じでしょう？」

「はッ？」

「思いつかない？」

「ええ」

「雲南《ユンナン》です」

「雲南ですか」

「ええ。中国雲南省の昆明《クンミン》のすぐ南にある滇池《てんち》、あるいはその近傍が、あなたがた倭族の発進地なのです」

「考えもしませんでした」

「山門さんは倭族の倭の意味を考えたことがありますか」

「小柄な人々という、いわば先進国中国から見た一種の蔑称じゃないんですか」

「普通はそうですな。しかし、倭という字には禾《いね》があります。稲穂は稔ると頭を下げる。女が弱さ、人偏は人を表す。ですが、この字は明らかに稲作民を指し示しているのです。彼らが、水辺に生えている野生の水稲原種を栽培し、品種改良したのです」

井氷鹿教授はつづける。「やがて彼らは故地を離れる。おそらく始皇帝の秦軍や前漢武帝の討伐にあったからでしょう。それでソンコイ川を下って南のベトナム方面に逃げて、南アジアに広がった。一方、ここは長江最上流に近いですから、東へ逃げた者もいた。長江下流域は、いわゆる呉越同舟《ごえつどうしゅう》の地ですからな、混血したとも考えられるが、越人説より呉人に親近感を感じますな。実際、彼らが東シナ海を横切って南九州にきた可能性もあるし、さらに彼らは優れた航海民ですからな、黒潮直行便で、直接、紀伊半島にきた可能性だって考えられます。さらに、また一部は山東半島に移動し、南朝鮮へ渡って国を造った。ですが、栄枯盛衰があり、百済に統一されたが、唐・新羅連合軍に敗れ、援軍に来ていた倭国軍の撤退とともに倭国へ亡命したのです」

「つまり、彼ら帰化人は倭国人と同根だったということですね」

と、おれは、先ほど話した木素氏のことを思いだしながら応じた。

すると、

「山門さんは〝和を以て尊しとせよ〟をご存じでしょう」

「聖徳太子ですか」

「あれはね、ほんとうは〝倭を以て尊しとせよ〟なんですよ」

「つまり、倭人を尊重し、自信を持てという意味だったのですね」

と、首を傾げながらうなずくと、

「ええ。今度の戦争でも我々は徹底的に敗れたが、民族の誇りをもって、国民一丸となって祖国再建に取り組むべきです」

「賛成です」

などと意気投合して語り合ううちに、お披露目パーティが終わった。

3

――午後一時である。

招待客と入れ替わって、店の前で行列を作っていた一般客が入店し、たちまち席を埋めた。

銀行通りに出て、事務所に戻ろうとしたとき、

「料理もですが、内装も個性的ですし、それにジャズ……この店のアメリカ趣味は、あたくしのようなお婆さんでも好奇心をそそられますわ」

振り向くと、先ほど店内で挨拶した月夜見夫人である。

ほんとうは未亡人だが、夫人と呼ぶのが慣例なのだ。

夫人の話の相手は少名史彦である。

夫人は、眼があったおれに向かって、

「天狗山山荘事件は、その後どうなりまして？　報道ですと毒殺して心臓の五寸釘でしょう。まるで吸血鬼伝説みたいですわ」

と、月江夫人に訊かれて、おれは、

「左道道士の本名はわかったのですが、怨恨の原因がわからないまま、上部機関に送検したようです」

「本名は？」

少名が訊く。

おれは、開いた手帳のページを見せて教えた。

「これです。裳辺津午平《もへつごへい》」

「変わったお名前ね」

と、月江夫人。

少名が、

「もしかするとこれ、暗号かもしれませんよ」

「暗号ですか」

首を傾げるおれにむかって、

「暗号というよりは、アナグラムじゃないかしら」

と、月江夫人。

「アナグラムですか」

と、ふたたび首を傾げると、

「山門さん。アナグラムが解ければ、殺害の動機もわかるかもしれないわ」

と、言って、なぜか言葉を濁す。

おれは、月江夫人の満月のような明るい顔に、一瞬だけ翳りの雲が宿ったのを見逃さなかった。

「かもしれません」

少名も言った。「ひところ、この街でも流行りましたからね。ちなみに私のペンネームは福角日奈子《ふくすみひなこ》です」

「女性に変身ですか」

「ときどき、小樽湊新報に載るコラム「斜眼図」の筆者は私です」

「どうしてそうなるのですか」

「ローマ字の SUKUNAHUMIHIKO を並べかえるのです」

「月江様もあるのですか」

と、訊ねると、

「ええ。あたくしの随筆集の筆名は筒池清美《つついけきよみ》ですの」

つづけて、「山門武史さん、あなたをアナグラム変換すると、武山都司《たけやまとし》になります」

など、連れ立ってアナグラム談義を交わしつつ、水天宮下の月夜見邸へ向かう。月江夫人に誘われたからだ。

左文字坂《さもんじ》を登り切ったところが十字路で、複数の映画館がある。

そのまま、真っ直ぐ進めば若松町《わかまつ》だし、右手へ登れば花苑公園で、途中に陣内《じんない》という大きな写真館がある。水天宮は左手である。

我々は月夜見邸に着く。

玄関先の植え込みに薄緑色の蕗の薹《とう》が顔を出していた。

大正時代の雰囲気がある大きな玄関で靴を脱ぎ、電蓄《でんちく》と国代昇《くにしろのぼる》画伯の大きな油絵が掛かっている応接間に通される。

白いカバーの掛かったソファーを勧められる。白い漆喰塗りの高い天井、薄茶色のヘンプ生地を貼った壁とニス塗りの腰壁などは、昨年、ここを訪れたままである。

「ねえや」

と、夫人は奥へ声を掛ける。「お客様をお連れしたわ」

「はーい」

と、間延びした返事がして、林檎の精のような小娘が顔を出して、

「お帰りなさいませ、奥様」

と、ぎこちなく挨拶した。

「行儀見習いで預かった遠縁の娘《こ》。衣織女《みそおりめ》ちゃんと言うのよ。戦時中はアカシア市の軍事工場、帝国製麻の亜麻《あま》工場で働いていたんですって……ご挨拶は」

「よろしくお願いします」

「お客様にお紅茶をお出しして。やりかたわかるわね」

「はい。奥様」

彼女が姿を消すと、

「あの娘ったら、自室でやすむとき、枕元に出刃包丁を置いて寝るのよ」

「なぜです?」

「鼠の金縛りにあうので、その魔除けなんですって」

「迷信ですか」

と、質すと、

「〈此の世界〉は〈中間の世界〉よ。時空構造が脆弱なので、いろんな霊が入り込むのよ」

つづけて、「実はね、あの衣織女ちゃんは、もしかすると、あたくし自身の魔除けかもしれないの」

つづけて、「ご存じよね。知らなくても想像はつくわね。奈良・平安時代以上に神代では、様々な霊のほうが強くって、ざわめいていたと思います。つまりね、現代人にとっては迷信であっても、大昔では霊の起こす様々な現象が、むしろ現実だったのです」

「畏れも、怖れも、我々にだってありますよ」

と、おれは言った。「対岸のシベリアで亡くなった戦友らの霊魂が、北風に乗って日本海を渡ってくるのです」

「そう言えば」

少名が言った。「わが国には、キリスト教世界の悪魔がいませんが、怨霊はおりますからね」

月江夫人も、

「征服者たちが怖れたのは、征服した先住民の怨霊ですわ」

「それが天孫族が出雲を怖れた理由ですか」

と、おれも言う。

つづけて、「物部《もののべ》対蘇我《そが》の勢力争いも、背景は鬼道に繋がるわが国古来の神道の呪力と新興外来の仏教の呪力の戦いだったのではないでしょうか」

「でしょうね。今日のように医学の発達していなかった古代では、見えない細菌やウイルスはすべて呪いだったはずですから、より強力な呪力《スペル・パワー》の戦いだったはずです」

と、少名も言った。

つづけて、「ところで山門さん、まじないの英語はspellですよね」

「そうです」

「spellが古英語ではspeakの意味だったことご存じでした？」

「いいえ」

つづけて、「ああ、そうか。言霊《ことだま》ですね、つまり」

「ええ。言葉の持つ霊力が言霊です。上代人は言葉の使い方によって禍福が左右されると信じていたのです」

などと話しているうちに、紅茶セットが運ばれてきた。

月江夫人がポットの中に投じた紅茶の葉は、英国王室御用達とのことだ。

「最近、この家は進駐軍将校たちの社交場になっているのよ」

と、打ち明ける。

「そうなんですか」

「だって凄いインフレでしょう。夫の残した国債はとっくに紙屑《かみくず》ですし、預金もね。あたくし収入がないので、彼ら二〇世紀の天孫族にね、こうして場所を提供しているのです」

おれは紅茶通ではないが、気品のある味である。

だが、当世貴重品の角砂糖を入れて飲む。

「実はね」

月江夫人はつづける。「英会話教室も週一で開いておりますのよ。講師はね、ボストン訛りを話す若い将校さんとかね。生徒さんは市長夫人はじめこの港街の有力者のご夫人たち。むろん、戦時下なら非国民とも国賊とも呼ばれたと思いますわ。でも、あたくしたちは武装解除されたの。出雲が天孫軍に破れて武装解除されたようにね。ほほッ、〝ならぬ堪忍するが堪忍〟ですものね」

「〝負けるが勝ち〟とも言います」

と、応じながらおれは、今大戦終戦の詔書、「堪ヘ難キヲ堪ヘ忍ヒ難キヲ忍ヒ以テ万世ノ為ニ太平ヲ開カムト欲ス」の一節を思い出していた。

4

やがて帰ろうとすると、引き止められた。

「お鮨《すし》をとりましょう」

まもなく配達されたのは、大きな丸桶にぎっしりと並んだ握り鮨だ。添えられた割り箸の袋に大和家の文字を読む。我々は食堂兼用の台所へ席を移していた。

薪ストーブが燃え暖かった。

夫人から、道教の長い講義を受けたのは、特上生鮨の食事が済んでからである。

月夜見邸の広くて洋風の台所が教場になった。

「本気でお話しすれば一学期分ありますのよ。長い歴史があるだけに、簡単には説明できないのが道教なの」

と、前置きして、夫人は話しはじめた。

「ですから、要点だけ言うわね。最初にお二人に質問ですが、古代天皇はなぜあれほど長命でおられるのか」

ちなみに神武《じんむ》天皇は一二七歳（記一三七歳）と長命、以降、第二代綏靖《すいぜい》天皇八四歳（記四五歳）、第三代安寧《あんねい》天皇五七歳（記四九歳）、第四代懿徳《いとく》天皇七七歳（記四五歳）まではそれほどではないが、第五代孝昭《こうしょう》天皇以降はふたたび一一三歳（記九三歳）、次の第六代孝安《こうあん》天皇は一三七歳（記一二三歳）、孝霊《こうれい》天皇一二八歳（記では一〇六歳）、孝元《こうげん》天皇一一六歳（記では五七歳）、開化《かいか》天皇一一一歳（記は六三歳）、崇神《すじん》天皇一二〇歳（記一六八）、垂仁《すいにん》天皇（不明）、景行《けいこう》天皇一〇六歳（記一三七歳）、成務《せいむ》天皇一〇七歳（記九五歳）、仲哀《ちゅうあい》天皇（五二歳）、応神《おうじん》天皇一一〇歳（記一三〇歳）。仁徳《にんとく》天皇は『紀』は不明、『記』は八三歳である。

「いろいろな説があります」

と、少名が言った。「一般的には、事態が大きく変わるという辛酉《しんゆう》革命説に基づいた後代の創作で、『日本書紀』によれば、神武天皇が日向を出発する日も辛酉《かのとのとりのひ》、のちに橿原宮で即位するのも辛酉年《かのとのとりのとし》なのです。すなわち、戦時下の日本で使われた皇紀紀元の元年は、西暦換算では前六六〇年となります」

「つまり、先に前六六〇年があって、これに歴代天皇の年齢を無理矢理合わせた結果だろうと」

「ええ。そのとおりです」

「つまり、根拠なき単なるこじつけだったというのですね」

「これもね、山門さん、日本帝国が戦争に負けて日本国になれたから、はじめて言えることでね。戦前・戦中なら、たちまち憲兵か特高警察が飛んできて、我々二人はブタ箱入りですよ」

と、言って肩を竦めた。

おれも、

「国家が推し進めた、いわば〈記紀原理主義〉による皇国史観に対して、異議申し立てをした津田《つだ》左右吉《そうきち》博士の著作は、発禁処分になりましたものね」

と、言った。

つづけて、「それにしても、わが国の国家指導者は、科学的根拠のない万世一系の思想、あるいは国家神道であの戦争を合法化したわけで、我々国民も戦争に負けてようやく国家という怪物に掛けられた魔法から醒めたわけです」

シベリア帰りのおれとしては、(こんなはずではなかった)という忸怩《じくじ》たる想いが、いつまでもトラウマになって残っているのである。

すると、月江夫人が、

「皇紀元年を西暦の六六〇年に合わせた理由ですが、みなさんは今おっしゃられた理由だけではありませんわ」

と、言った。

「と、言いますと?」

と、おれ。

「他の理由があるのですか」

と、少名。

「ええ。お二人は肝心なことをお忘れですわ」

と、月江夫人。「当時の貴族たちにとって、それが、人生最大の目的であった不老不死の願望があったからこそ、古代天皇らを長命人にしなければならなかったとしたら。つまり、そういう必然性があったんじゃないかしら」

「それこそが、道教が道教たる所以というか、真髄だったのですね」

と、おれは言った。

「『記紀』編纂の作業チームの中に、道教思想に傾倒していた人たちがいたとしたら……ですね」

と、少名も言った。「道教は朝鮮半島経由で入ってきたとおもわれますが、同時代の支配階層つまり貴族間で広がっていた……」

「おわかりのようね。あたくし、それが言いたかったの。わが国に入った道教はいわゆる宗教理論ではなく、もっと切実な問題の解決術として重要だったの。それは仏教も同じで、おそらく、わが国古来のアニミズムや祖霊崇拝と習合したと思われる鬼道に発する神道を背景とする物部派と、おそらく、帰化人たちが持ち込んできた新思想としての仏教を背景とする蘇我派の争いを生んだのでしょう」

なお、月江夫人によれば、『古事記』編纂チームで主導権を握ったのは新羅からの帰化人らであり、一方、『日本書紀』を主導したのは百済人だったのではないか、と言うのだった。なぜなら、『紀』では新羅が悪者にされているからだというのである。

さらに、月江夫人はつづけて、

「大陸で支配者が隋《ずい》から唐に代わった前後の時代、朝鮮半島は高句麗、新羅、百済が互いに覇権を争っていました。唐はまず、西暦六四四年に遠征軍を送って半島北の高句麗を攻めます。何度か失敗するのですが、六五九年には高句麗を破ります。六六三年には新羅と連合した唐軍が百済に援軍を送った倭軍を破ります」

「白村江《ハクスキノエ》の戦いですね。倭軍は大敗しました」

と、おれは言った。

「天武天皇が、『古事記』編纂を発議するその後です。ほぼ並行して『日本書紀』の編纂作業も行われるのですが、『記紀』の目的は、むろん唐の侵攻を怖れてのことでしょう。唐に勝る立派で由緒ある国家であることを示す必要があったからで、これも国際政治には必要な謀略でもあったのです」

「だから、六一八年建国の唐よりも遙かに古い歴史、しかも万世一系の皇統を有する国家であると相手に知らせようとしたわけですか」

と、少名が言った。

「ええ。前六六〇年と言えば東周恵王の時代ですわ」

周は殷を滅ぼし、各地に諸侯を封じる封建制で国を治めた国である。

「でも、あたくしが言いたいのは、唐のほんとうの意図、つまり半島北部の高句麗をなぜ攻めたかということなの」

と、月江夫人。

「理由があるのですか」

と、おれ。

「北部には何があるとお思いですか」

「たとえば白頭山《ペックトゥサン》ですか。長白山《チャンハイ》脈の最高峰の……」

「ええ。半島北部の山岳地帯は鉱物資源の宝庫よ。金も豊富に採れるのです」

「なるほど。唐の狙いは金ですか」

「南では採れません。でも北部は宝庫よ」

つづけて、「もしわが国にやってきた天孫族が、優れた金鉱採掘族であったとしたら、『記紀』の解読は、がらっと変わりますでしょ」

そのときはまだ、おれにはその意味がわからなかった。

第六章　不思議老人

1

四月二九日は、天皇誕生日と日曜が重なっていた。

おれは、電気館《でんきかん》通りの電気館前でエルビスと待ち合わせた。

背後の看板は「また逢う日まで」である。主演が久我美子《くがよしこ》、相手役が岡田英次《おかだえいじ》、演出、今井正《いまいただし》で窓ガラス越しの接吻が話題となった悲恋ものである。

だが、今日は映画を観にきたわけではない。一五分ほど待っていると、轟音を響かせたバイクに乗ってエルビスが現れた。評判のホンダドリームE型を買ったようだ。わが国初の本格バイクである。

額に巻いた鉢巻きは、どこで手に入れたのか千人針の手拭いである。

「景気がいいな」

と、言うと、

「お陰様で」

まるで屈託なく言うと、「武史、エルビスはパチンコしたい」

と、通りの先のど派手な電飾看板を指さす。

〈はっこういちう〉と読める。

「OK」

おれは応じた。

店内は別世界だった。何列も並んだパチンコ台は、全部、オール15から進化したオール20である。

やり方をおれは教える。まず台の上部にある投入口から硬貨を入れて、クロム鋼製の球を買う。球が受け皿に出てきたら、

「こうやるのだ」

と、球を左の掌で掴み、親指と人差し指で球を一個ずつ右手の投入口に入れ、手動のハンドルで打ち出すと、球は台のてっぺんへ。そこから多数の釘に弾かれながら重力の法則に従う。

「オーノー」

ぎこちない仕草で弾いたエルビスの球は、無情にも真下のアウト穴に消えた。

おれも弾く。球は釘の迷路をすり抜け、風車で方向転換したが、中央のセーフ穴に消えたとたん、二〇個は受け皿に……。

「おお、すごーいねェッ」

エルビスは、たちまち、コリントゲームから発展した、この日本の発明品、名古屋産のパチンコの虜になる……。

それから二時間余りを過ごし、エルビスもおれも大負けして、席を立とうとすると、背後にいた見知らぬ老人がおれに声を掛けた。

「兄さん、足元に球が一つ落ちておるが、わしにやらせてくれんか」

「いいけど、この台は出ませんよ」

と言うと、

「代わって」

と、腰を曲げて足元の球を拾うと、席につき、しわくちゃの手で球を入れて、なにやら念じているようである。

次に眼を閉じ、額にも第三の眼があるのか、額を近づけて弾く。

球は軌道を描いて頂点に達すると、あたかも念力に操られるように、中央のそこだけ色が赤いセーフに入る。

途端に、チューリップの花弁が左右に開く。

老人のそれからの手さばきはプロである。球は次々と開いたチューリップへ吸い込まれていく。

驚くべきことに一発のアウトもない。一〇分も経たぬうちにその台は打ち止めになった。

台の上から店員が顔を出して、

「ダメじゃないの、ソガさん」

「いやなに、この人たちがね、まるで素人さんでね、損した分を取り返しただけだよ」

つづけて、「ああ、それから、天釘だけどね、釘師に言って調整し直したほうがいいと思うよ」

エルビスとおれは、抱えきれないほどの景品を受け取り、他の店が休みなのでマル井百貨店の食堂にこの謎の人物を誘った。

「喜んで」

米寿《べいじゅ》どころか傘寿《さんじゅ》も、いやひょっとすると白寿《はくじゅ》に達しているかもしれない超老人である。

三人並んでマル井さんのほうへ歩き始めてまもなく、ばったり鍛冶村秦子《かじむらしんこ》に会った。

「あら、珍しい組合せね。どちらへお出かけ?」

と、言われたので事情を話すと、

「じゃあ、うちの店を開けるわ」

と、誘われて、岩戸家に入る。

真っ暗だった店内に明かりが灯る。

「奥の小上がりのほうが落ち着くでしょ」

と、言われ、靴を脱いで上がる。

「エルビスさん、手伝って」

「オーケー」

「冷蔵庫、勝手にあけていいわよ」

おれも手伝って、ビールとコップを持って戻る。

エルビスは腕まくりして何やら作り始める。

女将は明日からの仕込みに掛かるからと断って、エルビスに任せる。

おれは名刺を渡した。

老人は、手漉きの和紙に芋判を押した手作りの名刺をくれた。

葛城《かつらぎ》牧場有限会社　相談役
蘇我馬人《そがまひと》
と、あった。

「馬の飼育をされておられるのですか」

と、質すと、

「日高にわが社の牧場がありましてな、戦時中は陸軍に多くの馬を提供しておったのですが、今は息子らに譲り、名目だけの会長職ですわ」

「じゃあ、楽隠居ですね」

と、言うと、

「いいえ。実に多くの馬たちを戦場に送り、ことごとく戦死しましたからな、その罪滅ぼしに自宅の敷地に社《やしろ》を建てて馬頭観音を祀り、供養をしておる毎日ですわ」

「もしかすると、あなたは蘇我《そが》氏の系統ですか」

「そうですが、よくご存じで。古代史に詳しいのですか」

「専門家ではありませんが、ちょっとわけがありまして、たしか『古事記』の第八代孝元天皇の条に出てくる蘇我は蘇賀《そが》の石河《いしかは》の宿禰《すくね》の子孫ですか」

「そうです。よくご存じですなあ」

「どうぞ」

おれは、エルビスが運んできた熱燗《あつかん》の日本酒を勧める。

「すると橿原の石川が祖先の地で」

「まあ、一応は……しかし、わが家は葛城《かつらぎ》の一族です。蘇我馬子《うまこ》の母親は葛城の女ですから」

などと話すうちに、『日本書紀』に書かれている蘇我氏の記述は、藤原氏が過去に行った数々の権謀術数の真相を隠すためだったと聞かされた。

「自分らが昔、中学で習った蘇我極悪人説は嘘だというのですか」

と、ちょっと驚きながら質すと、

「我が家には物部家の『先代旧事本紀大成経《さきつみよのふることのもとつふみおおいなるおしえ》』を凌ぐ門外不出の秘文書があります」

と、言った。

『葛城蘇我文書《かつらぎそがもんじょ》』と言うらしいが、一子相伝の掟が今度の戦争で途絶え、もはや解読する術《すべ》がないのだそうだ。

「では神代文字で書かれているのですか」

「ええ。馬毛文字《まもう》と言いまして、馬の鬣《たてがみ》でくねくねと書かれておるのですな」

と、教えた。

つづけて、馬人氏が、子供のころ、父親から聞かされた話によると、蘇我と物部は仲が良かったそうだ。

「蘇我入鹿《いるか》が聖徳太子の御子山背大兄王《やましろのおおえのおう》を討ったという話も事実無根で、すべて藤原が権力奪取のために仕組んだ陰謀なんじゃ」

馬人老人によれば、歴史上の偉人とされる聖徳太子にしても、その実態は『日本書紀』とはかなりちがうらしい。

「存在しなかったという説もありますが」

と、言うと、

「いなかったとは言い切れないが、蘇我馬子の数々の業績を認めるわけにはいかなかった藤原不比等《ふひと》らによって、それらを肩代わりさせる人物が必要になり、それが聖徳太子なんじゃよ」

「なるほど」

おれは納得がいった。「別名、厩戸王《うまやど》の厩はキリスト生誕伝説ではなくて、馬子の馬に関連づけた言い伝えで、当時の人々は、みんな、不比等らの業績をすり替えた改竄《かいざん》であると知っていたからこそ付けた渾名《あだな》だったのですね」

「ご明察じゃ」

馬人老人は嬉しそうに笑った。

つづけて、「つまりな、高天原・天孫降臨・万世一系という歴としたイデオロギーを構想したのは不比等らだ。しかし、都市計画さえある飛鳥の都を造営し、飛鳥寺を建立して仏教文化を築いた馬子の業績は否定できないが、それを消したいと思った彼らが編み出したのが、中国式聖天子《しょうてんこ》モデルで創られた聖徳太子——という、からくりだったのさ」

まさかと思った。しかも、『日本書紀』の正体が、天皇家の歴史ではなく、藤原イデオロギーを正当化するために編纂されたものだと言うのである。

しかし、馬人老人に指摘されてみればわかるとおり、雄略《ゆうりゃく》天皇や武烈《ぶれつ》天皇のように悪逆非道の王を堂々と書かれているような史書が、天皇家の歴史書であるはずがない。

「皇統である聖徳太子の息子を殺した罪で、入鹿は中大兄皇子《なかのおおえのおうじ》に暗殺されますが、黒幕は、藤原家の始祖鎌足《かまたり》にちがいないです」

「中学のときは鎌足は英雄、入鹿は極悪人と習いましたが、いやはやです」

と、おれは頭を掻いた。

「おまちどうッ」

と、エルビスが、大皿にてんこ盛りにした天麩羅《てんぷら》をもってきたのはそのときだった。

「エルビスの先生、秦子さんネ。天麩羅の揚げかたを習ったので、食べてみろヨ」

日本海で捕れる鮃《ひらめ》、烏賊《いか》、海老《えび》、北寄貝《ほっきがい》に、こちらではガサエビと呼ばれるシャコまでいろいろとりどり、海の幸交響曲である。

「じゃあな」

と、エルビス。「秦子さんに、シカゴの新メニュー、魚介カレーの造り方習うネ」

「あの方が、評判のカレーライス屋さんのオーナーですか」

超老人、馬人氏も驚きを隠さない。

「古代ならさしずめ彼も恵比寿《えびす》神扱いですよ」

と、言うと、

「縄文、弥生、古墳時代と古代において、様々な人種が交雑してできたのが我々日本人なのです」

「同感です」

と、おれ。「それにしても脱亜入欧の文明開化の明治時代が、いつのまにか、反欧米に変わり、五族協和だの、大東亜共栄圏だの、大アジア主義に切り替わったのはなぜでしょうね。我々日本人は、このスローガンで、あの大それた大戦争を欧米先進国家群に対して仕掛けたわけですが……」

「おっしゃるとおりですなあ。あの戦争は、スローガンの戦争でしたな。大東亜共栄圏の他にも、神風、興亜奉公日《こうあほうこうび》、聖戦、紀元二千六百年、八紘一宇、軍神、英霊、玉砕、大政翼賛会など勇ましいが、それほど中身のないスローガンに我々は踊らされておりましたな」

「究極は神風特攻隊です。国家指導者のスローガンを信じて、敵艦に突っ込んでいった若き人々の霊をどうねぎらったらいいのか。あの過酷な戦争を生きのびた同じ日本人が、彼らのことを犬死と言って切り捨てる前に、国家指導者の空疎なスローガンを、なぜ一億総国民が信じてしまったのかを反省すべきだと、おれは思っています」

2

話題が、現代から古代へ、ふたたび転じたのはそれからである。

「古代も同じでした。大東亜戦争時の脅威は米英蘇蘭仏ですが、古代では唐を怖れた。のちには遣唐使を送るのですが、わが蘇我と物部が勢力を争っていた飛鳥時代は、外からの大陸の大国、唐から属国視されまいとして、仏教を取り入れるのです。なぜなら、仏教は中国ではなく、インド起源ですからな」

と、馬人老人は教える。「一方、物部は中国生まれの道教です。物部は廃仏にこだわったが、蘇我との政権抗争に敗れた。しかし、道教は国内の儒教、国外の仏教、その他諸々を取り入れた複雑な宗教です。『記紀』はむろん、民間の様々な習俗にも遺されている。わが国固有と思われがちな神道も、道教の影響をうけていることは周知の事実です」

つづけて、「勢力争いの結果は、結局、双方の呪力の強弱で決まったようなものですなあ」

と、苦く笑った。

「二〇世紀の戦争であったのに、なぜか今度の戦争はスローガンの戦争であると同時に、呪術的な匂いがしますね」

と、おれは応じた。「たとえば、開戦日の一二月八日ですが、八日の八は八紘一宇《はっこういちう》の八ですし、八角形は全宇宙を表していました」

「そのとおり」

馬人老人は教える。「『准南子《えなんじ》』には、四方四隅の表現として八紘が登場します」

つづけて、「『日本書紀』神武即位の条に〝八紘《あめのした》を掩《おほ》ひて而して宇《いえ》と為す〟とあるし、『古事記』序文には〝天統を得て八荒を包《か》ねたまひき〟とある八荒は八紘のことで、戦時用語となった八紘一宇の典拠です。ところで……」

と、言葉をつづけ意外なことを言い出した。

「山門さん」

「はい」

「あんたさん、『古事記』の中のもっとも有名な八はなんだと思うね」

「八岐大蛇ですか」

「この世にそんな大蛇はいるはずない……と、現代人は考えるから比喩だというが、君の意見は？」

「奥出雲で産する山で採れる砂鉄、つまり山鉄採取のせいで赤く染まった斐伊《ひい》川にたとえる説が一般的ですが、ならば、なぜ、須佐之男が酒を飲ませて眠らせたのか。川に酒を飲ませるでは辻褄《つじつま》があいません」

「ふん。で、君の考えは？」

「彼らは奥出雲に山鉄採取に来た越の連中、しかも対岸のシベリアから渡ってきたオロチ族だと考えているのです」

するとと、

「なるほど。だが、わしの考えとは大いにちがうなあ」

と、言うではないか。

「どうちがうのか、ぜひ教えてください」

と、頼むと、

「たとえば、猿田毘古神《さるたひこのかみ》だが、天降ってきた天孫邇邇藝命《ににぎのみこと》を待ち受けていた天界と地上の境をなんというかご存じじゃろ」

「はい。天之八衢《あまのやちまた》です」

「その意味は？」

「八方の道の辻です」

「じゃろ。衢《また》の意味はご存じか」

「いいえ」

「チマタは道の分かれ道のことだ」

「ここでも八ですね」

「次に八岐大蛇の八岐の岐の意味だが、旁《つくり》の支に分かれるという意味があって、岐とは山の分かれる所の意なんじゃ。従って、遠呂智《おろち》に大蛇を当てたのは大きなまちがいだ。遠呂智は青大将のことです」

「つまり、八岐大蛇神話も後代のすり替えってことですか」

と、言うと、

「中国山地にツチノコはいるかもしれんがのう、錦蛇のような大蛇がいるはずがないじゃないか」

「ですね」

おれはうなずきながら、「三輪山の主も同じですね、その実体を目撃した者はだれもいませんものね」

「じゃろう。三輪山のそれは神であるから霊的存在だ。だから見えなくて当然です。しかし、八岐大蛇はそうではない」

「ええ。退治されるわけだから、実体ですね」

「たとえば、斐伊《ひい》川で太古の昔、首長竜の化石でもでたのか」

「もしかすると、朝鮮半島からの仏教伝来とともに須彌山を囲む海に棲み、仏の世界を守護するとされる八大龍王をもじっているとか」

と、言葉を合わせると、

「実はな、山門さん、この話はな、大蛇と製鉄にからんだ〈ヒッタイト神話〉からのパクリなんだな」

「やはり、そうなんですか。教えてください」

と、おれが応じると、

「ほう、あまり驚いた顔じゃないですね」

と、馬人氏。

「ええ。たとえば、伊邪那岐命の黄泉行神話の手本はシュメル神話ですから」

「ほう、ご存じでしたか。じゃ、話が早い。いいですか、この大蛇退治の神話は三点セットですが、おわかりか」

「須佐之男命×八岐大蛇×天叢雲劔《あめのむらくものつるぎ》の三点ですか」

「つまりですな、この神話の本質は〈製鉄神話〉なんじゃ」

つづけて、「天照大神は左目、月読命が右目から生まれたとする神話の根拠はなんだと思いますか」

「さあ」

「眼は光があって機能する器官です。現に日光といい、月光という。では、須佐之男命はなぜ鼻から生まれたのかわかりますな」

「鼻は大気と関係し、たとえば鼻息というように風と関係します」

と、おれは答えた。「つまり須佐之男命は風や嵐の神であり、従ってシュメル神話の風神エンリルに比定されます」

「ところで、古代世界で初めて品質の高い鉄の生産に成功したのは？」

「ヒッタイトです。彼らがそれまでの青銅文明に革命をもたらし、当時、金と同じ値段だったそうです」

「製法は？」

「彼らの国、アナトリア半島の山の斜面を利用した炉を作り、麓から吹き上げる風を利用し高熱を得たと言われます」

「つまり、製鉄には一三〇〇度の高温が必要で、それを可能にしたのが風だった。では、製鉄になぜ竜蛇がからむのか。古代人の思想では彼らが大地の支配者だったからでしょう。あるいは鉄の鉱脈を竜蛇に見立てたのかもしれませんな」

　馬人氏はひと息ついてつづけ、「ヒッタイトの神話に同じものがあるのです」

　曰く、ヒッタイトでは暴風神ケルラッシュと竜神イルルヤンカシュは仲が悪く、一度は竜神が勝った。嵐の神は、復讐しようとして女神イナラシュに助けを求め、またいろいろな酒を用意した。

　女神は竜神との直接対決を避けるため、人間フバシヤシュに頼んだ。彼は引き受ける代わりに成功の暁には女神と共寝したいと申し出て、承諾を得た。

　計画は成功した。竜神は酒をたらふく飲みほした。隠れていた人間は酔いつぶれた竜神を殺すことができた。

「ほとんど、そっくりですね。稲田の象徴である櫛名田比賣命《くしなだひめのみこと》を女神イナラシュに準えることもできますしね」

　と、おれは言った。

3

　馬人氏は語りつづける。

「ご承知だろうが、今でも山鉄を原料にして踏鞴《たたら》製鉄をしている街が、奥出雲にあります」

「どこですか」

「一個所じゃない。たとえば、宍道《しんじ》湖に注ぐ斐伊川の上流、三刀屋《みとや》川や久野川の合流点が、中国山地の山の中にありながらけっこう開けた土地でな、道が八方へ通じている八岐の地なんじゃ」

「雲南地方の木次《きつき》ですか」

「そうじゃ」

「広島から芸備《げいび》線で手前の三次《みよし》までなら行ったことはあります」

「ほう。帝釈峡《たいしゃくきょう》かね、大きな鍾乳洞がある。それとも、戯曲『出家とその弟子』で知られた倉田百三《くらたももぞう》の出身地だからかね」

「いいえ。葦嶽《あしたけ》山ピラミッドです」

「ほう！　それはまた酒井勝軍《さかいかつとき》じゃな。登ったのかね」

「はい。山中で、八岐大蛇ではなく、蝮《まむし》に追いかけられた記憶があります」

「ほう、ほう」

と、話題が横道に逸れたが、ふたたび戻って、

「つまり、木次は交通の要衝です。地政学的にもここを押さえるのは、戦略家なら、当然、思いつくじゃろ」


つづけて、しかし、『古事記』の記述から推定できるのは、むしろ須佐之男命が降臨したとされる鳥髪《とりかみ》、今の船通山《せんつうさん》に近い奥出雲町より上流の出雲横田あたりかもしれん。共に小さな盆地でな、四方に道が通じている交通の要衝じゃ」

実際、地図をみるとわかるが、中国山地にはまわりを山に囲まれた盆地状の小さな平野が多いのだ。

「交通の要衝だから攻めたのですね」

と、おれは言った。

「むろん、須佐之男が一人のはずはないが、一行は少人数だったと思う。だがね、上流から箸《はし》が流れてきたという話は非常に嘘くさい。十中八九、『古事記』編纂者らの脚色だろうな」

「なぜです」

「うん。箸の普及はな、平安期になってからのはずなんじゃよ。神代時代の人々は土器を使って煮炊きはしていただろうが、きっと冷ましてから手づかみで食していたはずじゃ」

「斐伊川水源地でもある船通山は、鳥取と島根の県境の山ですね」

「比婆《ひば》山にも近い。山の中なのになぜ船という字が使われているのか、わかるかね」

「いいえ」

「この船は水に浮かぶ船ではない。砂鉄業者は今でも溶鉱炉をフネと呼んでおるよ。と言うことは、船通山が砂鉄の一大産地だったことを意味するわけだ」

「つまり、その砂鉄や山鉄を材料にして製鉄を行っていたのが、奥出雲の八部族だったわけですね」

「だと思う」

「須佐之男命らは、彼らの長や幹部を集めて大宴会を開いて、酔い潰した。こういうだまし討ちが、彼ら天孫族は得意だったようですね」

「基本的に天孫族は小グループと考えるべきだろうし、であれば、まともに戦って勝てるはずがないじゃないか」

「そうですね」

おれは、いつの間にか馬人氏のペースに巻き込まれている自分を自覚した。

「もしかすると、ご老体は、人身御供《ひとみごくう》の話も脚色で、事実はちがうと思っておられるのでは」

「ああ、そのとおり。須佐之男命一行が朝鮮から出雲へきた目的は、はじめから決まっていたのじゃ。他でもない、狙いは奥出雲の鉄資源だ。鉄を制するものが征服を可能にしたのだとな、わしは考えておる」

「つまり、須佐之男命一行は、朝鮮から出雲に来て、斐伊川を遡って、当時の鉄産地の奥出雲を目指したのですか」

「いかにも……最初からそれが目的で、櫛名田比賣《くしなだひめ》エピソードは、日神系天孫族つまり外来人と地元民とも婚姻を表しているにすぎない」

——気がつくと、夕闇が迫っていた。

秦子がトロロ昆布巻の握り飯を差し入れてくれた。筋子《すじこ》入りである。

我々は食べながら話す。

馬子氏の話題は、ふたたび転じて、また八に戻っていた……。

「そうなんですか」

と、おれは、なんどもうなずく。

「つまり山門さん、八のつづきだがな、道教では八角形の宇宙の中心に、上帝がおり、これは太一《たいいつ》神であり、道教の最高神となるんじゃ。わが国の天皇はその天皇上帝をもとにしてつけられたのだ」

「なるほどなあ」

老人によると、蘇我と物部は根拠地が同じ葛城山山麓であることもあり、親しかったそうだ。

「あの時代では、仏教も呪術が重視され、道教との関係はお互いよく研究しあったものじゃ。呪術の本質はさしてちがいはないのじゃよ」

つづけて、「君は、『万葉集』の大君《おおきみ》にかかる枕言葉をご存じか」

「いいえ」

「〈やすみしし〉だ。漢字は〈八隅知し〉じゃ。天皇を神と同一視する思想は道教思想なんじゃ。天皇・貴人が崩御するの〈崩る《かむあが》〉は、〈神上がる〉こと。つまり道教の神仙思想じゃ。神となって天界へ行くこと。つまり〈登仙〉に他ならないのじゃ」

おれなりに思ったが、戦時用語の〈軍神〉という言葉も、これから来ているように思う。昭和一六年一二月八日の真珠湾《しんじゅ》攻撃の報道で、特殊潜航艇の軍人が〈軍神〉とされたのを、おれは記憶していた。

ところで、飛鳥に遷都した斉明《さいめい》天皇だが、この天皇が造営した遺構は道教そのものである。

酒船石、背後からもう一人が抱きついている石人像、亀石、須彌山石《しゅみせんせき》他、道教寺院も建っていた。さらに、この女性天皇は水路他の土木工事も数多く行ったが、水時計、天文観測、水道、噴水技術、度量衡、鋳貨、漢方医術などの最新技術もまた道教と深い関わりを持つのだ。

「六世紀後半から七世紀にかけて、律令国家としての法整備もまた百済僧から学んだようです。暦本、天文地理書、遁甲方術書《とんこうほうじゅつ》、天皇号、陰陽五行説、あるいは今日でも行われる祈雨、大祓の儀式なども国家運営の根本となり、当時の為政者たちに深く浸透していくのです。ところで……」

老人はつづける。「君は吉野へ行ったことがおありか」

「全山満開の桜を見に一度」

と、応ずると、

「当時、吉野は神仙郷と考えられておった」

つづけて、「壬申《じんしん》の乱はご存じじゃろ」

「一応は」

と、応じると、

「ここでも八が絡む。道教の〈八仙信仰〉というものをご存じか」

「いいえ」

壬申の乱とは、西暦六七二年に起きた次期天皇を争った内乱である。先代天智天皇（近江朝）はわが子大友皇子《おほとものおうじ》を後継者とし、地方豪族で固めた従来型の政権を作ろうとした。これに対し、豪族の世襲ではなく、実力主義で政権を運営すべしと考えたのが、天武天皇の弟、大海皇子《おほあまのおうじ》であった。乱は大海皇子の勝利で終わり、六七三年即位。以降、豪族らの力は落ち、天皇家の権力を増大、安定させた。

老人はつづける。

「大海人皇子、のちの天武天皇が、〝自分は出家して陛下のために功徳を積む〟と言って吉野へ逃れたのは、あくまで口実で、ここはいったん、次期天皇候補の大友皇子との争いを避けると同時に、道教の教理書『抱朴子《ほうぼくし》』に従ったからじゃ」

「つまり、大海人皇子は道教に通じていたのですか」

「うん。〝戦乱を避け隠棲するには、いったん山に籠もれ〟とある。同時に彼は挙兵の機を伺うため、やはり八仙信仰に従った形跡がある。自分と妻に加えて総勢八名。ここにも八が出てくる……」

4

月が替わった五月一日の昼時、隣のエルビスの店に行くと行列ができていた。

この日から、新外食券制度が施行され、外食券と引き替えに、どこでも米食が出せるようになったからだろう。

エルビスのシカゴも、これまで、一般向けは、麦その他の雑穀のカレーであったが、今日からは晴れて米飯の本格カレーライスである。

ともあれ、外食券食堂なるものが存在し、旅先で旅館に泊まる際にも外食券が必要だった敗戦国にも、ようやく昔が戻りつつあると実感される。

店内が満席なので、裏口から入る。エルビスはさながらハーレムの王様である。店は割烹着を着けたアルバイトのおばさんらに任せ、奥の休憩所で帳簿を付けていた。

「すっかり経営者じゃないか」

と、からかうと、

「エルビス、身体が大きいから邪魔者扱いされるのさ」

と、応じた。

厨房から、目ざとくおれを見付けたのは、最年長のサチ婆さんである。

例の忘年会では、臍出しダンスを披露して、大受けしたのは彼女だ。

「山門さん。新メニューの魚介カレーを試食して」

むろん、喜んでである。

具だくさん根菜の他、魚介は種類が多く楽しめた。

「煮くずれしないように、掻き回さないのがコツだと、秦子さんに教わったぜ」

と、エルビスが言った。

「ああ、そう言えば、この街と室蘭に、一万五〇〇〇名の兵員を受け入れる新しい軍用補給港が建設されるらしいぞ」

彼の口ぶりでは、米軍は本格的な反攻に転じ、一気にかたをつける考えらしい。

そう言えば、安萬侶海運も手持ちの船舶はフル回転らしい。朝鮮戦争が特需となり、一気に戦後不況から抜け出せそうなのである。

などと話すうちに昼時が終わり、完売の貼り紙がでる。

おれは、

「パチンコしたい」

と、おばさんハーレムの王様エルビスに誘われ、連れだって店を出た。

向かったのは、前回と同じ電気館通りの〈八紘一宇〉である。

だれに習ったのか、エルビスはすでにセミプロだ。鋭い目で店内を回り、慎重に台を選ぶ。

やがて、

「ここにする」

と、どっかりと座って打ち始めた。

例の不思議老人を見かけたのは、そのときだった。

「やあ、師匠ッ」

と、エルビスが言った。

「ご老体は日参ですか」

と、おれ。

「この歳になりますとな、長年連れ添った家内も、親しい友だち、女子《おなご》たちにも死に別れてしまってなあ、行くところがないんじゃよ」

と、応じた。

「蘇我さん、よければ出ませんか」

と、誘うと、老人は、自分の出球をエルビスに渡した。

同じ電気館通りの手宮寄りに、最近できた〈北前《きたまえ》船《ふね》〉という店があるので、誘う。ここは馴染みになった手宮酒造の跡取り息子、憲太郎《けんたろう》が開いた店だ。

まだ夕方にはほど遠い時刻で、客はだれもいない。


この店の一番明るい窓際の席に座って、酒と肴《さかな》を頼む。

店の造りは船箪笥や浮き球、錆び付いた錨など、北前船《きたまえふね》の雰囲気がある。

酒は手宮、肴《さかな》は身欠《みが》き鰊《にしん》の酢漬けである。

馬人老人は目を細めながら杯を口元に運ぶ。

ここが気に入ったようである。

「先日はいろいろ教わりました」

と、おれは切り出す。「実は、今日、お誘いしたのはお訊きしたいことがあったからですが、一月五日に起きた天狗山山荘の事件はご存じですね」

おれは老人がうなずくのを見届けてつづける。

「犯人はすでに逮捕され、判決が出てあちらへ送られたようですが、宮滝火徳《みやたきかとく》という宗匠を殺害した動機がわからないのです」

と、一部始終を説明してから、「この事件には道教が深く絡んでいるようですが、熊野神仙流のことはご存じですね」

「むろん」

大きくうなずいて、「わしもな、現役のころはよく参ったものです。ま、商売の関係者にとってはあそこは、いわば商売人のメッカのような場所でな、世間では詐欺まがいと噂する者もおるがのう、人間は弱い。迷ったときに、こうだと断定してくれる権威の存在が不可欠なんじゃ」

と、応じた。

「じゃ、早速ですが、〈芝菌《しばきん》〉は熊野神仙流の秘伝の一つなんだそうですが、ご存じですか」

と、訊ねると、

「神仙たちが食する茸です。ひと口に茸と言っても食用もあれば、猛毒のものもある。しかし、神秘的な茸もありましてな、服用すれは不老不死が得られるものもあるらしいのじゃ」

「火徳宗匠の死因が毒殺だったのをご存じでしたか」

「まさか」

「マスコミには伏せられていた真相です」

「茸毒ですか」

「いいえ。北海道ならどこにでも自生している鳥《とり》兜《かぶと》だったようです」

「なるほど。犯人は薬学方面に関係はありそうだ」

「らしいです。彼は大学卒で薬学部出身と同輩には話していたようです」

「で、犯人の役職は？　あそこでは幹部はみな本名では呼ばない」

「左道《さどう》道士です」

「おや、まあ、呪いの人形術じゃ」

「藁《わら》人形に五寸釘ですね」

「そうじゃ。で、犯人の本名はわかったのかね？」

「裳辺津午平《もへつごへい》です。どうやらアナグラムのようです」

「ほう、よく気付きましたな」

「月夜見家の月江夫人の考えです」

「ほう。それは面白い」

「夫人をご存じですか」

「ああ、若いころのな、憧れの君じゃった」

つづけて、「ならば、アナグラム変換前の名はもうわかったんだろうね」

「いいえ。まだです」

「ちょっと、警察が取った供述調書を見せてくださらんか」

「どうぞ」

馬人老人は一瞥すると、

「なるほど。なんじゃ、答えはこれに出ておるじゃないですか」

と、言った。

「ご老体はわかったのですか」

「むろん」

「ヒントをいただけませんか」

「『古事記』を紐解き、国生みの個所をよく読めば、答えは自ずから得られる」

「そうなんですか」

首を捻るおれに向かって、

「この最初の絵馬道士の武部和気《たけべわき》君は、熊曾出身じゃろ」

「ええ、鹿児島です」

「つまり、二名島《ふたなしま》の筑紫の熊曾《くまそ》じゃろ」

「はい」

「熊曾には名前が二つあるんじゃろ」

「はい。『古事記』の国生み神話には、建日別《たけびわけ》」

「じゃろ。だったらわかるだろうが、君。さっき自分で言ったじゃないですか。アナグラムですよ、アナグラムだよ。裳辺津午平に変換された元の名が、だれか……」

瞬間、おれは自分の愚かさに気付く。

「ああ、四国の……」

「左様じゃ、粟の国の……」

「ですね」

「ところで、殺害された宮滝火徳氏だが、彼は熊野の出身で、宮滝家に婿入りする前の元の名もな、おそらく出雲と熊野に縁《ゆかり》のある神の名のアナグラムだよ」

「そうなんですか」

おれ自身で間の抜けた返事と気付きながら応じると、

「そら、だれもが知っておる、あの有名な神の息子だ」

と、教えられた。

第二部　神武東征の謎

第七章　〈いろは歌〉の秘密

1

月が替わった六月、噂はおれの耳にも届いていた。

近く、多分、ソ連の仲介で朝鮮戦争は休戦するだろうというのである。

影響はすでにおれの身辺でも起こり、例の特需関係の翻訳の仕事が激減していた。

一方、本職のはずの探偵稼業もさっぱりである。だが、安萬侶海運の顧問料が月々入ってくるので援かっている。

というわけで、最近のおれは、もっぱら解放出版社の児屋《こやね》勇《いさむ》から依頼された仕事に掛かっているのだ。

果たして、純文学誌でも大衆小説誌でもない、中間雑誌という新ジャンルに合うかどうかは別として、今、おれが考えているのは天孫族史観からの脱却である。なぜなら、おれたちの世代は、この正体不明の皇国史観に振り回されて、あの無謀な戦争に駆り出されたからである。

そんなわけで、このところは、もっぱら花苑公園下の市立図書館に通っているが、閲覧室で一人の大学教授と知り合いになった。

渡された名刺には、

小樽湊工科大学土木工学科主任教授
学部長　息吹部《いふくべ》鉄之介《てつのすけ》

と、ある。

話してみると俳人でもあり、古代史にも詳しかった。

理由は、息吹部の家柄は出雲の名家であり、江戸時代までは蹈鞴《たたら》製鉄を家業としていたらしい。

「もっとも、今の専門は道路工学の分野でして、道路の凍上現象の研究で博士号をとりました」

と、教えてくれた。

おれも自分のことを話すと、

「それではわが家に伝わる古文書をお貸ししましょう」

と、渡されたのは、他ならぬ『息吹部文書』の解読書であった。

むろん、喜んでお借りして、早速、コピーをとらせてもった。

多分、『出雲風土記』と同系統のものだろうと想像したが、『記紀』には記されていない幾つもの歴史が記されていた。

「原文は戦災で焼失したのですが、私の祖父が、大正時代に解読したものが残ったのは、不幸中の幸いでした」

と、教授は教えた。

原文は、古史古伝の通例で音標文字であり、蹈鞴文字と言われるものだったそうだ。

はじめて見せられたとき、おれの眼を惹いたのは、神武朝以前の王朝だったらしいといわれる鵜葺草葺不合命《うがやふきあへずのみこと》の項目であった。

この命は、日子穂穂出見命《ひこほほでみのみこと》と母の豊玉毘賣命《とよたまひめのみこと》の間に生まれた御子であるが、母親が海神の国へ帰ってしまったため、妹の玉依昆毘命《たまよりひめのみこと》に育てられ、長じて姨《みおば》つまり叔母である彼女と婚姻するという変わった経歴の持ち主である。

ともあれ、生まれたのが五瀬命《いつせのみこと》、稲氷命《いなひのみこと》、御毛沼命《みけぬのみこと》、そして後に神武天皇となって橿原で即位される若御毛沼命《わかみけぬのみこと》の四神を生むのである。

「戦時下の時代はずーっと屋根裏に隠されていたのですがね、東京大空襲の際に家ごと焼けてしまいました」

教授は言った。

「特高のような思想警察ですね」

と、おれは言った。「国家公認の歴史書以外は、国體の神聖さを汚すと考えられておりましたものね」

「ええ。偽書扱いです」

「しかし、奇跡的にこの港湾都市の市立図書館には、その問題視された数種の古文書が保存されているのです」

と、言うと、

「ええ。ですからそれで、休みの日にはここに通っているのです」
因みに大和朝廷にとって都合の悪い古文書の代表を列記すると、
竹内文書《たけのうちもんじょ》
宮下《みやした》文書
九鬼《くかみ》文書
上記《うえつふみ》
秀真伝《ほつまつたえ》
などである
「私もこれらの神代文書の内容が全部正しいとは思いませんが、無視できない共通点がある。それがなにかご存じですか」
「さあ」
首を傾げると、
「鵜葺草葺不合朝の年代が、七十数代つづいたという点で一致しているのです」
「『古事記』には書かれておりますが、鵜葺草葺不合朝は神武天皇の出身母体なわけですから、もっと詳しくてもいいはずですね」
と、おれも言った。
「そこが謎なんですよ。意図的に省略してお茶を濁したとしか思えないのですよ」
「『日本書紀』にもその名はあることはありますが、王朝の存在は記されておりませんね」
すると、
「山門さんは二千六百年祭のことをご存じですよね」
「ええ。大東亜戦争開戦の一年前の昭和一五年ですね」
「西暦一九四〇年ですから、二六〇〇年は西暦紀元前の六六〇年になります」
「戦争中、我々が繰り返し教え込まれたわが国開国の年ですね」
「これに辻褄《つじつま》を合わせるために、古代天皇の年齢を非常に多くしておりますが、かなりな無理をしていることは、だれの目にも明らかです」
「ですね」
「しかし、『息吹部文書』では、神武朝以前に鵜葺草葺不合朝の七三代を載せているので、わが国の開国年が、弥生時代後期の前六六〇年に無理なく収まっているのです」

「となると、ますます『記紀』の編纂者が鵜葺草葺不合朝を消した事情というか理由が、いかにもわけありになってきますね」

おれは首を傾げた。

「彼らが、同じ天孫族である須佐之男命にはじまる、出雲朝の存在を認めたくなかった気持ちは、一応、わかるとしても、鵜葺草葺不合朝の歴史まで極端に簡略化したのはなぜでしょうね」

「この点が、『記紀』と、神代文書との決定的なちがいなのです」

「鵜葺草葺不合朝は九州の王朝ですね」

「そうです」

「黄泉国から生還した伊邪那岐命が身禊《みそぎ》をしたのは、筑紫の日向《ひむか》の橘の小門《をど》の阿波岐原《あわぎはら》ですから、天孫族にとってもっとも重要な三柱の神である、天照大神、月読命、須佐之男命の三神の出生地は、高天原ではない地上界である中津国の一つ、九州になりますね」

と、言いながらおれは首を傾げた。


つづけて、「地上界で生まれ、天上界へ戻ったということでしょうか。それにしてもおかしいなあ。最近、小説を書いているものですから、こうしたプロットの矛盾が気になるのです」

「理由は簡単です。『記紀』編纂者が歴史的事実を知りながら、故意に偽造しているからこうした矛盾が出てくるのです」

息吹部教授はつづけて、「鵜葺草葺不合朝の抹殺で割りを食ったのが出雲朝です」

「須佐之男命が奥出雲の鳥髪《とりかみ》、つまり船通山《せんつうさん》に天下ったという話も、自分は何か解せません」

「ああ、あれ」

教授はあっさりと言った。「あれもパクリですよ」

つづけて、「『日本書紀』では高天原を追放された須佐之男命は、天より出雲の簸《ひ》の川上、つまり斐伊川上流に天下ったとあるのですが、数種あるうちの一書では、まず子供の五十猛神《いそたける》を連れて新羅の曾尸茂梨《そしもり》へ天下ってから、埴土《はに》で舟を造り、出雲の簸《ひ》の川上に天下ったとあるのです」

おれは、

「埴《はに》というのは、きめの細かい黄赤色の粘土で、瓦や陶器の原料ですよね。そんな舟で海を渡るどころか空を飛べたとは思えませせね」

と、言うと、

「そのとおりですが、天孫族ですからね、彼らは……」

苦笑いしながら、「肝心なのは曾戸茂梨、つまり朝鮮語のソシモリの〈ソ〉は、おそらく鳥を表す現代朝鮮語の〈セ〉の古形の〈ソ〉であり、〈シ〉は日本語の〈の〉で、〈モリ〉は、ずばり〈髪〉なのです。つづければ鳥の髪……」

「つまり、斐伊川の上流の鳥髪になりますね。これは、いったい、どういうことですか」

と、おれは訊いた。

「考えられるのは、『古事記』編纂者の太安萬侶は倭国側の編集長で、彼を補佐したスタッフは新羅人だったという推定です」

「つまり、彼らが自分たちの祖国の地名をわが国の歴史書に潜ませたということでしょうか」

「多分そうだと思いますが、『日本書紀』のほうは、おそらく藤原氏の意向に添った、多分、新羅に滅ぼされた百済からの亡命者が担当したのでしょう」

「なるほどなあ」

おれは言った。「それで、わかる者にはわかるように、わざわざ新羅地名の曾戸茂梨やそれを日本語にした鳥髪を入れたわけですか」

すると、

「ところで、山門さん、聖徳太子がキリスト教徒だったという説もあるんですよ」

と、教えて……

2

「〈いろは歌〉を……」

いきなり訊かれた。

「ご存じですか」

「ええ」

おれは息吹部教授に答えた。「あれを創ったのは弘法大師だそうですね」

「柿本人麻呂が残した暗号だという人もおります

が、おそらく高野山の学僧の一人の作でないかと思います」

つづけて、「ところが、この中にイエス様の名前があるのです」

「まさか」

おれは、教授の顔を見ながら、「そう言えば真言宗と基督《キリスト》教に関係があるという話なら聞いたことがあります」

「伝説的人物の聖徳太子自身が、ネストリウス派だったという説すらありますからね」

「景教ですね。当時、遣唐使が唐へ遊学しておりました」

「弘法大師もその一人です」

おれは、高等学校受験のときに勉強した、東洋史を思い出した。

西暦四三一年、エフェソス公会議で異端とされたネストリス派は東方へ布教を広げた。まずイランで栄えたが、西暦六三五年、太宗皇帝治世の際に、大布教団が、堂々と長安に到着し、皇帝の庇護を受け大流行した。


「私の家には、戦前、母方の祖父が西安の碑林《ひりん》というところで求めた太秦景教流行中国碑の拓本があります」

と、教授は言った。

「太秦《たいしん》というのは？」

と、訊ねると、

「ローマのことですよ」

息吹教授に言わせると、当時、唐帝国は西の大帝国をかなり強く意識していたらしい。

「しかし、景教を唐にもたらしたのは波斯《ペルシア》人の阿《ア》羅本《ラホン》ですよね」

と、質すと、

「ええ。最初は波斯教と呼んでいたが、あとでローマ帝国の宗教とわかったそうです」

「ええ。当時、五〇万人の信者がいたと言いますから、当然、わが国の留学生もこの景教の知識に触れたと考えられます」

つづけて、「地続きの朝鮮半島にも伝わり、当時にしてみれば、得難い西方の知識ですから珍重されたのでしょうね」

と、言った。

「なるほどなあ。しかし、聖徳太子が景経の信者だったという説はほんとうですか」

「聖徳太子そのものの存在を疑う説もありますからね、しかし、山門さん、秦氏の族長、秦河勝にまつわる逸話ですが、初瀬川が氾濫したとき、三輪大神の社殿の前に流れて着いた童子を見つけた欽明天皇が、『夢で見た秦始皇帝の生まれ変わりなり』と、言ったという話をご存じですか」

「さあ」

「それが秦の姓を賜った由来であり、氾濫から生き残ったから河に勝った、つまり河勝と名付けたというのです」

「ユダヤ人狩りから逃すため、籠に入れて河に流し、これをエジプトの王女が拾い上げて育てたという伝説に似ておりますね」

と、おれが言うと、

「たとえ、この話が作り話でも、旧約聖書の中のモーゼ出生の伝説が伝わっていた証拠の一つになりませんか」

「ですね」

つづけて、「そう言えば、京都の広隆寺ですが、聖徳太子の建立とされております」

「参詣されましたか」

「学生時代に」

「あの寺の横手に伊佐良井《いさらい》の井戸があるのを知っていましたか」

「ええ、イスラエルの井戸だとか」

「信じますか」

「さあ。でも次々と出そろいますね、証拠が」

「一つ一つは曖昧でもいくつも出揃うと、信じたくもなりますね」

と、息吹部教授も言った。


その日はそれで別れたが、新作のネタになりそうなので調べなおした。

例の宿題になった〈いろは歌〉だが、次のとおりだ。

色は匂へど　散りぬるを

我が世誰ぞ　常ならむ
有為の奥山　今日越えて
浅き夢見し　酔《ゑ》ひもせず

意味はこうなる。

匂いたつような花の色も散ってしまう
この世では誰が不滅でいられようか
いま現世を超越して
儚い夢を見たり、酔いに耽ったりすまい。

まさに無常観である。故の仏教根本の思想にも通じているのである。

問題の謎かけはイエスの御名である。
いろいろやってみて、ついに見付けた。

いろはにほへ**ど**
ちりぬるをわ**か**
よたれそつね**な**
らむうゐのお**く**
やまけふこえ**て**
あさきゆめみ**し**
ゑひもせ**す**

右表の最下段は
咎なくて死
また、ゴシックの**いゑす**は、**イエス**である。

3

翌日、事務所で仕事をしていると、解放出版社から電話が掛かってきた。児屋勇からである。
「近く、正規な案内状が届くと思うが、会社を引っ越した。神田九段下なので一度出てこい」
と、言った。
つづけて、「去年、君にゴーストを頼んだ諏佐議員の『戦後を照らす太陽は女性たち』だが、ようやく校正がでた。こちらで朱を入れてから担当者をやるから、岩戸家でうまい魚を食べさせてやってくれ」

「名前は？」

と、訊くと、

「海部幸彦《かいふゆきひこ》だ。担当者を付けるのは、君を一人前の作家と認めたからだ。よろしくな」

「わかった」

「それから、新雑誌の名前も決まったぞ。実はこの前、お前と話した内容から思いついたのだがね、〈伝奇新世界〉だ。つまり吉川英治《よしかわえいじ》の『鳴門秘帖《なるとひちょう》』『神州天馬峡《しんしゅうてんまきょう》』や国枝史郎《くにえだしろう》の『神州纐纈城《しんしゅうこうけつじょう》』、中里《なかざと》介山《かいざん》『大菩薩峠《だいぼさつとうげ》』とはひと味ちがう、ま、現代風の伝奇浪漫《ロマン》文学だな、社運を賭けてこれを狙うつもりだ。君も創刊号の執筆者リストに入れておいたから中編を頼む。けどな、長編の一挙掲載も考えているので、大いに期待しているぞ」

けっこう長電話になった。

話ぶりからは、敗戦直後の困窮から、ようやくわが国も抜け出したようだ。

日本経済をどん底から救ったのは、朝鮮戦争の軍需景気だったことは否定できない。

「それにしても、最初は中間小説雑誌だったはずなのに、いったい何故なんだ？」

と、訊ねると、

「おれたち戦中世代は、国家に叩き込まれた皇国史観で戦地にかり出されたからな。実は戦前戦中の文献をな、神田の古書街でゾッキ本で売られているのを何冊も見つけてな、改めて読みかえしてみるとわかったのだ。つまり、お前が話してくれた建国神話だ。おれたちは神話の世界で教育され、二〇世紀という時代に神話の精神で戦争していたのだ」

小一時間も話したろうか。彼の口ぶりからも、日本が、ようやく、敗戦の沈滞から明日への希望を見出しているように感じられた。帝都だから敏感に時代の変化を感知しているのだろう。その先兵がジャーナリストだ。出版の世界で生き残るには、時代とともに生きている一般大衆の無意識の心を読む能力が必要なのだ。

それから一〇日ほどして、解放出版社から本が送られてきた。児屋の添え書きによると、わが社ではこういう本も出しているとあった。

題名は、『建国神話――真実と虚構の歴史』である。著者は帝都大学の社会学部社会心理学担当の助教授、畝傍肇《うねびはじめ》とあった。

早速、読みはじめたが、内容は、それが明らかな神話であるにもかかわらず、戦前戦中の歴史教科書には、それが真実として記載された。しかも、国家権力側が行った巧妙なマインド・コントロールであった――というもの。

このマインド・コントロールという言葉がおれには目新しかった。早速、手許の英英大辞典でmind controlを引いてみると、〝個人の考えかた、感情、行動傾向を、他の情報を遮断し、人為的に一定の方向へ変更させる技術〟らしい。

人間という種はもともと不安を抱く。あるいは集団への依存心が強い。こうした人間自身の本質的な弱さにつけ込むのだ。

著者は言う。「わが民族には、もともと、外敵侵入の恐怖心があった。日本列島の地政学的条件は、王朝が激しく入れ替わる大陸からの脅威であった。平安時代には唐の脅威があり、鎌倉時代には元寇と呼ばれる蒙古の侵略があった。おそらく江戸時代の鎖国政策は、こうした恐怖心に起因する政策であろう。

「しかし、江戸時代の平安は、新たな元寇とも言うべき黒船到来で、ふたたび、壊れた。わが国は北はロシア、西からは西欧列強、東はアメリカ合衆国の脅威に曝された」

おれにも納得のいく説明だった。隣国清国が半植民地化された実例を目《ま》のあたりにすれば、従来の幕藩体制を改め、一国家として国民の意識をも一体化する必要に迫られたのだ。

国家主義がこうして生まれ、現人神《あらひとがみ》としての天皇を戴く国家へと、わが国はイノベーションしたのだ。しかも、当時は帝国主義が定番であったが、わが国の帝国主義は、他国に比べれば特異なもので家族主義的帝国主義となった。

かつ、この日本的国家主義の根幹となったのが、『古事記』神話であったのだ。

元は幕末の国学者、本居宣長《もとおりのりなが》である。彼は〈からごころ〉と〈やまとごころ〉を区別し、これが幕末・

明治の〈脱亜入欧〉思想になるのだ。

さらに宣長は、『日本書紀』を中国の思想に影響を受けた作為性があるとし、『古事記』こそが日本民族の原点であるとした。

実際、当時の歴史教科書では、万世一系の歴史が真実として書かれ、忠君愛国の精神が叩き込まれた。

だからこそ戦場の兵士たちは「天皇陛下、万歳！」と叫んで死に、あるいは自決したのだ。

それにしても不思議だ。

あのときは、一部の例外はあるだろうが、全国民がマインド・コントロールされていたのだ。

おれは、レコードが一〇〇万枚も売れたと言われる「愛国行進曲」の歌詞を思い出した。

　見よ 東海の空明けて
　旭日 高く輝けば
　天地の正気 溌剌と
　希望は踊る 大八洲

この歌詞そのものが太陽讃歌、天孫族讃歌、日神族讃歌の歌ではないか！

（この国策流行歌自体、一種の集団催眠ではないだろうか）

などと、おれは思った。

おれ自身がそうだったからだ。

不思議なことに、大正デモクラシーの時代には、天照大神の天岩戸《あまのいはと》隠れの際に、神々が集って協議した天安河原《あまのやすのかはら》の逸話を以て、わが国独自のデモクラシーの起源とする議論さえあったらしい。

だが、いつの間にか『古事記』神話に発したわが国独自の国體思想が、一切の批判を封じる思想弾圧の道具となり、一気に大東亜戦争へ突入していくのだ。

（問題は、おれにもよくわからない国體という思想だ。しかし、わが国は全体主義ではない。全体主義の定義には、民族主義がベースにあると思うが、日本はちがう。わが国のそれは〈一大家族国家〉だったのだ）

（となると、儒教だろうか。江戸期の武士道だろうか。あるいは、わが国で独自の発展をした朱子学または陽明学だろうか。否、幕末期の尊王論の理論的根拠となった国学かもしれない）

（ここから天皇を国家の父長とし、国民をその子とする、わが国独自の家族主義的民族主義が育まれたのだろうか）

などなど、あれこれ考えてみたが、ついに最終的な答えは見付からなかった。

4

それから一週間ほどしてから、解放出版社編集部の担当者が、おれの事務所にきた。

二〇代の若手編集者である。

「海部幸彦《かいふゆきひこ》と言います。この春、入社したばかりです」

と、彼は言った。

齢は二八歳。印象は悪くない。

開口一番、

「帝都は今が梅雨の盛りで大変です」

「こちらはカラ梅雨という言葉があるくらいでね、六月が一番いい季節です」

「毎日がしとしと雨で、精神までが黴臭《かび》くなりま す」

「梅雨《ばいう》というくらいだからね。黴《かび》て当然です」

つづけて、「昔は黴月だったんです」

「そうなんですか」

「梅雨はアジア全体の現象ですからね、中国にも梅雨があり、彼らは黴月と呼んだんです」

「それがいつのまにか梅雨に？」

「中国語では、黴と梅はたまたま発音が同じなので入れ替えたのです」

と、説明したが、実は少名史彦からの受け売りである。

銀行通りに面した窓を開けておいたので、海の香がある風が入っていた。

おれとしては、この海風の中に、対岸世界のシベリアで死んだ、戦友らの魂が溶け込んでいるような気がする……。

やがて、海部は、モスグリーン色のズックの鞄を開けて、

「『戦後を照らす太陽は女性たち』の校正をお持ちしました」

ページをめくると、一頁目からかなり朱が入っていた。

「校正は君が?」

と、訊ねると、

「私がやったのは、表記の統一と明らかな誤字脱字のチェックだけで、校閲は上司の井賀吉夫《いがきちお》編集長です」

「で、どうなの、売れそう?」

と、訊くと、

「正直言ってわかりません」

と、悪びれず応じた。

「ああ、そう」

と、肩を竦めると、

「うちの社長は、政界との繋がりが濃いので、この諏佐先生の本をきっかけにして、政財界の自伝や政治や経営の理念をわかりやすく述べた著作を、これからもどしどし出すつもりのようです」

つづけて、表紙カバーの見本も見せてくれた。

書名よりも、参議院議員諏佐世理恵の名の方が大きかった。

国会議事堂を背景に立つ半身像も、大胆すぎるほど大きい。

「装丁の新機軸だね」

と、おれは褒めた。

「講演会の会場で支持者に売りさばくのが目的ですから、取り次ぎは通さないので店頭には並びません」

つまり、全部、買い取りなので、版元に損のない仕組みだ。

「で、今度出す新雑誌のほうは?」

と、肝心のほうを訊ねると、

「これです」

と、カラーの表紙見本を見せてくれた。

横組で大きく、

伝奇新世界

とあり、背景の写真は奈良の石舞台である。

「いかがでしょう。社長から、先生の意見を聞いてくるようにと言われました」

「悪くないですね」

「ここを見てください」

と、指でさされた個所を見ると、錚々《そうそう》たるビッグネームの末尾に、ポイントを落としておれの名が載っていた。

「うちの社長とは、シベリア抑留時代の同志だそうですね」

「ええ、まあ」

「徴兵される前は、私立探偵だったとうかがいました」

「今もですが、本業のほうは開店休業中ですよ」

「昔の経験を生かして探偵小説も書けそうですね」

なかなか、おだて上手である。

「ところで今夜の宿は？」

と、訊くと、

「こちらへ伺う前に、駅の近くの旅籠《はたご》に部屋をとり、荷物を置いてきました」

つづけて、「それにしても、こちらは食糧が豊富なんですね。本州では自分用の米を持参しなければ旅館に泊まれないですから」

「内地には外食券食堂というのがあるそうだね」

と、おれは訊ねた。


「ええ。でも、この五月一日から、食糧庁が制度を変えたので、外食券があればどこでも米食が摂れるようになりました」

「じゃあ、この港街は例外だね。いや、北海道ではまだまだ食糧がある」

「ええ。函館から汽車に乗って感じましたが、想像していた以上に北海道は広いですね」

「日高山脈を越えて道東へ行けば、もっと実感できるそうですよ。たとえば、穀倉地帯の十勝平野の帯広などは、朝鮮戦争のおかげで好景気だって言います」

と、教えると、

「明日はアカシア市に寄り、夜行列車で帯広へ出張です」

と、教えた。

「長旅ですね」

「夜行列車は、ぼくにとってロマンですから、楽しみにしています」

卓上時計の針は六時少し前を指していた。

「じゃあ、そろそろ、席を替えますか」

と、彼を促すと、

「電気館通りの岩戸家ですね。女将さんに、うちの社長から預かった届け物があるのです」

午後六時、連れだって諏佐ビルヂングを出る。

夏至が近いせいか、銀行通りの空はまだ明るい。

郵便局本局の十字路で山手へ折れ坂道を上り、色内線の踏切を渡ってさらに歩く。

「先生、あれが大国屋《だいこくや》百貨店ですか」

と、海部に訊かれる。

「そう。あれがそうです」

「ぼく、大学の卒論が、プロレタリア文学でしたので、大国太郎《おおくにたろう》の作品は、全部、読みました」

「大学はどこ?」

「帝都西北大学文学部です」

「なるほど、それで出版社に……」

「学徒出陣で徴兵され、帰国してから復学したのです」

「昭和一八年一〇月の出陣学徒壮行会は、ニュース映画で私も見ました。満州へ送られたのはその後でしたが」

「ええ。明治神宮外苑競技場で行われた、あの壮行会に集められた七万人の学生の一人が自分でした」

「たしか、雨が……」

「ええ。雨降りでした」

と、答えた彼の身体の輪郭が、一瞬、揺らいだのをおれは見た。

赴任地は南九州の鹿屋《かのや》基地だったそうだ。

第八章　消された王朝の謎

1

相変わらず岩戸家は混んでいたが、予約を入れておいたので、最奥の小上がりに収まる　テーブルの真ん中に穴があり、七輪の炭火が赤くなっていた。

女将《おかみ》の秦子が、盛りだくさんの具の入った土鍋を七輪に掛ける。

名物の自慢料理、岩戸鍋である。

手伝いのおばさんが麦酒を運んでくる。

女将を呼び止めてとりあえず乾杯してから、海部幸彦を紹介した。

彼が名刺を渡す。

「うちの社長から、かねがね、お噂は……」

なかなか如才がない。

「これ、社長からのプレゼントです」

「まあ、何かしら」

「どうぞ、開けてみてください」

茶封筒の中身は古びた雑誌だ。

「まあ、「荒地《あれち》」だわ」

彼女には価値がわかるのか、目を見張った。

同人誌「荒地」の名はT・S・エリオットから取ったものだが、敗戦直後の昭和二二年九月から翌年六月まで出された詩誌である。

「国文社で昨年出た『荒地詩集1951（新装版）』は、早速、手に入れましたけど、同人誌は初めて」

大喜びである。

「一冊だけ、やっと神田の古書店街で見付けたそうです」

と、海部が言った。

「とっても喜んでいたとお伝えして。お礼に、そうねえ、タラコを送りますとね」

すると、

「実は、社長からの提案ですが、小樽湊詩集を出さないかという相談ですが、お仲間に声掛けてみてくれませんか。ただし、むろん稿料はなし、かつ五〇〇部買い取りの条件です。協賛の広告を入れるのはかまいません」

「そうね」

秦子は考える目だ。

「安萬侶海運に頼んでみようか。あそこは朝鮮戦争景気だからね」

と、おれも言った。

海部に向かって、

「いったい、どのくらいかかるの？」

「社長の意向は、原価でやるつもりのようです」

「秦子さん、鍛冶村組にもお願いしようや」

「そうね」

「秦子さんの岩戸家もだ。この店のお得意さんだけでも、一〇〇部や二〇〇部は捌けるんじゃないか」

と、言いながら、改めておれは児屋勇の商才に感心した。

海部を帯広へやるのも商売の一環である。地元代議士が、地元の選挙民向けに自叙伝を出そうとしても不思議ではない……。

ともあれ、鶏肉と近海で獲れたソイやアブラコ、帆立や北寄貝、それに野菜たっぷりの岩戸鍋が、気持ちのいい音を起てながら煮える。

小鉢に酢醤油などを垂らし、直接、鍋から具を摘む。口に運ぶ。

「うまいでしょう」

「うまいです」

話も弾んだ。

「ところで、先生はどんなテーマで書かれる予定ですか」

「今のところは、神武天皇の出身母体である鸕葺草葺不合朝《うがやふきあへずちょう》が、実際に存在したかどうかを見きわめる必要があるのですが、なかなか資料がなくてね。しかし、鸕葺草葺不合朝の存在を仮定しなければ、神武東征の真相も掴めないような気がしてねえ」

と、言うと、

「神代文字関係の古文献ですが、『あれは偽書だ』とにべもなく切り捨てる輩は多いですが、ぼくはそうは思いません」

「ほう。君は同志だ」

「先生の根拠は?」

「『古事記』を正史とするなら、短いがちゃんと書かれている以上は、その存在を認めなければならんでしょう。『日本書紀』のほうは、『古事記』以上の分量がありますが」

つづけて、「津田左右吉《つだそうきち》博士は脚色説ですが、実際に東征を行ったのは、邇邇藝命《ににぎのみこと》の子の穂穂出見命《ほほでみのみこと》だとしておりますね」

しかし、『記紀』の編者らは、何らかの理由で神武天皇を初代天皇にする必要があり、わざわざ海彦・山彦のエピソードを挿入して歴史を改竄したというのである。

「であれば、なおのこと、改竄前の『原古事記』があるとして、真実が知りたいですね」

と、海部も言った。

「同感です」

おれも言った。「兄の海彦と弟の山彦の兄弟が、弟が無くした釣り針のことで喧嘩になり、結局、海神の援けで山彦が兄を従えるという話は、単なる古代の弟が家督を継ぐ習俗を表すだけではすまないように思いますよ」

「同感です」

彼も言った。

つづけて、「もしかすると、先生の念頭にあるのは、『旧約聖書』のカインとアベルの物語じゃありませんか」

「そうです。この物語では、肥沃な土地に住む農業者である兄のカインが、牧羊者である弟のアベルを殺して、荒野へ追放されたのです」

「高天原から追放された須佐之男命と同じ運命ですね」

「彼らは共に殺人者です」

須佐之男命の場合は、高天原で乱暴を働き、衣織女《みそおりめ》を殺しますし、追放後は大氣都比賣《おほげつひめ》を殺害します」

「たしかに似てますね」

海部はうなずきながら、「古代では、弟が家督を継ぐ風習があったらしいですね」

つづけて、「となると、須佐之男命は、天照大神、月読命につづく第三子ですから、彼こそが高天原での後継者になる権利があった。ですから、抗議のために高天原で大暴れして抗議したという解釈も成り立ちますね」

「なるほど、言えますね、たしかに」

うなずいて、おれはつづけた。「若御毛沼命《わかみけぬのみこと》つまり神武天皇もそうですね」

「四男ですから完全な末子です」

日子穂穂出見命《ひこほほでみのみこと》の子、鵜葺草葺不合命と海神族の玉依毘賣《たまよりびめ》との間に生まれたのは、五瀬命《いつせのみこと》、稲氷命《いなひのみこと》、御毛沼命《みけぬのみこと》の順で、最後が神武である。

「実はですね、もしかすると」

おれはつづけた。「今、話した海彦と山彦ですが、これは海人族が山人族に従属する物語ですよね」

「ええ。初めは海人族の兄の立場が優位ですが、山人族の弟は、塩道をよく知る航海の神、鹽椎神《しほつちのかみ》の助言を得て海底国へ行き、海神の娘、豊玉毘賣《とよたまびめ》と婚姻します。つまり同盟関係になるのですが、兄はなぜか貧しくなり、最後は弟の護衛兵となって仕えるのです」

「つまり、この物語素と言うか神話素が、カインのその後の運命に似ているわけですね」

海部はつづけて、「そう言えば、海神からもらった秘密兵器の鹽盈珠《しほみつたま》とで攻めてきた兄の軍勢を苦しめ、屈服したときは鹽乾珠《しほふるたま》で救った話ですが、これはモーゼのエジプト脱出劇の海が割れるエピソードを連想させますね」

などと、我々の会話は佳境に入り、さらにつづく……

2

むしろ不思議なくらいである。

余りにも似ているのだ。

何が似ているのか。

神話の構造が似ているのである。

何万キロも離れたユダヤの地と、わが国の神話とがである。

偶然か。

そうとは思えない？

旧約聖書「創世記」に出てくるのがカインとアベ

ルの悲劇だ。農業者である兄カインの供物を喜ばず、牧畜者である弟アベルの供物を受け取った神ヤハウェイへの逆恨みで、兄が弟を殺す。

問題はその後のカインの運命である。

カインは故郷を失う。

神によって追放されるのだ。

カインは地上を彷徨する民なり、やがて彼の子孫らは、町を建てる者、音楽演奏者、天幕に住む小家畜飼育者、あるいは青銅や鉄の鍛冶工の身分となる。

しかも、ヤハウェイの守護を受けられる約束として、印《しるし》となる刺青《いれずみ》を入れることが義務づけられるのだ。

「北海道縁《ゆかり》の文学『カインの末裔』は有島武郎《ありしまたけお》ですね……」

言いかけた海部を制して、

「実はですね」

おれは言った。「アベルという名はヘブライ語の気息を意味するのですが、カインは語源的に鍛冶工らしいのです。そう聞いて、なにか思い当たりませんか」

「そうですね」

数秒ほど考えていたが、

「あッ！」

「でしょう」

「伊邪那岐命の鼻から生まれたのが須佐之男命ですね」

「しかも、八岐大蛇のから一振りの剱が出てきたという神話を、鉄の精製、つまり蹈鞴《たたら》技術者と結びつけるなら、須佐之男命は鍛冶工、つまり同じく故郷から追放されたカインになります」

「ぴったり重なりますね」

海部は大袈裟なくらい何度もうなずいていたが、首を傾げ、「じゃあ、先生、となると稲作や機織りの天照大神がアベルになりますが、矛盾しませんか」

「ええ、否定しません。たしかにカインの属性である農業族であるので、牧畜族のアベルにはなり得ない。むしろ、カイン族になります。しかしね、海部さん、神話では物語の構造はそのままで役割が入れ替わるのはよくあることです。舞台設定つまりシチュエーションが変わったり、主人公と脇役が入れ代わったりいろいろです」

　おれはつづける。

「実はね、ちょっと理解できない個所、たとえば、鵜葺草葺不合系は日子である天孫族です。彼らの祖先である天照大神は、建御雷《たけみかづち》神軍を派遣して出雲王国を服属させたあと、邇邇藝命を高千穂の峰に天降りさせますが、おかしいと思いませんか」

「と、言いますと？」

　海部は怪訝《けげん》な顔だ。

「なぜ、せっかく征服した出雲ではなく、筑紫の高千穂なのか。ストーリーの展開から言っておかしいと思いませんか」

「言われてみればそうですね。たしかに、理屈にあいません」

「つまり、ここに、接ぎ木みたいな継ぎはぎというか、挿入があるんです。まともな編集者なら必ず文句を言うにちがいない」

「ですね。つまり、このプロット上の空白の部分に、おそらく鵜葺草葺不合朝七十数代分の歴史がすっぽりはいるのではないか――、考えておられるのですがね。先生はそれをお書きになる……」

「ええ、まあ、そのつもりでいますけどね」

「おもしろそうです」

と、海部。「つまり、出雲王朝と大和王朝の空白を埋める、いわば、『空白の古事記』ですか」

「それ、いいですね。いただきです。それをシリーズ名にします」

「思いつきですが、使っていただけるなら光栄です」

「乾杯！」

「乾杯！」

　二人は杯を合わせる。

「で、海部さん」

　おれはつづける。「鵜葺草葺不合《うがやふきあへず》族が完全な農業族であることは、神々の名に稲作を思わせる名が入っていることからもわかります」

「邇邇藝命《ににぎのみこと》がそうですね」

　と、うなずく海部。

　つづけて、「自分も、戦後、復学してから取り組んだ卒論のテーマが、消された王朝の鵜葺草葺不合朝論だったので、『記紀』は繰り返し読みました」

「卒論の評価はどうでした」

「本当は不合格でしたが、解放出版に就職が決まっていたので、辛うじて卒論は可で卒業できました」

「それで」

と、促すと、

「邇邇藝命は、稲穂がにぎにぎしく稔る様を表していると言われます」

つづけて、「日子《ひこ》穂穂出見命《ほほでみのみこと》はずばりそうです。五瀬命《いつせのみこと》は厳稲《いつしね》の意味、稲氷命《いなひのみこと》は稲飯《いないい》のこと、御毛沼命《みけぬのみこと》は御食主《みけぬし》ですから、いずれも稲と食物に因んだ神名なのです」

「そのとおりです。しかしね、ここに何らかの作為があるようにも思えるのですがね」

「と言いますと?」

「この王朝を軽く扱っている『記紀』編者たちの作為です。神武の出身母体なのだから出雲朝と同程度に扱って然るべきだと思うのですが、なぜでしょう。もっとも大事なことを秘密にする必要があったのではないか——と、思うのです」

「たしかに……」

と、首を捻る海部に、

「君の考えは?」

と、訊いてみた。

「皇統初代天皇の出身母体であるのに、公式の歴史から消された理由ですか」

訊き返す海部。

「そうです。特に『古事記』はひどい。上つ巻の最後の節に、申しわけ程度にしか書かれていない」

「一般的には、六六〇年問題は、中国伝統の易姓革命に合わせたフィクションとされておりますが、先生の見解は?」

「当時の流行であった道教思想の真髄、不老不死思想を適用したのではないかという説もあります」

と、おれ。

「秦始皇帝《しんしこうてい》も方士徐福《ほうしじょふく》に命じ、不老不死の霊薬を求めさせるべく、東方理想郷であるわが国に移民団を送り込みますからね」

「でしょう。中国側から見ればわが国は神仙国だったのです」

「問題は、神武東征がいつ行われたかです」

「君の見解は?」

「AD一世紀説や二世紀説などもろもろ、論者それぞれが、それなりの根拠を以て主張しておりますが、自分は、ほぼ、イエス・キリストの時代だったと考えています」

「根拠を聴きたいですね」

おれは身を乗り出す。

「筑紫の国、つまり九州で七十数代つづいた鵜葺草葺不合朝が、何らかの理由で衰退した原因を考えたところ、西暦元年前後に起こった大災害を思いついたのです」

「と言うと自然災害? 大地震とか火山爆発とか」

「海底地震による巨大津波です。南海トラフをご存じでしょう。太平洋側の沖合で起こり、波高二〇メートル以上、ところによっては三〇メートルに届く巨大津波が四国の南沿岸を押し流し、一部は九州の東部海岸をも襲った。おそらく、日向灘に面した日向海岸は大損害を受けたはずです」

「なるほど。それで七〇数代栄えた鵜葺草葺不合朝が壊滅的被害を受けて、衰退したというわけですか」

「巨大津波襲来の記憶は、これは一種の暗号と考えてよいと思いますが、『古事記』の上つ巻の最後、鵜葺草葺不合命の件の最後に書かれておりますよ」

「気付きませんでした」

と、言うと、

「三番目の子供、御毛沼命の個所ですよ」

と、教えた。

つづけて、「ともあれ、当時の平均寿命ですが、三〇歳には届かなかったはずです。であれば、在位年数を九年程度として単純に計算、『竹内文書《たけのうちもんじょ》』と『上記《うえつふみ》』に記載されている七三代を掛けると六五七年でほぼ六六〇年に一致するのです」

「なるほど。二名島の四国を襲った巨大津波を想定すれば、なぜ神武東征の際に、もっぱら瀬戸内の山陽側沿岸を航海して、四国に近付かなかったのか理由もわかりますね」

「おそらく、この時代の人々にとって、四国は禁忌地だったのではないでしょうか」

3

初対面であるのに、なぜか意気投合して看板まで話し込んだ。

暖簾《のれん》が下げられたあとは、秦子が招集したのであろう、地元詩人らが集まり、海部編集者も参加した。おれも同席したのは、案山子《かかし》書房の少名史彦《すくなふみひこ》も招集されていたからである。

地元詩人らの話の輪の中心は海部幸彦である。矢継ぎ早の質問攻めに遭い、中央文壇の情況などを訊かれていた。

「ひと口では言えないですが、総括的に言うならば、戦時下の言論統制で発表できなかったベテランあるいは文豪作家が、続々、発表されましたが、これも一段落したというべきでしょうか」

海部の答弁はまだ若いのに滑らかだった。

「たとえばだれですか」

「志賀直哉《しがなおや》、永井荷風《ながいかふう》、谷崎潤一郎《たにざきじゅんいちろう》、宇野浩二《うのこうじ》、武者小路実篤《むしゃのこうじさねあつ》、井伏鱒二《いぶせますじ》、野上弥生子《のがみやえこ》などです。そう言えば、林芙美子《はやしふみこ》が、今朝の午前一時に急逝しましたね」

「ええ。四七歳、心臓麻痺だったらしいわ」

と、座に加わった女将の秦子。

つづけて、「小樽湊はプロレタリア文学のメッカよ。中央ではどうなんですか」

「中野重治《なかのしげはる》や宮本百合子《みやもとゆりこ》らは新日本文学会を創立して、民主主義文学へ再出発しました」

「百合子さんの『播州平野《ばんしゅうへいや》』は読みましたわ」

と、秦子。

「敗戦後の無頼派も無視できません。太宰治《だざいおさむ》、坂口安吾《さかぐちあんご》、石川淳《いしかわじゅん》などです」

と、海部がつづければ、

「さらに、武田泰淳《たけだたいじゅん》、埴谷雄高《はにやゆたか》、野間宏《のまひろし》、大岡昇平《おおおかしょうへい》、三島由紀夫《みしまゆきお》、安部公房《あべこうぼう》とつづきますが、旭川生まれの井上靖《いのうえやすし》に注目しておりますわ」

と、三〇がらみの女性が言った。

「このかた、小説家志望なの。でも、なかなか芽がでなくって、うちで働いてもらっている飯島八重子《いいじまやえこ》さん」

と、秦子が紹介した。

とたんに、おれは彼女の子供時代を覚えているような気がした。

「もしかすると、幼稚園か小学校で一緒だったような……」

と、言いかけると、

「昨年、井上先生は『闘牛』で芥川賞を受賞しました」

と、海部が言った。「編集者仲間から聞いたのですが、大阪の西宮球場で行われた闘牛大会を観たのがきっかけらしいですよ。昭和二二年です。まだ、日本人が敗戦のショックから立ち直れなかった時代です。井上先生は、見物に集まった人々の言いようのない悲哀感というか、どうもうまく言えないのですが、どうしていいかわからない、先がわからない、真空のような虚無感に浸りながら一時的な安らぎを得ると言うか、しかし、何一つ残っていない自分、そんな人間不在の感覚を原稿用紙に書き付けているような……」

海部が、頭を書きながら言葉をとぎらせると、

「でも、挫折ではありませんわ。永遠の未遂だと思います」

と、作家志望の飯島八重子。

「たしか、詩も書いているわ」

と、泰子も……。「井上文学は、詩から出発しているような気がします」

「『北国』『地中海』などがあります」

と、海部。

「イメージが鮮明というか、清澄というか、北海道の空気感かしら」

と、飯島八重子。「説明でも、主観を語るのでもなく、描写だけと言うか、言葉の輪郭がとても鮮明で、いつも学びたいと思っているんですよ」

すると、泰子が、

「同時代の埴谷雄高《はにやゆたか》とは、まったく対象的ですわ。彼のニヒリズムは、昼と夜の境のようだわ。イメージが外へ広がらず、内へ内へ閉じ籠もって永遠の無限墜落をつづけるの」

「ですね」

海部が応じた。「『死霊』第一巻冒頭の時計台のシーンが目に焼き付いて消えません」

すると、高齢の男性の一人が、

「私は医師をしている嶽富美彦《だけふみひこ》という者ですが、わが国には能があります。能は幽明境の芸術です。現世《げんせ》と後世《ごぜ》の薄明の境界と言いますが、死出の旅路のような境地です」

「つまり、〈此の世界〉ですね」

海部。

（やっぱり、彼も〈此の世界〉に気付いていたのだ）

と、おれは心の片隅で呟く。

「わしは紀伊の国の出身ですが」

と、嶽医師。「紀伊には、熊野那智山の海岸から、南海の遙か彼方にあるとされる観音浄土を目指す補陀落渡海《ふだらくとかい》という風習がありましてな、多くの僧が外から釘づけされた箱の中に籠もり、小舟は沖合まで曳航されて切り離されるのです。こんな信仰は日本人の死生観の根本にあるんでしょうな。片道の燃料だけを積んで、爆弾を抱えた戦闘機を操縦して敵艦に突入して行った若い飛行兵を考えると、とても犬死になんて言えんですよ。犬死になんて言って欲しくはないですよね、海部さん」

瞬間、海部幸彦の輪郭が、ふたたび、電磁波か何かが干渉して乱れ映像のように、揺らいだのを目撃した。

4

ろばた焼きの油煙で汚れた柱時計が、深夜一二時を打つ……

少名は、籠もるような時刻を打つ音に耳を傾ける。

鳴り終わったとき、

「出ませんか」

と、おれを誘った。

「そうですね」

「場所を変えて落ち着きましょう」

「連中は盛り上がっています。夜明けまでつづきますよ」

席を立ち合図して、戸口まで送ってきた女将に、おれに向かってうなずくと、

「あとは任せたよ」

「少名さん、例のところ？」

「まあね」

連れだって深夜の坂道を港のほうへ下り、途中で左折して手宮方面へ曲がる。

しばらく歩く。

天空を横切る天の川がきれいだった。

「途中に見せたい場所があります」

と、少名が言った。

また、しばらく歩くと、前方の暗闇の一角に明かりが灯っていた。

近づく。

女たちの嬌声が届く。

狭い路地である。

色内《いろない》町との境界あたりである。

「いつも通るのに気がつかなかったなあ」

と、おれは言った。

手宮のねぐらへ戻るとき、何度も通った道だからだ。

「当然です。この街に長く住み着いた者しか知らない、ここは異界の中の異界です」

と、少名が教えた。「深夜零時になると現れて、夜明け前に消えるのが、この路地です」

女たち……

男たち……

背の低い行燈式の看板……

「通り抜けましょう」

と、少名に促される。

「ええ」

「ここを、通り抜ければ、思い出すはずですよ」

路地に足を踏み入れると、かすかに乳の匂いがした。

溝の臭いと白粉の匂いに入り交じる諸々の匂いが、眠っていた記憶を呼び覚ます。

たしかに、ここを通ったことがある。

幼いとき、母に手を引かれて……そう、足早に……

「どうです？ 思い出しましたか」

と、少名が言った。

「ええ。たしか小学一年か二年のころでした」

と、おれは答えた。

通りを抜け、右へ曲がる。

運河の臭いがした。倉庫街である。

連れて行かれたのは、軟石造りの蔵である。

中に入って天井を見上げると、頑丈そうな角材を二等辺三角形に組んだトラスが等間隔に並んだ屋根を支えていた。

「どうです？　戦争前の昭和、いや大正時代の趣があるでしょう」

「だれの改装プランですか」

「作事棟夫《さくじむねお》氏です。山門さんも会っているはずですよ」

「田岸《たぎし》建築設計事務所の主任さんでしたね」

と、おれは応じた。

会ったのは昨年、マル井百貨店の食堂で行われた、シュメル研究会の席でである。

「スクナちゃん、お久しぶり」

と、丸顔で小柄な女性に、声を掛けられカウンター席に着く。

「ママさんです。新しい客を案内してきたよ」

「ありがとう。倭姫子《やまとひめこ》です。よろしくね」

「山門武史です」

と、応じながら、「あのーう、もしかすると、ずっと昔に会ったような」

「あたしもですわ」

「まさか、あなた、幼稚園は……」

「ええ。小樽湊署脇のロースですわ」

「ああ、あのときの……」

「ええ」

「たしか、あなたの切れた下駄の鼻緒を……」

「はい。直してもらったことがありますわ」

改めて角を丸く落とした小振りの名刺を見直すと、店名は久延毘古《くえびこ》である。

「ここは少名さん縁《ゆかり》の店なの？」

と、訊くと、

「さすがですね。よくわかりましたね」

「久延毘古は案山子ですから、案山子書房に通じますからね」

と、答えると、

「そうそう、これお預かりもの」

と、一冊の洋書をカウンター越に差し出す。

「ジェームズさんの置きみやげだ」

「ええ。先月、あちらの世界へ旅立たれましたわ」

英国海軍の将校らしい。母親がこの街出身の日本女性らしい。

洋書を受け取った少名は、

「これ読んでみませんか」

と、おれに差し出した。「先だって、カレー専門店シカゴのオープンのとき、山門さん、木素貴文氏に、熱心に語っていたでしょう」

古びた洋書を受け取って、おれは表題を見る。

一瞥、驚く。

幻を観ているような気分である。

著者名　Sir Halford John. Mackinder
書　名　Democratic Ideals and Reality
和訳すると、H・J・マッキンダー著『デモクラシーの理想と現実』である。

「これ、正真正銘の稀覯本です」

と、少名。「たしか、国会図書館に一九四二年、アメリカで再版されたものが一冊あるが、こいつはオリジナルです。値段が付けられないくらい高いものだから、取り扱いは慎重にお願いします」

と、注意される。

「むろんです。ぜひ、原書で読みたかったのがマッキンダーでした」

つづけて、「geopolitics、つまり地政学は、戦後日本では戦争犯罪人扱いなので、むろん、その方面も気をつけます。しかし、これは誤解で、わが国戦争指導者がドイツ地政学のハウスホーファーが唱えた生活圏の思想、そして地球を経線に添って分割し、それぞれに盟主を定めた彼独自の地政学が、わが国の大陸進攻の根拠となり、また大東亜共栄圏という理念の根拠になったからだと思います」

「そのハウスホーファーも、独裁者ヒトラー暗殺計画に連座して処刑されたそうですね」

と、少名も言った。

「地政学を悪とするよう世論を誘導してるのは、多分、GHQですよ」

「根拠は?」

「単なる憶測ですよ。しかし、マッキンダー地政学の理論で考えると、今度の戦争の正体が、実は旧大陸対新大陸の戦争であったことがはっきりします」

と、おれは断じた。

「幕末の黒船来航以来のわが国にとっての宿命的課題ですか」

と、少名も言った。

「いえ」

「じゃあ、元寇以来」

「もっと前です。『記紀』編纂の理由と日本列島地政学は、無関係じゃありません」

「つまり、わが国の地政学は歴史的だというのですね」

「そうです。宿命なのです。わが列島国日本の位置が、ユーラシア大陸の東縁にあるという変更できない現実からは、永遠に逃れられない——という意味では〈宿命の地政学〉です」

おれはつづける。「わが国の国家指導者たちが、この絶対的宿命に恐怖を覚えて開戦に踏み切ったのが一二月八日だったのかもしれません。国民一人一人の生命・財産を守るのが為政者であるはずです。ほんとうは、世界知識、あるいは世界史と世界地理学に精通して、国家の方針を決めなければならないのに、いきなり奇襲攻撃では芸がなさすぎますよ」

「鎖国が長すぎたために、我々日本人は〝井の中の蛙〟になっていたのですね」

と、少名。

「ええ。生き馬の眼を引き抜くような欧米主導の国際社会に、田舎者がいきなり出て行ったわけですからね、足元を救われたようなものです」

と、おれ。

「同感です。国と国との外交は、善意のゲームではないですからね。悪の論理が正義とされるような、リアルで利己的な、そう、マキャヴェリ的な政治思想で動く世界ですからね」

「マッキンダーが、なぜ、地政学と名乗らずに、書名を『デモクラシーの理想と現実』としたのか理由もわかったような気がします。つまり、いかにデモクラシーを基本理念とする世界の構築を目指しても、必ずしも世界の恒久平和が実現するとは限らない。国それぞれが抱える地政学的宿命のために、国家がエゴを剥き出しにする可能性はこれからも高いですからね」

つづけて、「アジアに日本主導の大東亜共栄圏を築くという理想は、結局、夢と化しましたね。所詮は国家・国民の思い上がりにすぎなかったのです。我々はまだまだ成熟した大人でなかった……我々国民の人格的未熟さと占領地における残虐行為は連動していると考えています」

「同感です」

「ともあれ、少名さん。今年、一九五一年の時点で、すでに、世界史は次の段階に動きはじめていますよ」

「第二次世界大戦では同盟国であったソ連の封じ込めが、始まっていますね」

少名が言った。「冷戦《コールド・ウォー》です。対立軸は社会主義と自由主義です」

「いや、別の見方もできます。イデオロギーの対立は、宗教戦争みたいなものでしつこくつづきますが、これは、いわゆる世界現象の上澄みのようなものです、ほんとうの構造は隠れているのです」

「というと?」

「地政学的マグマともいうべきでしょうが、兆候はすでに」

「朝鮮戦争ですね」

「この戦争の本質は、旧大陸の絶大なマグマが、噴出孔を朝鮮半島に求めた戦争だと理解すべきです」

「つまり、だからこそアメリカ軍が出動したのですね」

「しかし、これが止められても、マグマは別の出口を探しますよ」

「たとえば?」

「ヴェトナムです」

「いつ?」

「多分、今世紀中に」

「他には?」

「中東です。たとえば、アフガニスタン」

おれがつづけた。「国家が世界覇権を狙うならば、海洋を支配しなければならない。わが国同様、ちっぽけな国家の英国が一九世紀、世界の覇者となり得たのは海軍力です。世界の七つの大洋を支配してこそ可能なのです」

「今次大戦でいかんなくその能力を発揮できたのが、絶大な工業力を有したアメリカ合衆国だったわけですね」

「しかしね、覇権は交替するものなのです。おそらく一世紀以内に、必ず旧大陸対新大陸の大戦争が起きるのではないか――最近、しきりと予知夢を観るんですよ」

5

我々の対話はつづく。

たとえば、大東亜戦争開戦前夜、わが国には北進論と南進論が拮抗した。

これも地政学である。わが国は建国以前から大陸の影響を受けつつ、かつ脅威に曝されていた。

後進国にして小国であったわが国を、二〇〇〇年間守り抜いた天然の防衛線は海である。大陸からは付かず離れずの距離。平和時にあっては人的交流が盛んであるが、敵対関係になれば強力な防衛線になるのが海だ。

仮りに元寇軍のような大軍が上陸に成功したとしても、海によって隔てられて補給船は攻撃を受けやすい。敵地で孤立した上陸軍は、補給を断たれれば自滅する他ない。

反対も考えられる。日露戦争の勝利は運がよかっただけなのかも知れない。ウラジオストークに根拠地を置くロシア艦隊は、わが国の周辺の海域に出没、海上封鎖を狙った。

もし旅順攻略が遅れればバルチック艦隊が入港し、朝鮮海峡を封鎖、結果は大陸派遣軍が孤立全滅の憂き目を見たかもしれない。

今次大戦はもともと無理な戦争であった。短期決戦に失敗して長期戦になれば無資源国家のわが国は自滅する。現に、日本列島は夥しい潜水艦で海上封鎖され、挙げ句は開戦時には予想だにしなかった新兵器、成層圏を飛行するB29の空襲で工業生産が壊滅した。

一方、戦勝国アメリカ合衆国からみれば、巨大な大陸島ユーラフリカへの橋頭堡《きょうとうほ》日本列島の確保に成功した。

おれは言った。

「今、すぐではないが、アメリカ人の立場で考えれば、国土の東側は大西洋という防衛ラインのさらに東にヨーロッパという橋頭堡を構える構図です」

つづけて、「反対の西側は、わが日本列島です。旧大陸勢力の東進つまり太平洋進出を食い止める楯としての意味を持つのです」

「戦後世界は、冷戦構造つまり〈二つの世界〉になるだろうという噂はほんとうですか」

と、少名が訊ねた。

「これも地政学の理論です。マッキンダーはユーラシア大陸の中心部、つまり海岸部からの攻撃が及ばない中心部をハートランドと名付けました。ナチス政権が倒れた今、ユーラシア大陸のハートランドはスターリンのソ連です。これを封じ込めるのに必要なのが、沿岸国です。内環と外環に分けられますが、この位置の諸国と同盟を結んで封じ込めるのは、いわゆる〈鉄のカーテン〉です」

マッキンダーの用語では、〈内周の半月弧《ザ・インナー・クレセント》〉と〈外周の半月弧《ザ・アウター・クレセント》〉である。前者は大陸の沿岸諸国、外周はわが国を含む島嶼性の国や地域である。

さらに、この概念を踏襲したのがスパイクマンの〈縁の地域《リムランド》〉で、この地域と同盟関係を維持して封じ込めるのが〈鉄のカーテン〉である。

「しかしね、少名さん。中国国境へ迫った連合軍を追い返した中共義勇軍の力を考えると、一昨年、成立した毛沢東主席が率いる中華人民共和国が、将来、ユーラシア大陸の盟主になる可能性は十分あると思います」

「蔣介石総統率いる中華民国の要人らは、台湾へ逃げましたね」

「大陸隣接島である台湾は、今ではアメリカにとっての橋頭堡です」

マッキンダーの想定とはちがって、〈内周の半月弧〉を形成していた中国が、将来、ハートランド化する可能性が出てきたのだ。

「アメリカ合衆国にとっては、これからの何十年かは、中国との付き合い方が微妙になるでしょうね」

と、おれは予言した。

シベリア帰りのおれとしては、独裁者スターリンのソ連を信用する気にはなれない。今、戦っている朝鮮戦争にしても、背後にいるのはだれか、想像はつく。

改めて思うが、かつての日本と大陸との緊張関係が、一千余年の空白を隔てて復活しているのだ。我々日本人の記憶に残る二回の元寇（一二七四年と一二八一年）以来、北の脅威を、近代日本は感じていた。

しかし、太平洋の遙か彼方、東の対岸国、アメリカ合衆国との戦争を決意した理由が、おれにはわからない。第一、明治の文明開化以来、我々日本人が主に吸収した新知識は欧州諸国であってアメリカではない。

「第一、文献だって少ないじゃありませんか」

と、おれは少名に言った。

「たしかに、わが国は、西洋には目を向けていたが、肝心の大国アメリカ合衆国についての研究は、皆無ではないが少ないですね。これからはちがうでしょうが……」

「わが国に対して、最初に開国を迫ったのが、アメリカであったのに、なぜでしょうね」

と、おれ。

ペルー来航は、単に捕鯨船の補給だけの問題ではなく、隠された他の意図があったように、おれには思われるのだ。

「二百数十年間の鎖国期間、日本人は、長崎という小さな窓からポルトガルやオランダを通じて西洋世界を垣間見ておりましたからね」

と、少名。

「孫子曰く、〝敵を知り己を知らば百戦危ふからず〟にもかかわらず、ほとんど知らない相手に戦争を仕掛けたのはなぜでしょうね。疑問、いや謎だらけです」

「世界知識に欠けた者たちが、国家指導者に成り上がった不幸とでも言いますか、要するに、あの開戦は、〈無知の勇気〉というやつです」

近代科学と工業力が結びついた二〇世紀の戦争がどんなものか――を、彼らは想像できなかったのだろう。日清・日露の戦争で戦功をあげた者たちが、当時、経験した知識のみで、後輩たちを教育したのであろう。

忘れもしない昭和一六年一二月八日の開戦当時、

彼ら軍指導者たちは、B29の出現を予想できただろうか。

レーダーの実用化を予想できただろうか。

二〇世紀の戦争が、電波の戦争となり、暗号戦であり、情報戦争であると、彼らは気付いていただろうか。

彼らは、原子爆弾の出現を想像さえできなかった……。

工業力で一〇倍の力を持つ相手と戦って勝てると、本気で信じていたのだろうか。

（だが、戦わずして、国家存亡の危機を乗り越える手はあったはずだ）

と、おれは思うのだった。

（日本は組む相手をまちがえたのだ）

と、徹底的に叩きのめされてから、ようやく気付いたのはせめてもの救いである。

考え込んでいると、

「山門さん。やはり七世紀のわが国の対応に学ぶべきでした」

と、少名に言われた。

「温故知新《おんこちしん》ですか」

「〝古きを温《たず》ねて新しきを知る〟です」

少名はつづけた。「我々のご先祖、つまり倭人は海洋民族だったのです。なぜなら、海を渡る技術がなければ日本列島には到着できなかった」

「日本が海軍の強化に力を入れて、日露戦争に対応したのは、ご先祖様の遺伝子ですかね」

と、応ずると、

「しかし、開戦前は陸軍と海軍の確執があった。愚かな派閥や権益の争いですよ。陸軍の幹部らは、日露戦争当時の限定的な戦場しか想定していなかった。いや、より広大な大陸という広大な空間での戦争がどんなものか想像できなかったのです」

少名は顔を歪めてつづける。「果たして、彼らは、対米戦争の戦場となる太平洋という、地球でももっとも大きな大洋の広さを実感していたでしょうか。必然的に太平洋の戦いは島嶼戦となりました。彼らは地図の上で点と点を繋いで線で囲み、成果を誇ったのです。しかし、マッカーサー軍は飛び石作戦で、真っ直ぐ本陣の日本本土を目指した」

「ですね」

おれも言った。「〈海上連絡線〉の考えです。地政学の概念の一つですが、考えたのはアメリカの海軍軍人のアルフレッド・マハンでした」

「昭和一九年七月六〜七日ごろ、サイパン島が奪われました」

「玉砕です」

と、おれ。

「このサイパン島から、日本本土を爆撃できる航続距離を持つB29が現れたとき、すでに日本の敗戦は決まったようなものです」

「ところが、精神論にこり固まった一部の軍人らは、本土決戦を言い出した。しかし、天皇陛下の決断で日本国民は救われたのです」

「山門さん。最近になって気付いたのですが、歴史は繰り返していた。天智二年（六六三年）の白村江《ハクスキエ》の敗戦です。数万の兵が全滅の憂き目に遭い、軍船四〇〇隻が焼き払われた」

少名はつづける。「白村江と大東亜戦争はむろん規模はちがいますが、パターンは同じです。相似形なのです」

少名が挙げた相似点の一つは、古代日本が海外で軍事介入を行って大敗した白村江の戦いは、朝鮮半島中部の黄海側で行われた。相手は唐・新羅連合軍である。対して、倭国側は、滅亡した友邦百済の残党軍の要請を受けての出陣であった。

陸上と海上の両方で戦闘が行われたが、一〇〇〇隻を擁する倭国水軍は、白村江河口に波状攻撃で突入したが、干潮の時間差を知らなかった。

「戦うべき戦場の情報を知らなかったため、闇雲に、二手に分かれて布陣する唐水軍へ突撃を繰り返し、火計を以て船を焼き払われたのです」

「似てますね」

と、おれは言った。「パプア・ニューギニアがそうです。インパールもそうです。現地情報を知らずに計画した作戦だったのです」

「友邦国百済の復興を助けるという大義名分と欧米の植民地であるアジア諸国を解放するという、大義名分も似ています」

と、少名。

つづけて、「唐軍の戦いかたは洗練されていたと言います。対する倭軍は豪族らがかき集めた農民の兵士であり、また豪族間の連係は皆無、ばらばらだったと言います」

「今次大戦では、陸軍と海軍の方針の不一致があったと言いますが、これも似てますね」

「派閥争いです。七世紀はまだ豪族らが既得権を譲らなかった。今次大戦の陸軍と海軍の確執も要するに権益の争いでした」

少名はさらにつづけた。

「実は、後に天智《てんじ》天皇となる中大兄皇子《なかのおほえのおうじ》は、どうも負けることを前提にしていたらしいという説もあるのです」

「まさか」

「狙いは、朝廷に従わない豪族らを始末するという詭計《きけい》です。古来、中国にはある策略で、〈裁兵〉と言うのだそうです」

「残酷ですね」

「征服した敵の将兵がいつ反乱を起こすかもしれないという懸念から、負け戦に投入することを言うらしいです」

「その思惑は成功したのですか」

「したと思います。中大兄皇子は六四五年に蘇我本家を滅ぼして、大化改新に着手します。つまり、天皇を中心に置く中央集権国家の成立です。白村江の大敗北にもかかわらず、最高指揮官であった中大兄は責任を取ることなく、六六八年には即位して天智天皇となります。さらにその死後、あの〈壬申の乱〉を経て、天武天皇の御代には、天皇と官僚を以て国を動かす中央集権国家に近付くのです」

少名はさらにつづけた。

「注目すべき点は、その後、倭国が唐に接近したことです。天智天皇の時代、六六九年ですね。中断していた遣唐使派遣に踏み切る。むろん、表向きは友好使節団でしょう。しかし、真の理由は、当時、唐による日本侵略の噂があったからです。ほんとうかどうか、現地の風聞を確かめる必要があったのでしょう」

「今次大戦も同じですね。白村江の戦いのあと、積極的に唐制が採用されました。今次大戦もそうでしょう。わが国は急速にアメリカナイズされているじゃありませんか」

——気がつくと、バー久延毘古の軟石の壁が真っ赤に染まっている。高い位置の窓から朝日が差し込んでいたのだった。

時刻は四時をまわったあたりだ。夏至が近いせいか、緯度が高いせいか、小樽湊の日の出は早い。

「そろそろ、ねぐらに帰ります」

と、言うと、

「じゃ、また。ぼくは姫子さんの片付けを手伝ってから帰ります」

(二人は付き合っているのだろうか)

そんな気がした。

一人、店を出る。

運河を挟んだ倉庫群の隙間の空間から、水界を離れ始めた太陽の光が差し込み、普段は黒々した運河の水面をオレンジ色に染めていた。

はやばやと漁場へ向かう漁船が、視界を横切って、沖へ出て行く。

第九章　飛鳥時代のペルシア人

1

帰館したおれは、厨房へ直行してお焦げの握り飯にありつく。

香ばしい生醤油の香も味も申し分ない。

自家製の味噌でつくった旅籠竜宮自慢の味噌汁も申し分ない。

具は誰かが採ってきたアイヌ葱《ねぎ》である。

気がつくと大学生になった白兎志子《つくもとしこ》も手伝っていたので、味噌汁のお代わりを頼みながら声を掛けた。

「トシコちゃん、授業はおもしろい?」

「ええ」

「君の噂を聞いたよ」

と、おれは言った。「井氷鹿《ゐひか》教授のこと」

「ええ」

「古代史経済研究会に誘われたんだって」

「ええ。会計係をやらされています」

「井氷鹿教授の〈神代経済学史〉っておもしろい？」

「ええ」

何を訊いても同じ返事だ。

「和邇《わに》族に意地悪された原住民の菟狭《うさ》族の話はどうだった？」

「はい。とってもおもしろかったです」

ようやくまともな返事が返ってきた。

彼女によると、通貨というものがなかった古代社会では、物々交換が普通であった。『古事記』にあるような和邇族をだました菟が皮をひんむかれる話とは別に、商売上手な和邇族との交換経済で丸裸にされてしまったのが菟狭族。彼らが途方に暮れていると、大國主の異母兄弟の兄たちが、こう教えたのだそうだ。

「和邇族と話をつけ、取り上げられた品々を借り受けた形で戻してもらい、これを元手に商売をつづけ、歩合を払えばいいと教えたんですって」

「それで」

「ところが、元手を返せるどころか負債が増える一方。この絶対絶命のピンチを、あとからきた大國主が知恵を授けるんですって」

「おもしろい」

おれは言った。「それで」

「菟狭族は大國主の助言に従って一切合切の財産を和邇族に引き渡して隠岐島を去り、大國主から授かった因幡《いなば》国八上の地に根を下ろして成功者になるんですって」

「なるほどなあ」

と、うなずきながら、おれは、そういう古事記神話の読み方もあったのかと感心した。

改めて、古代世界の生活環境、気候を含む様々な地理的環境、そして経済や職業も考慮して、『記紀』を読み直す必要があると思った。加えて、古代人の意識状態も考慮しなければならない。

たとえば、彼らは流行病を非常に恐れていた。我々はそれが病原菌であることを知っているが、彼らは目に見えない細菌もウイルスも知らず、呪いだと考えた。当然、宗教の優劣は呪術力で決まる。

深山もである。容易に近付けない深い山地は異界であったはずだ。たとえば奥出雲の土地、あるいは紀伊半島であった。

山奥は死の国の入り口であった。海原もまた異界であり、水平線の彼方、あるいは海底に理想郷があると考えられた。

——おれは、旅籠竜宮の一番風呂に入れてもらえた特権を噛みしめながら、徹夜の疲れを癒す。

それから、部屋に戻って万年床に潜り込み、考えることがたくさんありすぎたのに、たちまち深く眠り込んでしまった。

目覚めたのは昼前の一〇時すぎだった。

「起きなさいッ！ 緊急の電話だよ」

と、布団をはがしたのはキヨさんである。

ランニング・シャツとパンツだけの姿で階段を掛け下る。帳場の受話器を耳に当てると、

「おれだ。今、市立病院だ。直ぐ来いッ！」

鍛治村鉄平《かじむらてっぺい》の声である。

「えッ？」

「昨夜、月江様が襲われたのだ」

「容態は？」

「今、手術室だ。かなりの重傷らしい」

「ハタレの仕業か？」

「まだ、わからん。だが、天狗山山荘事件は終わったわけではないらしい」

受話器を戻したおれは、二段跳びで階段を駆け上った。

部屋に戻って、手早く身支度をすると、先日、買ったばかりのサイドカーにとび乗る。戦時中は軍用で活躍したくろがね号97式である。

むろん、中古車だが、西塔《さいとう》自動車整備工場で整備してもらった。

おれは、制限速度を大幅に超える違反速度で走らせながら、月江夫人が襲われた理由を考えようとしたが、気ばかりが焦る。

国道五号線をアカシア市方面へ、入船《いりふね》十字街を通過してまもなく、右手が住吉神社、左手が市立病院である。

玄関前にバイクを乗り捨て、足早に、教えられた

場所へ。廊下正面の手術室はまだ閉まったままで、手前の廊下に鍛冶村と間土部刑事、そして少名史彦が待機していた。

「手術室に担ぎ込まれてもう四時間だそうだ。成功すればいいが」

と、鍛冶村が教えた。

第一発見者は、前に一度会った行儀見習の娘である。早朝、彼女が新聞と牛乳瓶を取りに外へ出たとき、玄関二階の窓から飛び降りて走り去った、黒ずくめの長身の男を目撃したそうだ。

不審に思って二階に駆け上がると、月江夫人が寝室のドアのところで、床に倒れていたのだそうだ。

「物取りではなさそうです」

と、間土部刑事が言った。

「じゃ、襲った理由は怨恨ですか」

と、おれ。

「多分」

「凶器は？　傷は？」

「まだ寝ていた奥様は、おそらく侵入者の気配を感じ、洋間のベッドから床に降りたとき、背後から背中を刺されたと思われます」

「で、助けを呼ぶために廊下に出ようとした……」

「でしょうね」

「賊の侵入口は？」

と、訊ねると、

「寝室の窓です。硝子切りで窓を切り、鍵をあけて侵入したのは明白です」

と、教えてくれた。

「犯人の目星は？」

「目下、鑑識が現場に入っているので、なにか手掛かりを探すでしょう」

「犯人は、おそらく熊野神仙流宗匠を殺害したのと同じハタレですよ」

と、おれ。

「天狗山山荘事件はすでに処理済みですが、仲間がいるというわけですか」

と、間土部刑事。

「月江夫人と、一度、この件を話し合ったことがあるのですが、夫人によると、天狗山山荘事件の犯人、裳辺津午平《もへつごへい》の名はアナグラムで、元の名がわかれば動機もわかると言っておりましたよ」

「被害者の宮滝火徳宗匠の本名も、わかったのですか」

と、少名が訊ねた。

「結婚前は阿蘇輝貴《あそてるき》です」

と、間土部が応じた。

「アソテルキならこうです」

と、少名は手帳に書いたページを見せた。

ASOTERUKI
しばらく、無言で見詰めていたが、

「わかりました」

「何が?」

「阿蘇輝貴もアナグラムで、元の名はこうです」

と、手帳の別のページにペンを走らせた。

彼は示したのは、
ISOTAKERU
五十猛《いそたける》
である。

「この神は『古事記』にはありませんが、『日本書紀』の一書にはあります」

「どんな神ですか」

「五十猛は須佐之男命の息子で、高天原追放後は息子を伴って新羅《しらぎ》の曾尸茂梨《そしもり》に降臨しますが、この地を嫌って埴土《はに》の舟に乗って奥出雲の鳥上峯《とりかみのみね》に降り立つのです」

「船通山《せんつうさん》だ」

と、おれは応じた。

「曾尸茂梨と言うのは牛頭《ごず》の意味ですから、須佐之男命を牛頭天王と呼ぶのは辻褄《つじつま》が合っているのです」

少名はつづけて、「しかも、五十猛は樹木の種を韓国には植えず、紀伊半島に植えるのです」

「だから、紀伊半島は全山、森が鬱蒼としているのですね」

「ええ。しかも、妹の大屋津媛《おおやつひめ》と末娘の柧津媛《つまつひめ》も一緒にです」

「つまり、どういうことですか」

と、おれが問うと、

「古代出雲と古代紀伊には深い関係があったということですよ」

と、答えた。

すると、我々の対話を傍らで聞いていた間土部刑事は、

「少名さん、山門さんは、ぜひその線で謎の動機を推理してください。我々警察は定石どおりの方法で犯人を特定します。では……」

と、席を立った間土部を呼び止めて、少名が、

「間土部さん。もう答えは出ているじゃないですか」

と、言った。

「えッ？　そうなんですか」

「これは、明らかに古事記に基づく殺人です。丹念に古事記を読めば、自ずとこれが復讐殺人だとわかるはずです」

2

鍛冶村もまた、先ほど帰った。

少名とおれは居残り、手術の終わるのを待つ。

待ちながら、ふと思った。

（待てよ。もしかすると、日本列島、正確には西日本に、三国同盟のようなものがあったのではないか。すなわち、東の熊野、北の出雲、西の日向である。この〈熊出日同盟〉は、軍事同盟というよりは友好同盟というか、濃い縁戚関係であったのではないか）

そのことを少名に言うと、

「かなり大胆ですが、そうですね、仮説として考えれば、『記紀』の不合理な個所の解明ができるかもしれません」

「『記紀』には書かれていません。しかし、何らかの理由、たとえば繰り返された戦火のために消失した『原古事記』が、やっぱり、あったのではないでしょうか」

と、おれは応じた。「たとえば、我々が知っている『古事記』の写本でもっとも古いものは真福寺本で、室町時代初期の一三七一年から翌年にかけて写されたものですから、和銅五年つまり七一二年以降、約六六〇年の開きがあります。当然、その間にも写本が繰り返されていたでしょうから、安萬侶が献上

した原本から欠落したり、あるいは紙魚《しみ》に食われたとか、その他諸々の原因で破損した部分があったと考えることはできると思います」

「同感です。大いにありえます。特に、鸕葺草葺不合朝《うがやふきあへずちょう》の部分が、原本から欠落した可能性だってあると思います」

と、少名。

「神武らに飛鳥の地の存在を、東方知識として教えたのは、塩椎神《しほつちのかみ》だと『日本書紀』に書かれています。この名は塩路をよく知る神ということで航海の神とされているが、海彦の難題に困り果てた山彦を援けた神であるわけで」

おれはつづける。「実は、俄然、失業探偵は副業の翻訳家から小説家になろうとしておるものですから、点と点を結んで線にする、つまり筋立てする、あるいはプロットを組み立てるという思考法に、頭が切り替わりはじめたところなので、考えるわけですが……」

「よくわかります。実はぼくも、昔は小説家志望だったのです。第一、稗田阿禮自身が古代の作家ですよ。ぼくに言わせれば安萬侶は編集者であり、校閲者であり、筆耕者です。阿禮のそれは、記述ではなく、語りの文体なんです」

おれは、少名が小説作法の基礎を知っているので、意を強くした。

たとえば、

〝A国で王様が死んだ。つづいて、王妃も死んだ。〟

という文はストーリーである。荒筋でしかなく、これでは小説の文にはならない。時系列で出来事を並べているだけである。

しかし、

〝A国で王様が死んだ。愛する夫を失った悲しみのあまり、王妃も亡くなった。〟

であれば、これはプロットである。王妃がなぜ死んだかという理由が示されているからだ。

神武兄弟の一行がなぜ日向を発って大和へ向かったか。神武東征について『記』はかなり長く記述されている。

『日本書紀』はより詳しい。『紀』の塩椎神の表記は塩土老翁だが、〝東《ひむがしのかた》に美《よ》き地《くに》有り〟と告げ、さらに先着の饒速日《にぎはやひ》のことも告げているのである。

「『紀』では伊奘諾尊《いざなぎのみこと》の子供となっておりますがね……」

と、少名が付け足す。

であれば、当然、この夫婦神の国生神話の場所から言っても、紀伊半島には詳しいはずだ。

「辻褄《つじつま》があってますね」

と、おれは言った。

「やはり、君が言った熊野・出雲・日向の想像以上に親密な同盟関係が存在していたと考えるのが自然ですね」

と、少名も言った。

おれの脳裏に、神武東征以前の日本列島のイメージが浮かび始めていたのだ。

『記紀』では消された〈日本神話時代の三国同盟〉である。

『記紀神話』では、まず国生み神話で淡路・熊野が記述され、ついで出雲が、そして日向が出、神武東征によって物語が紀伊熊野へ戻るのだ。

「これって、小説や物語の基本ですよね」

と、おれは言った。「一巡して元へ戻る。物語は円環を描くものです」

「ですね。物語の基本である起承転結も整っています」

と、少名もうなずく。

たとえば、伊邪那岐・伊邪那美の国生みの条を〈起〉とすれば、天照大神と須佐之男の高天原エピソードは〈承〉である。

「〈起〉を受ける〈承〉は八岐大蛇退治で終わるわけですが、物語は次の〈転〉で、大國主ロマンスに転じます」

と、少名。

「小説作法の定石どおりですね」

と、おれ。

「〈結〉はどうなります?」

と、言うと、

「もとより、〈結〉は天孫降臨ロマンスです。これで、いわゆる第一部の上つ巻が終わり、次の第二部へ。その冒頭が神武東征ですからね、盛り上がりますよ」

つづけて、「『古事記』を読むと小説の勉強になります」

これは、おれの実感である。

「ですね」

と、少名も言った。「おもしろいのは神武東征までですね」

つづけて、「『古事記』編纂に関わったのは新羅系で、『日本書紀』に関わったのは百済系だという説もあります」

「出雲も新羅系だそうです」

と、おれ。

「地理的位置関係から言ってもそれが自然です」

と、少名。

たしかに、山陰地方と朝鮮半島東側に建国された新羅とは、約四〇〇キロメートルで、ほぼ同緯度で向き合っているのだ。

少名も、

「神武の出身である鵜葺草葺不合系は新羅系なので、新羅に恨みを持つ百済系が悪く書いたという説がありますからね」

そのとき、手術室の点灯が消えた。

担当医が出てきて告げた。

「ご高齢なので予断を許しえない情況でしたが、よく持ちこたえてくれました。当分の間、入院してもらいますが、ご安心ください」

結局、おれは、二日連続の徹夜になった。敵がまた襲ってくるかもしれないからだ。天狗山山荘事件とちがい、今度は犯人が不明なのだ。

鍛冶村も同じ考えで、小頭《こがしら》の権堂を寄越してくれた。

差し入れは秦子からだった。

竹皮の包みの中身は、塩鮭入りのでかい握り飯が二個である。

秦子が病室に入って付き添い、おれと少名と権堂の三人は廊下のベンチで待機した。

結局、何事もなく夜が明け、我々徹夜組は小樽湊署が手配してくれた署員と交代した。

——ねぐらに戻ったおれは、万年床に倒れ込むと泥のように眠る。目覚めたのは昼過ぎ、まだ眠気の残る頭を熱い風呂で目覚めさせ、台所へ行ってまかない飯の残りで空腹を満たす。

事務所へ出勤は午後二時すぎ、中女卯女子がおれを待っていた。

昨日はアカシア市泊まりで、今朝戻り、市立病院へ寄ってきたと話した。

「致命傷にならなくて良かったわ」

つづけて、「兇器の暗殺針は、近くの塵箱に捨ててあったそうよ」

小樽湊署では犯人の似顔絵を作っているらしい。

「お手伝いの衣織女《みそおりめ》さんね、幸いあの娘の記憶力が抜群らしくって、小樽湊署では総力をあげて犯人を探しているそうよ」

彼女の口ぶりでは、逮捕は時間の問題のようだ。

だが、問題は動機である。〈此の中間の世界〉では、恨みは時空を超越して持続するのだ。

「間土部刑事が教えてくれたわ。あなたと少名さんから聞いたそうね。動機は〈古事記の殺人〉だって」

「うん」

「どういうこと?」

「意外にも『古事記』には神々の殺人が多いのです。ここから推察できるのは復讐です。殺害された熊野神仙流の宮滝火徳氏の本名は阿蘇輝貴《あそてるき》です。つまりね、須佐之男が犯した殺人の復讐を息子の五十猛《いそたける》が受けたと解するべきです」

「と言うことは、天狗山山荘事件の犯人裳《も》辺《へ》津《つ》午《ご》平《へい》は?」

「アナグラムを解けば大氣津比賣《おほげつひめ》になります」

「ああ、あの、高天原から追放された須佐之男が食物を乞うた神様ね。でも、鼻、口、尻から食物を出したので、穢らわしいと怒って殺してしまったわ」

つづけて、「それでうちの先生も襲われたのね。諏佐姓は須佐之男に通じるわ。でも、なぜ月江様が?」

「月夜見神も、同じく『紀』では、保食神《うけもちのかみ》を同じ理由で殺すのです」

と、おれは教えた。

実は『記』と『紀』では名前の表記がちがうが、同じ神なのである。すなわち、大氣津比賣神は大宣都比賣神とも表記されるが、宣は御膳《みけ》のケで、単に音を借りただけである。この〈ケ〉は〈うけ〉とも言って、食物の総称なのである。ここから『紀』で保食神として表記されているのだ。

「で、月読神の場合は、これが姉天照大神の怒りをかい、以来、太陽は昼、月は夜を司ることになるのです」

3

月江夫人の快復は早かった。

一週間後には、病院の廊下を歩けるようになった。

鍛冶村鉄平が気を利かせて、組の若衆を、交替で付けてくれることになった。

一安心である。おれなりの気持ちで鍛冶村に礼を言うと、

「いやなに、世の中が物騒な時代には、どんな仕事が必要かと考えてな、用心棒はどうかなんて思い付いたわけだ。で、今、鍛冶村警備保障有限会社というのを設立するつもりで準備中だ。ついては、貴様とおれの仲だ、出資しろとは言わんが、どうだい、多少の手当は出すから取締役になれ」

おれとしては断る理由はない。

と言うわけで、名刺の肩書きがまた一つ増え

山門探偵事務所　所長
安萬侶海運株式会社　顧問
鍛冶村警備保障有限会社　取締役

と、なった。


さらに、月が改まって七月に入ったある日、おれは月江夫人を見舞った。

病室で会った月江夫人は少し窶《やつ》れてはいたが、肌があたかも月光のように青白く、月の精のように思われた。

やはり、彼女の正体は仙女なのだ。

おれは、付き添っている行儀見習の衣織女《みそおりめ》に、余市産の果物篭と月見草を手渡し、

「君にはこれ」

と、言って、西邑《にしむら》洋菓子店の洋生二個入りの小箱

を渡す。

　とたんに、彼女の丸顔が真っ赤になった。

「衣織女ちゃん。お礼を言いなさい」

「ありがとう」

　蚊の鳴くような声で言うと、ぺこんと頭を下げる。

「衣織女ちゃんは、男の人からプレゼントをもらうなんて、はじめてなんでしょう」

「はい」

　健康そうな顔を赤くして、ふたたび、ぺこんと頭を下げると、月見草と花瓶を抱えて廊下を駆けていく。

　月江夫人の枕元に座って挨拶すると、

「秦子さんから聞きましたけど、皆さんのお世話になりました。ありがとう」

　と、礼を言われた。

「衣織女ちゃんの記憶力が正しければ、かなりのっぽの男らしいわ。『人相はわからなくても髪型や体つきの特徴から探せば犯人は捕まるはずだ』――と、間士部刑事は自信たっぷりでしたわ」

　凶器はまだ見付かっていないが、傷口から先端が鋭く尖った太めの針のようなものらしく、危うく腎臓に達するところだったそうだ。

「秦子さんから聞きましたが、あなたがたの見解は、保食神《うけもちのかみ》一族の復讐説だそうね」

　と、月江夫人。「あたくしも予想しておりましたの」

「〈此の世界〉では、遠い祖先の怨念が、思念波となって伝承されるうちに、ハタレになるらしいです」

　と、おれは言った。

「あなたのお考え？　それとも？」

「夢知らせです。先日、いや先夜、イワナガ様からのメッセージを受信しましたので」

「じゃあ、正しいわね」

　と、うなずくと、「須佐之男族はこれからも狙われますわ、きっと」

「大宣都比賣族にですね。でも、宮滝火徳氏を襲った犯人は捕まりました」

「でも、まだ終わらないの。須佐之男命は高天原の忌服屋《いみはたや》で仕事をしていた衣織女を殺すでしょう」

「ええ。梭《ひ》で陰上《ほと》を突き亡くなりますね」

と、応じて、おれは気付く。

「では、お手伝いの沙織君が衣織女の子孫?」

「ええ。でも、とってもいい娘《こ》なの。あの娘をハタレにしたくありませんの」

「わかりました」

と、おれはうなずく。

4

気がつくと病床の枕元に和辻哲郎《わつじてつろう》の『古寺巡礼』が置かれていた。栞《しおり》が挟まれている所を見ると、読書中らしい。

「これ、自分も愛読書です。召集されたときひそかに持参し、シベリアでも捕虜生活でもページを開いて祖国のことを思っていました」

「じゃあ、あなたも終戦の翌年に出た改訂版ではなく、初版本をお読みになっていたのね」

「シベリアでなくしてしまったので今はありませんが、たしか昭和一三年に出た新版だったと思います」

「戦時下のとき、その筋から、重版はするなという圧力があったみたいなの。なぜでしょうね。学徒出陣で戦地に向かう学生さんや若い人々が、この本を携えて行ったという噂はあたくしも聞きましたわ」

「たしか、大正八年に岩波から出たときは、三〇歳と聞いておりますが、こんな美しい日本語は今どきの若い者に書けるでしょうか。自分は到底、及びません」

と、率直な感想を言った。

「まだ若かった著者が、奈良付近の古寺を巡り、仏たちと出会った感動がもろに吐露されていて、あたくしは好きですわ」

と、月江夫人も言った。

「飛鳥仏に比べるとわかりますが、観念的な造形であったものが、俄然、仏師たちが懸命に願う浄土の表現になるのです。彼らが思い描いた人間の理想形が具体的に表現されているように思うのです」

こうして、ひとしきり共通の話題が弾んだが、

「そうそう」

と、月江夫人が話題を転じて、飛鳥時代にわが国を訪れた西域人の話をしたのはそれからだった。

「えッ？ いったい、いつのことですか」

と、質すと、

「孝徳～斉明年間よ」

「じゃ、『記紀』編纂以前ですね」

月江夫人によると西暦六五四年～六五九年にわが国日向に漂着し、斉明六年（六六〇年）に唐に向かって帰国した乾豆波斯達阿《ケンズハシダチア》という人物がいたらしい。

「天平八年に波斯《ペルシア》人の医者が来日したことは知っていましたが、西暦七六四年ですから『記紀』編纂のあとになります」

と、おれは言った。「李密翳《リミツエイ》という人物で、景教徒だったようです」

「乾豆波斯達阿はトカラ人よ。むろん、薩南諸島に属するトカラ列島のことではありませんわ」

「その名前に漢字の〈波斯《ペルシア》〉が含まれておりますね」

と、おれはうなずく。

「乾豆《ケンズ》もよ。有名な中央アジアの古代都市の名よ。ご存じ？」

「名前の最初にありますね」

「サマルカンドよ」

「ウズベキスタンですね」

「前一〇世紀から栄えたオアシス都市よ。前六世紀にはアケメネス朝ペルシアの支配下に入り、前四世紀には三年間の果敢な抵抗の末に、アレクサンドロスの軍門に下ったの」

「アレクサンドロスの東方遠征ですね」

「彼らは、シルクロードで活躍した優秀な国際的商人よ。モンゴルや中国へも彼らは進出しました」

「中国名、祆教《けんきょう》つまり拝火経《ゾロアスターきょう》を中国に伝えたのは彼らですね」

「拝火教は北魏時代の中ごろですから五世紀には伝来し、その後、北周、北斉へ広まり、髄唐時代には、祆教《けんきょう》信者のペルシア人やイラン系の西域人が大勢往来したと言います」

「長安や洛陽には祆教《けんきょう》寺院が建ち並び、イラニアン・モードすら流行ったと言います」

と、おれも言った。

「つまり、吐火羅《トカラ》は西域の地名ですわ。乾豆波斯達阿という名は、乾豆（サマルカンド）の波斯（ペルシア人）達阿（ダーラー）という構成になっているわけ」

「達阿は何ですか」

「ダーラーはダリウスのことで、ペルシア人の名に多いのです」

「ダリウスはあのダリウス？」

「ええ。前五世紀に活躍したアケメネス朝ペルシアの大王ですわ」

「なるほど」

「ですからね、この乾豆波斯達阿の来朝に限らず、日本からも大勢の遣隋使や遣唐使が長安へ留学したわけですから、彼らが彼らに接触してアレクサンドロスに関する数々のエピソードを聞かされたのは、まずまちがいないわ」

「ですね」

広大なアレクサンドロス大王領ができたのは前三二三年、西アジアは前二〇〇年ごろにはふたたび分裂するが、人々の記憶には残り、いわゆる多くのアレクサンドロス・ロマンスを生んだ。

たとえば、大王の額には二本の角が生えていたので、双角王と呼ばれた。

窮地に陥った大王の軍勢は、鴉に導かれて脱出できた。

「山門さんはどう思います。鴉よ、これって八咫烏じゃない？」

と、月江夫人に訊かれ、おれは応じた。

「実は小説を書くようになってわかったことがあります。物語素というものが、たしかにあるのです。おもしろい話は国境も民族も越えて口づてに広まるのです」

「ご存じかしら、アレクサンドロス・ロマンスは近代まで、多くの国の人々が勝手に改竄に改竄を重ねてきましたけれど、できたのは三世紀で、しかもエジプトの海港アレクサンドリアだと言われておりますが、はっきりしません。でもね、大王の愛馬ブケファラスは人食い馬だとか、巨人国とか、無頭人の国とか、託宣する双樹とか、やりたいほうだいね、おとぎ話にはちがいありませんが、とにかく人間はこういう荒唐無稽《こうとうむけい》のお話が好きなのね」

おれも応じた。

「ある意味、スウィフトの『ガリバー旅行記』が似ていますね。つまり、手本があったほうがお話を作りやすいということです」

「それが物語素ね」

「『記紀』編纂の担当者たちも、やはり同じだったのだと思います。稗田阿禮が記憶した伝承はばらばらだった。これを一つの物語にまとめる方法、つまり筋立て、プロットを決めるのに、だれかがアレクサンドロスの故事を持ち出した。『そうか、いい案だ。それで行こう』と話がまとまった。そういうことではないでしょうか」

おれはつづけた。「彼らの意識には正確な国史を編纂しようという意識など、微塵《みじん》もなかった。彼らの雇い主にとって都合のいい国史を編纂して、献上することだったのですね」

「そうよ」

月江夫人はうなずいた。「月読命も月信仰から太陽信仰に切り替わったから、編纂者たちは保食神惨殺のエピソードを挿入して追放したわけ。彼らはあらかじめでき上がっていたシナリオに従って書くのですから、あたくし同様に須佐之男命も高天原から追放されたってわけ」

「じゃ、冤罪《えんざい》ですか」

と、言うと、

「さあ……」

つづけて、「この追放物語のモデルは、『旧約聖書』にあるアダム夫妻の楽園追放よ。ですから、あたくしもよ。弟の須佐之男命とともに姉上の逆鱗に触れたというわけ」

「神武東征が、アレクサンドロス東方遠征のパクリだということは、まず確実として他にもありますか」

と、訊ねると、

「『記紀』にはありませんが、神武天皇にも角があったという記述は『旧事本紀』にありますわ」

「偽書説が有力ですが、ほんとうですか」

「謎の根元聖典と言われる『先代旧事本紀大成経』は物部氏の歴史でもあるのですが、後の世になって聖徳太子と秦河勝が再生させたとも言われているのよ。ですから、地元出身の衆議院議員赤染真作《あかぞめしんさく》氏がね、密かに持っているものを、一度、拝見したことがあるのよ」

「それで」

と、無意識に身を乗り出したおれに、

「身の丈一丈五寸、頭に三寸もある二つの角を生やし、背鰭があったと書いてあるのよ。戦時中ならまちがいなく不敬罪、悪ければ国家反逆罪よね」

「まさか」

思わず肩を竦めると、

「まちがいなく、アレクサンドロス・ロマンスからの借用よ。一方では敦賀に上陸した都怒我阿羅斯等《ツヌガアラシト》も二本の角があるので、こちらにも同じものが伝わったのでしょうね」

「角はモーゼもですす」

と、おれ。

「神功皇后などは、目の中に瞳が二つあり、乳房には九つの穴があったそうよ。これ、どう思います？」

「おそらく、女神アルテミスからの借用ですよ」

と、おれ。「隋唐時代の亡命ペルシア人が、中国人を喜ばせるためいろいろと大袈裟な話を吹き込んだのでしょうか」

「他にも、ミトラ教も流行ったようですわ」

「ミトラ神はインドのマイトレーヤー、すなわち弥勒菩薩のプロトタイプらしいです」

実は、キリスト教の原型と思わせるような類似点が複数あり、それが禍して弾圧されたという説もあるのだ。

「どうやら、アレクサンドロスもミトラ教の熱心な信者だったようです」

と、おれが言うと、

「聖徳太子もですわ。斑鳩京《いかるがきょう》の配置がそうなのです」

月江夫人によると、ミトラ教のミトラはシリウスのことで、夜の太陽であり昼の太陽の母と考えられていたらしい。

シリウスは拝火教ではティシャトリア神、エジプトではイシス神となり、オシリス神との聖婚によって、肥沃な土壌を運ぶナイルの大洪水が起きると信じられていたのだ。

「農業と関係があるのです」

夫人はつづけた。「ペルシアでは冬至に深夜、東に二〇度傾いた天空に輝き、これがミトラ神の誕生と考えられておりましたの。この聖なる方位を強く意識して都市計画されたのが斑鳩《いかるが》京とされているのです」

第一〇章　高天原いずこ

1

改めて五人の角ある人を並べてみよう。
炎帝神農《エンテイシンノウ》
モーゼ
アレクサンドロス
都怒我阿羅斯等《ツヌガアラシト》
神武天皇
である。
古代人が想像した神は、人間の概念を越えた何かである。
たとえば、モーゼのように天界の神と交信できる者が、この世に姿を現した現人神《あらひとがみ》である。角はこの霊的交信を可能にするアンテナなのである。
故に、後の世に現れた人間以上の能力を持つ者のイメージを思い描くためのパーツが、額の角だったのではないだろうか。

古代人には見本があった。牛である。牛は神であった。

そう考えれば、古代人の考え方がなんとなくわかる。神イコール鬼神だったのである。

ただ、おれとしてやりきれないのは、この『記紀神話』を事実として国民に教育し、だいそれた戦争へ誘導したわが国の指導者たちである。

たとえば、あの昭和一六年一二月に行われた真珠湾特攻である。彼ら特殊潜航艇の乗員たちは、国家の名において軍神とされた。

彼らは英雄ではなく神となったのだ。このことだけでも、あの戦争の雰囲気、いや本質がわかる。国民は教育という方法で洗脳されていたのだ。一部を除いて、国民のだれもが勝てると信じ込まされていたのだ。

だが、昭和二〇年八月一五日の敗戦で、この国家的催眠術から日本国民は覚めた。

近代の戦争は精神力だけでは絶対に勝てないし、竹槍ではB29は墜とせない。バケツ・リレーでは焼夷弾攻撃は防ぎきれない。

今更のように思うが、江戸時代の人々のほうが、彼らよりは多少は現実的だったのではないだろうか。

黒船来航以降、二百数十年の鎖国の夢から覚めて開国し、日本人が世界の広さに気付いたとき、何が起きたか。意識下の世界、イドに押し込められていた人々の無意識までが開放された。人々は、断片的に入ってくる先進国の諸知識に感化され、西欧列強に憧れを抱いて、いつのまにか、列強と並ぶアジアの覇権国家を夢見るようになっていたのではないだろうか。

なぜか。連合軍総司令官として、厚木飛行場に天降ったダグラス・マッカーサーを敵将としてではなく、あたかも、神として歓迎した日本国民の心は、本質的に天孫族を神と思った神話時代の人々と同じだったのではないだろうか。

そう考えるようになったおれ自身を自己分析しながら、このところ、市立図書館に籠もっているのだ。

図書館の事務員とも顔見知りから口を利ける間柄となり、一般閲覧者には公開していない鍵のかかった奥の収蔵庫にも入れてもらえるようになった。

結果、おもしろいことに、おれは気付く。『古事記』と『日本書紀』では、神武東征に要した日数が大幅にちがうのである。

因みに『古事記』では、高千穂宮を発ってから、筑紫の岡田の宮（福岡県遠川河口付近）に一年滞在、阿岐の国の多祁理《たけり》の宮（広島県安芸郡）に七年、吉備の高島の宮（岡山県児島郡）に八年も滞在するわけだから、少なくとも一六年以上を費やしているのだ。

一方、『日本書紀』はそうではないのだ。西暦換算すると、前六六七年に日向を出発した神武船団は前六六〇年には橿原で即位するのである。つまり七年である。

ところが、アレクサンドロスが東征に要したのも七年である。すなわち、征服したエジプトから直ちに出発したとすれば前三三二年。ペルシア帝国を滅ぼし、中央アジアのソグド人と戦い、さらにインダス川を渡りインドのパンジャブ地方へ侵入するのだ。

この年を前三二五年とすると、やはり七年なのである。

だが、兵士らも将軍らも戦いに疲れ、帰国を望んだため、さらに地の果てを目指すのを諦める。スーサへの帰還は前三二五年ごろである。

なお、大王は古代都市バビロンへ移り、前三二三年熱病に罹って死亡。享年三二歳の若さであった。

ともあれ、おれとして、ほぼまちがいなく、神武東征物語はフィクションだったと考えざるを得なくなっていた。

ただ、事実という証拠を探す探偵ではなく、物語を創る作家の目で考えると、いろいろと想像が湧くのだった。

神武軍が、中近東地方を進むアレクサンドロス軍と、瀬戸内海という海路を東へ進む神武軍の陸海にちがいはあっても、両者の進路は相似的なのである。

一、位置的に南にある九州日向とエジプトの相似性。

二、両軍が東を目指す方角の相似性。

三、さらに、進軍彷徨の行き止まりがあり、アレクサンドロス軍はパンジャブ地方で行き止まり、神武軍は、当時は今よりもっと深く入り込んでいた大阪湾の奥、白肩津《しらかたのつ》（東大阪市）で行き止まるのである。

四、さらに凱旋帰路の相似性がある。

アレクサンドロス軍はマケドニアにもエジプトにも戻らず、スーサ、あるいはメソポタミアのバビロンで遠征を終わる。

一方、神武軍も、『記紀』には書かれていないが、『上記《うえつぶみ》』では九州に凱旋する。だが、出発地の日向には戻らずに北九州で遠征の旅を終えるのだ。

とすれば、なぜ、両者の帰還コースが相似形なのか。偶然なのだろうか。

おれは、神武軍は紀伊半島を南下、潮岬を回って熊野へ到ったこのコースにも、『記紀』編纂者らの隠された意図があり、また明らかな下敷きがあるにちがいないと気付く。

2

おれは考えつづける。

『上記』では、神武軍は、いったん、北九州豊国《とよのくに》へ凱旋するが、数年後、ようやく神の霊示を受けて、橿原に遷都するのである。そう『上記』には記されているのだ。

凱旋軍は、今の大分の東にある佐賀関半島の付け根、大野川河口近くの丹生《にゅう》（大分市坂ノ市）に上陸するのだ。ここから東の佐賀関町のあたりで歓迎を受けたあと、西へ進んで大野川を渡り、大分の宮に寄り、次はほぼ豊肥本線（熊本～大分）沿いに進んで竹田市を通過、二上《ふたのぼり》の大宮（一の宮附近）に帰還したとある。

この地こそ、阿蘇九重国立公園内、阿蘇外輪山の内側である。

もし、北から九重高原を越えて大阿蘇へ向かうならば、阿蘇谷へ入る北からの入口である。行き止まる道の先は外輪山の断崖で、名所の大観望だ。下れば、阿蘇神社がある。

では、なぜここが終着地なのか。彼ら神武一党の大いなる母、大日霎貴神《おほひるめむちのかみ》の地だったからだ……と、おれは気付く。

なお、天孫降臨の地とされる高千穂は、ここから南東へ約三〇キロメートルの地点である。つまり、九重や阿蘇高原に根拠地を置いていた鵜葺草葺不合国から、祖母山《そぼさん》の麓を流れる川沿いに降って、深山幽谷、神秘的な高千穂峡に至聖所（奥の院）を置いていた史実が、神話化したと考えられる。

実は、高千穂神社には興味深い言い伝えがあり、神武の次兄稲氷命《いなひのみこと》は、〝妣《はは》の國として、海原に入りましき〟（『古事記』）したわけではなく、東征に加わったもののはぐれてしまい、高千穂へ戻ったというのである。

つまり、この〈妣の國〉とは、学者たちが海原と理解したのは誤りで、大いなる母が住む高天原（阿蘇）を指しているのであって、『上記』の著者は〈妣の國〉を正しく理解していたのである。

——いずれにせよ、鵜葺草葺不合朝は想像以上の大国だったのではないだろうか。以下はおれなりの想像だが、九重連山から流れ下って有明海へ注ぐ筑後川を北限とし、南は東から延岡～高千穂峡～五ヶ瀬～山都～熊本平野のラインあたりまでに影響力を持つ、この超古代の国を束ねていたのが、大日霎貴神《おほひるめむちのかみ》（天照大神）だったのである。

問題は彼らが何者かである。実は稲氷命《いなひのみこと》の末裔が新羅王統の祖という説すらあるが、一方、鵜葺草葺不合の鵜葺草は朝鮮半島南部の加耶《カヤ》諸国の一つ大加《うか》耶《や》だと言う。

従って、神武天皇は、新羅あるいはその隣国の加耶と同じ系統に属する渡来人の子孫という説が成り立つのだ。

ところで、新羅とはどんな国か。建国は前五七年とされ、位置は朝鮮半島南部の日本海側である。伝説では慶州《キョンジュ》平野を中心に発達した辰韓《しんかん》一二の小国の一つ、斯盧《シロ》国の六つの村の頭目らが天降った天孫朴赫居世《パクヒョッコセ》を、彼らの王として迎え入れたことから始まる。

おれとしては、この伝説が、わが国の天孫降臨神話と同系統なのが気になる。

実は、当時の朝鮮半島の情況は、かなり混乱していた。前七世紀ごろから半島北部に存在していた古朝鮮が前一〇八年に漢の武帝に攻撃されて滅ぼされるが、鉄器を製造していたのも彼らである。

以後、前三七年には、中国東北地方の扶余《プヨ》で高朱蒙《コチュモン》が高句麗を北部に建国、前一六年には温祚《オンジョ》が百済を建国する。

こうした錯綜した情況下、滅亡した古朝鮮からの多くの民が南に逃れてきて、彼らが鉄器製造の技術を伝えるとともに、土着勢力を支配しながら新羅を建国したらしい。

一方、新羅に隣接し、朝鮮海峡に臨む加耶《カヤ》は、西暦四二年に金首露によって金官加耶《キンカンカヤ》国が建国されたが、この国が加耶連合の中では地の利もあってもっとも栄えた。しかし、加耶六国は、天から降ってきた六つの黄金の卵から生まれた六人の子供がそれぞれ国を作ったとされる。この伝説の場所が、加耶の九つの村の頭目が集団を率いて亀旨峰《クジボン》に登って踊ったときなのである。

おれとしては、亀旨峰が大いに気になったのは当然である。なぜなら、天孫邇邇藝命が天降ったのが、筑紫の日向《ひむか》の高千穂の靈《く》じふる峰だからである。他でもない、この峰は霧島連山の一峰であるが、『日本書紀』では槵触峯《くじふるたけ》で、亀旨峰のことである。

おれなりに思うに、当時は朝鮮半島の南と対馬海峡を挟んだ九州には、小さな国らしきものは数多くあったであろうが、国境や関所があったわけでもない、同一の地域で、人々の往来もフリーパスであったろう。

特に加耶連合は、ついに統一国家とはならなかった。元々、彼らには、国家という中央集権的な概念もなかった。同じ状態が北九州でも言えたはずだ。彼らは、それぞれが、対岸の南朝鮮から鉄製品や屑鉄を輸入し、これを再加工して生計をたてていた。

戦前のわが国そっくりである。鉄資源に乏しい日本は、対岸国のアメリカ合衆国などから屑鉄を輸入し、再加工していた。

北九州にいた人々も、同じように加工品で交易していたのではないだろうか。鉄は当時の人々にとっては、農機具だけでなく、森林の伐採、船の製造、さらに武器としても重要な金属であった。おそらく、鵜葺草葺不合族も、そうした多くの小さな集団の一つだったはずだ。むろん、稲作をはじめ農業も生活を維持するために必要だが、鉄加工品の交易によって富を蓄えることも重要だったのではないだろうか。

おれは想像を巡らせる。

(だが、九州では、出雲のように鉄資源がない。石炭は埋蔵されていても、彼らはまだその使い道を知らなかった)

おれはそう考えて、九州の地下資源を調べることにした。電話で約束をとりつけ、単科大学に昇格した小樽湊商科大学の左田明雄《さだあきお》の研究室へ出かけた。

紹介されたのは、わが国の地下資源を研究している鍛人麻羅男《かぬちまらお》教授だった。手土産のジャックダニエルの一瓶は、エルビスに頼んで手に入れたものである。

赤顔の老教授は、明らかにノン兵衛である。目を丸くして、

「ほう。一度は飲んでみたかったアメリカさんのテネシー・ウイスキーですなあ」

と、喜ぶ。

教授によると、戦前、手稲鉱山の開発にも携わったこともあったらしい。

「あまり、知られておりませんが、わが国は黄金列島でしてな、一番は鹿児島の菱刈《ひしかり》鉱山ですな」

「廃鉱を含めると全国に三〇〇以上あるそうですね」

と、おれが言うと、

「北海道や奥羽が多いが、廃鉱も含めるなら九州には七〇個所近くありましてな、一方、関東、中部、近畿、中国はせいぜい二〇〜三〇、四国などは七つしかありません」

「九州ですが、大分、宮崎、鹿児島の三県がずば抜けているそうですね」

と、質すと、

「おやおや、君もそれに天孫族の移動経路を重ねておるのですな」

と、指摘された。

「ええ」

おれはちょっと驚く。

頭の中を読まれているような気がした。

「新羅・加耶系と同根の種族が、神武天皇も属している鵜葺草葺不合族じゃがね、君はなぜ彼らが高天原から来た天孫を自称したのかを考えたことがあるかね」

と、訊かれた。

「一応、山越をして里に降りてきたからじゃないのですか」

と、通説どおりに答えると、

「そうじゃない」

「じゃあ、高天原が彼らの発進地の朝鮮半島にあるからですか」

「そうじゃない」

やはり、老教授は只者ではない。

「君は、大分県に鉄鉱山がないのを知っておるかね」

「いいえ」

「大分県は金鉱山だらけでのう、廃鉱を加えれば四〇以上ある」

「阿蘇・九重高原に金鉱はありませんか」

「金鉱山はないが、銅と錫を産する鉱山は五ヶ瀬川上流の高千穂峡周辺の山々にはたくさんある」

日影《ひかげ》鉱山、見立《みたて》鉱山、尾平《おびら》鉱山などだそうだ。

「では、青銅器の生産には困りませんね」

と、おれ。

「阿蘇高原に鵜葺草葺不合朝の政所《まんどころ》がある理由の一つが、高千穂峡周辺にある銅・錫の地下資源だったと考えてもいいだろうな」

つづけて、「しかも、阿蘇はとてもいいところだ。温泉もあるしな、太安萬侶のご先祖もな、阿蘇氏の系統じゃからのう、ほんとうは『古事記』の原本には、もっとたくさん、鵜葺草葺不合朝の歴史が記されていたはずなんだが……」

「欠損した可能性がないとは言えません」

と、おれは老教授に合わせる。

「意図的に上からの圧力で、削除された可能性もなくはないぞ」

「その理由を先生はどうお考えですか」

と、質すと、

「天孫族の正体が優れた金鉱採掘族だったからじゃよ。いいかね、弥生の時代では鉄と金が権力の基盤だったのだ。元々、朝鮮半島は、豊富な鉄の産地であると同時に金銀半島でもあった。だが、その在りかは秘中の秘だったはずだ。探鉱の知識、採掘の技術、精錬技術、製品化技術などすべてが秘密だったはずだ。そう思わんかね」

「なるほど」

おれはうなずく。「たとえば、弘法大師も、唐へ留学して真言の秘法を習得しただけでなく、水脈探査術や探鉱術を学んだと言いますから」

「そうじゃ。紀伊半島には水銀の鉱脈があり、古代では朱と黄金はセットだからのう」

と、鍛人教授も言った。

つづけて、「筑紫の豊の国、つまり大分県が天孫族の最初の入植地であったことはまちがいない。金鉱集中地区の一つは下毛郡《しもげ》の山国町《やまぐに》だ。ここに金や銀、銅の採れる鉱山が八個所も集中しておるんじゃ」

つづけて、「これに隣接するのが日田郡《ひた》だ。この地区には一五個所ある」

さらにつづけて、「第三は、国東《くにさき》半島の付け根にある山香町《やまが》だ。ここにも一八個所ある」

改めて、おれは驚く。

3

天孫族が黄金族であった——という鍛人教授の説におれは納得させられていた。

「君は、高天原はどこにあったと思うね」

「百人百様で各説あります。この情況は耶馬台国探しと同じです」

「君の意見を訊いておるんじゃ」

「高天原バビロン説までありますからねえ、研究者の大半は朝鮮半島と考えているようです」

「たとえば、朝鮮半島のどこじゃ」

「加耶とか」

「ちがうな」

「と、言いますと?」

「高天原の原だがタミル語なんじゃ」

「知っています」

と、おれは応じた。「日本語とタミル語の間には親縁関係があります。たしか、タミル語では pār で、英語の意味は expanse earth ですから、〈広々とした台地〉をさします」

「思いあたらんかね、君……広い台地と聴いて」

「もしかすると、やはり」

おれは相手を見詰めて、次の言葉を待つ。

「阿蘇高原じゃ。一度、行ってみれば、今、君が言ったイメージにぴったりじゃよ、雄大な外輪山に囲まれた阿蘇の土地は……」

「つまり、政所《まんどころ》、二上《ふたのぼり》の大宮がある阿蘇ですか」

つづけて、「しかし、それだけでは、まだ確証とは……」

「高天原を、漢字で考えるからわからなくなるんじゃ」

「はい」

「高（taka）はおそらくタミル語の tat:i だろう。grow large とか become stout と言った意味だ。次の天《あま》は天空のことではなく、あくまで ama で、タミル語の amm-a（母）の意味じゃ。つづけるとタカアマ（taka-ama）は、大いなる母、太母、大神を指す」

「つまり、大日孁貴神こと天照大神ですか」

「そうじゃ」

「高天原は大いなる巫女王〈天照大神の政所がある広大な台地〉を指していたのですね」

「ようやく納得がいったようじゃな」

「阿蘇山こそが高天原だったという先生の説に、改めて納得しました」

おれはつづけた。「そうでなければ、妻伊邪那美命を黄泉国へ訪ねて地上に戻った伊邪那岐命が、なぜ筑紫の日向の橘《たちばな》の小門《をと》の阿波岐原《あはぎがはら》で穢れを落としたのか理由がわかりませんから」

「じゃろう。アワギハラが宮崎県なら、高天原はその近くのはずだ」

「伊邪那岐命は、ここで天照大神・月夜見命、須佐之男命の三貴公子を生むわけですから」

と、おれも言った。

「そのとおりじゃ。それは地理的かつ合理的思考で出した結論じゃ。ところで、天照大神に命じられて地上に天降った神の名は？」

「邇邇藝命《ににぎのみこと》です」

「邇邇藝命がタミル語であることを知っていたかね」

「はい」

おれは、昨年の月江夫人との会話を思い出していた。

「邇邇芸命の名は稲作、おそらく赤米を日本列島へ初めて持ち込んだことを表しているそうですが。おそらく、長江河口か流域から漁に出た漁民が、遭難して笠紗《かさ》の岬に流れ着いたのでしょう。彼らの中にタミル語話者がいたはずです」

おれはつづけた。「ニニギノミコトのニはタミル語のnelで米、特に稲の粒、籾を意味しているそうですね。つづくニギは、賑やかのニギで豊穣。つまり〈籾＋豊穣〉を意味する神名だと教わりました」

「ほう、だれから」

「月夜見夫人です」

「ほう、月江夫人をご存じか」

「はい。親しくさせていただいております」

「彼女は仙女ですわい。お達者かな」

「はい」

ゆっくりうなずいて老教授は、ふたたび、つづける。

「わしの経験から言いますとな、神話というものは我々現代人の地理感覚で考えると、誤りをおかす。そうさな、幼稚園か小学低学年ぐらいの自分を振り返って、想像したまえ。子供時代の地理感覚は意外に狭いんじゃ。せいぜい、半径五、六キロメートルの範囲だ。エドモント・フッサールという現象学者が言っておるんだが、この範囲が直接経験の空間だ。それ以上は伝聞の世界だ。ときどき訪れる旅人が話してくれる噂話の世界だ。さらにその先があり、それは空想の世界だという。そう考えれば、『古事記』の矛盾も理解できる。阿蘇高天原を出発した邇邇藝命一行が、なぜ高千穂峰経由で笠紗の御前《みさき》に行ったのか」

「そうですね」

と、おれもうなずく。「阿蘇からなら白川を下って熊本平野へ出れば島原湾です。ここから船で南下すれば薩摩半島の笠紗の御前、つまり野間岬に簡単に着けます」

「じゃろ。だが邇邇藝命の一行は陸路を行った。が、途中が大変だった。鹿児島との間には険しい九州山地が横たわるからのう」

そう言ってから、老教授が示したのは、阿蘇の南から氷川上流の五瀬《いつせ》経由、椎葉《しいば》～西米良《にしめら》～小林《こばやし》から霧島山（高千穂峰）を越え、降って姶良《あいら》経由で野間岬（笠紗の御前）へ到るルートである。

「当然、道案内が要りますね」

と、おれは言った。「それは猿田毘古です。小説家の思考で考えると、登場人物に道案内を加えるのは自然です」

「うん。で、彼が出迎えた八衢《やちまた》はどこだと思うね」

と、言いながら地図帳を開く。

覗き込んで目をこらす、おれ。九州山地越えの入口、五瀬《いつせ》とある場所が十字路である。

「ここですね」

と、おれは言って、つづけた。

「ところで、教授。南阿蘇から高千穂峡へ行けるルートがあります」

祖母山南麓から日向灘に面した延岡《のべおか》へ到る瀬川の上流にある。

「行ったことがあるのかね」

「ええ。天岩戸《あまのいはと》神社に詣で、特別料金を払って深い谷越しに天岩戸を拝観し、さらに徒歩で神々の会議場、天安河原《あまのやすのかはら》へも行きました」

と、答えると、

「風光明媚にして、清浄の地である高千穂峡は、高天原王朝の奥の院というか、秘密の行事を行う秘境というか、大巫女天照大御神が住む至聖所というか、そういう神域だったと思いますな」

と、老教授は応じた。

4

再三、『古事記』に出てくるのが、この天安河原である。

天照大御神が須佐之男の乱暴狼藉に怒って、天岩戸に隠れたとき、八百万の神々が集まって対策を練ったのも瀬川の上流にある場所である。

高天原が阿蘇高原であるならば、徒歩でも一日の距離であるから、前後の辻褄もあってくるのだ。

ここがとても重要な場所であることは、何度も出てくるからである。出雲へ天菩比能神《あめのほひのかみ》を派遣したときも神々がここで会議を開く。ところが、三年たっても帰ってこない。出雲が、とても住みやすかったからであろう。

第二の使者、天若日子《あめのわかひこ》を派遣したときも、彼は大國主命の娘を結婚して八年も帰ってこなかったばかりか、使いの雉《きぎし》（鳴女《なきめ》）を射殺してしまう。

こうして第三の使者、建御雷之神が派遣されることになるのだが、出雲はこの時代、建国神の須佐之男にかわり、婿養子の大國主があとを継いでいるのである。

有名な国譲りの段では、まず息子の言代主神《ことしろぬしのかみ》は無血開城を受け入れるが、もう一人の息子、建御名方神《たけみなかたのかみ》は納得しない。彼は派遣軍総大将の建御雷之神《たけみかづちのかみ》と戦うが敗れ、科野《しなの》国の州羽《すはね》の海（諏訪湖）へ敗走し、命乞をするのだ。

「果たして、実際には戦争があったのだろうか」

と、鍛人教授が言った。

「あったと思います」

おれも言った。「おそらく武器の差だったと思います。出雲軍の武器は青銅で、鉄製の武器ももろかった。一方、建御雷之神軍は堅牢で切れ味のいい武器を装備していたはずです。この神名の雷は鍛鉄を意味しておりますしね」

おれはつづける。「結局、出雲軍は武装解除されました。今度の戦争で負けた日本と同じです。日本は武器の性能の差で負け、無条件降伏し、武装解除されたんです」

「ははッ。だとすれば、歴史は繰りかえすじゃな」

「ですね。幕府軍は鳥羽伏見の戦いで敗れ、徳川慶喜が江戸城開城に応ずるのですが、どうやら江戸幕府最後の将軍の心境は、大國主命と同じだったようですよ」

すると、なぜか、

「ははッ」

と、老教授は乾いた声で笑った。

「だがね、君は『古事記』の〈國譲り〉の段から、次の邇邇藝命の〈天降〉への移り方に疑問を抱かないのかね」

「と言いますと?」

「せっかく出雲を屈服させたのに、天孫軍はまったく方向ちがいの高千穂へ降り立つ。変じゃないか。つまりだ、わが国を克服させた連合軍が帝都には進駐せず、敗戦までは日本領であった台湾に進駐して、総司令部を置くようなものじゃあないか」

「言われてみれば」

おれは答えた。「ええ。変ですね。しかし、なぜですか」

改めておれは思った。

(たしかにおかしい。プロットが破綻しているのだ。大國主神の國譲りの段と次の邇邇藝命の段の間に欠落があるのだ)

首を捻っていると、

「君も小説家の端くれなら想像したまえ」

「もっと深読みしろということですね」

つづけて、「もしかすると、出雲に進駐できない理由があったのですか」

「君の考えを訊こう」

と、老教授が促す。

「わかりません」

「『古事記』ではわからないが、『日本書紀』を読めばわかる。実はな、出雲という世界が、ほんとうの意味で大和によって制圧されのは、二、三世紀になってからなのだ。おそらく崇神《すじん》天皇のころだろう。大和王権が、纏向《まきむく》という盆地の山裾に根を下ろして力を付けはじめたころだ」

老教授によると、この時代に東国の脅威に備えて、鹿島と香取の両神宮の地に配備された建御雷之神の軍団が、蝦夷勢力防衛の任務から一時的に転用されて、内紛化していた出雲を制圧したのだと言うのだ。

「ということは、つまり『古事記』編纂には、恣意的な作為があったということですか」

「むろん、タイムマシンでもなければ真相は確かめようがないがな、出雲征服戦争にはなんらかの不都合があったのではないだろうか」

「不都合というのは、なんですか」

と、おれは訊ねた。「不都合な事実を、神話の霧のなかに封じ込めようとした、意図的な書き換えというか」

「多分、そんなところだろう。話を戻すが、大國主命時代の出雲は強大だった。大國主自身が並はずれた霊力の持ち主だったはずじゃ。従って、大國主の没後も、大和は彼の祟りを恐れた」

「もしかすると、紀元前の世界では、九州の高天原政権と山陰の出雲政権は共存共栄していたのですか」

「と、わしは考えておる。この二大勢力の交易と人的交流を仲介したのは、半構造船を操る海人族で、帆を張るよりも、大勢の屈強な彼らが漕ぐ船のほうが速かったのだ」

話を聴きながら、おれの脳裏に絵が浮かんでいた。景色が見え、人々の話し声も聞こえてきた。

前頭葉に窓が開き、紀元前の世界を見せているのだ。

「ところで、先生。邇邇藝命一行が、険しい中央山地を越えて笠紗の御前へ行ったのはなぜですか」

「ここが、いわば鎖国時代の長崎のような場所だったからだ。シンガポールや香港のような場所だからだ。沖合を流れる黒潮の向こうに、先進文化圏の中国がある」

「『古事記』に〝韓國《からくに》に向かい〟とありますが、朝鮮半島を指しているのではないのですね」

と、おれは言った。「当時は、中国をも含めた呼称だったそうですから、とすればカラとも読める唐ですか」

「いや」

老教授は首を振った。「唐（六一八年～九〇七年）では時代が合わんよ。前漢（前二〇六年～八年）を指しておるんだろうな」

始皇帝の秦を滅ぼしたのが、高祖（劉邦《りゅうほう》）が建国した前漢である。前二世紀には、ほぼ中国全土を統一した。

「先生は、対岸から黒潮を突っ切って九州に着く直航船があったとお考えですか」

と、訊くと、

「我々の先祖は、三万年前すでに、大陸から南西諸島伝いに日本列島に来ていた可能性が高いからのう」

当時は、台湾海峡の陸化で台湾が陸つづきだったらしい。

「ウルム氷期ですね」

と、おれは言った。

しかし、沖縄本島で代表される西南諸島は、陸化してはいなかったそうだ。

「原始的舟は草を束ねた舟や竹を束ねた舟も考えられるが、外洋に適したのは丸木舟だ」

「金属器のない時代でも造れたのですか」

「ああ。石器でも造れたさ。岩のように頑丈だから巌舟と呼ばれた。屈強な男たちが漕いで鳥のように速かったから鳥舟と呼んだ。さらに弥生時代には丸木舟の舷側に板を張った構造舟もできた。いや、もはや舟ではなく船と呼んでいいものだった。すでに一〇〇人乗りの大型船まであったというから驚く。我々の祖先の、倭人たちが、もっぱらこの海上輸送の担い手だった」

老教授はつづける。「彼らは、朝鮮半島の東海岸の新羅から鉄をな、北九州や出雲へ運んだ」

「製品だけではなく壊れた鉄器、つまり屑鉄を輸入し、倭人らが優れた加工技術で最新の鉄製品を製作、これを加羅などを経由して、輸出していたらしいですね」

「変わらんのだよ、神代も戦前も。わが国は鉄資源に乏しいから、アメリカさんから輸入しておった。ところがアメリカさんが輸出を止めた。石油も止めた。ま、それで満州に進出した。石油を求めて蘭領インドネシアを占領した。しかし、この程度で一〇倍の資源と工業力を誇るアメリカに勝てるわけがない。戦争を始めた軍人どもは、近代工業力というものの知識がなかったのだ」

話が横路に逸れたのでおれは言った。

「実は、小樽湊商大の井氷鹿教授に教わりましたが、雲南人は秦始皇帝や前漢武帝に祖国を滅ぼされた流浪の民になったそうですね」

「おお、あの尻尾のある教授をご存じか」

「はい」

「鳥居、赤飯、断髪、お歯黒、文身《いれずみ》、貫頭衣、下駄、畳、若者宿、仮面、歌垣など、さらに山や木への信仰など、多くの共通点がわが国と雲南にはあるのじゃ」

つづけて、「実はな、『古事記』の「天降」の最後に、天照大神が高天原に〝氷椽《ひぎ》高しりてましましき〟とある氷椽とは屋根の千木《ちぎ》のことだが、これも雲南人の建築法でな、出雲大社の大社造や伊勢神宮の神明造のプロトタイプとされるものじゃ」

気がつくと、土産に持参したジャックダニエルが、大方、空になっていた。

「酒、お強いですね」

と、言うと、

「君は下戸かね」

「はい。弱い方です」

「じゃあ、弥生系じゃな。わしは縄文人だ。おそらく先祖を辿れば東アジア人や南アジア人に分岐するより、ずっと前の時代に原アジア人から分岐した連中の子孫だと思う」

そこまで言うと、急に思いついたように、まじまじとおれの顔を見る。

「何か?」

と、言うと、

「笠沙の御前と言えば、君にも大いに関係ありじゃな」

「子供のころ一度、行った記憶があります」

「イワナガ様はご壮健かね」

「と、思います」

「邇邇藝命は、絶世の美女木花佐久夜毘賣命《このはなさくやびめのみこと》と結ばれ、容貌の醜い石長比賣命《いわながひめのみこと》を父親の元に返してしまうが、この父親は土地の長である国津神の大山津見神《おほやまつみのかみ》じゃ」

「はい。山々の精霊を束ねる神であると聞いております」

と、おれは応じた。

「おそらく、この神は隼人じゃろ」

「海幸彦・山幸彦の神話と同じものがあるところから、インドネシアからの渡来民だと考えられているそうですね」

「倭人とは異なる言語を話していたらしく、稲作に適さないシラス台地に住み、狩猟と漁業で暮らしていたらしい」

「鹿児島湾奥の姶良《あいら》カルデラと、薩摩半島の池田湖を含む阿多カルデラ、つまり噴火がもたらした大量の火山灰台地のことですね」

「おそらく、この婚姻の目的は、土地の長に渡りをつけること。そして金鉱のありかを聴き出すことだったとわしは思う」

「金鉱と言いますと?」

「薩摩半島南部の枕崎を含む一帯には金鉱が密集しておるんじゃよ」

と、老教授は教えた。

5

おれは鍛人麻羅男《かぬちまらお》教授と別れた足で小樽湊図書館に寄り、南九州の地図と鉱山関係の資料を借り、持参した天眼鏡のたすけを借りて、この地区の金鉱山を落としてみた。

やがて、驚いたことに、鹿児島を中心にして約六〇キロメートルの円内に十数箇所の金鉱山が収まると気付く。鹿児島県は黄金県だったのだ。

さらに、後に彼らが大和を目指す神武東征の滞在場所もまた、金鉱山と関係があることがわかった。

おれとしては、天孫族のほんとうの姿にやっと辿り着いたという心境である。

単なる想像であるが、阿蘇氏の流れを汲む大安萬侶は天孫族の真相を知っていたがゆえに、これを隠したのかもしれない。真実は歴史の闇に消えた、永遠に――である。

そんなことを考えるうちに、おれの灰色の脳細胞は自然に活性化して、突然、前頭葉に映画のような絵が浮かび始めた。

最初は青い光だった。それが徐々に薄れると、おれの意識は時空の垣根を越えていた。

(そうか。これで書けそうだ)

おれは図書館を後にして仕事場に戻った。

早速、解放出版へ電話を掛ける。

「どうした?」

社長の児屋勇《こやねいさむ》が出る。

「例の小説だが書けそうだ」

おれはあらましを伝える。

「ほう、高天原・阿蘇説か。うん、おもしろい。たしかに意外だが、意外だからこそいいだろう。進めてくれ」

「八月いっぱいの締切でどうだ」

「ああ、ページを空けて待っているぞ」

「しかし、学界のお偉いさんにやられないだろうか」

「今は戦後だ。治安維持法はないんだ。新憲法のいいところは、男女同権と言論の自由だぞ。ただし節度は必要だ。いいな、小説とはたしかにフィクションだ。だが、『記紀』自体からして神代はフィクションだ。しかし、立派な文学でもある。文体だって一流だと思わんか。わかるな、おれの言わんとする意味が……」

と、言われた。

電話を切ってから、おれは思いつくままにメモをとる。改めて思ったが、大東亜戦争の戦い方が『古事記』に似ていると気付く。


（彼らこの戦争を指導した軍人たちは、天孫族の戦法を手本としたのだろうか）

たとえば、正面から攻めず、裏口から攻めたのが、神武軍の作戦、踏破困難な熊野からの紀伊半島越えである。

ところが、パプア・ニューギニアのブナ・ゴナ地区からオーウエン・スタンレー山脈を越えて、ポートモレスビーを背後から攻撃する作戦も同じ発想だ。

インパール作戦もである。援蒋ルートを遮断せんとしてビルマからのインド北東部のインパールを攻撃、いったん包囲はしたものの補給が困難を極め、かつ制空権なき地上戦は惨敗。やむなく撤退はしたが、多くの犠牲者を出す悲惨な結果となった。

おれは戦時中に繰り返し聴かされた〝撃ちてしやまむ〟の標語を思い出した。

改めて『古事記』をめくって調べ直すと、神武軍が大和地区の先住民をだまし討ちにするときの合図の歌謡の一節なのである。四回も出てくるのだ。（歌謡番号一一〜一四）

だが、こうした欺し討ちが、正統な作戦だとする思考のありかたが、あの真珠湾奇襲攻撃の発想を思いつかせたのかもしれないのだ。

おれは思った。

（しかし、日本国民を熱狂させたあの宣戦布告なき奇襲攻撃が、アメリカ国民の敵愾心《てきがいしん》を一気にかき立てたのだ。そう考えれば、あれは失敗だったのだ。戦術的には大成功だったかもしれないが、戦略的には大失敗だったのだ）

改めて、おれは思った。（大東亜戦争は神話の戦争だったのだ）。

傍ら、新作の題名を考えたが、いい案を思いつかない。気がつくと灰皿が吸い殻で一杯になっていた。

電話が鳴ったのはその時だった。卯女子である。

「お久しぶり、今、岩戸家。いらっしゃらない？間士部刑事さんといっしょよ。事件解決のお祝いをしているの」

月江夫人殺人未遂事件の犯人が捕まったらしい。

おれは出かけることにした。

午後六時過ぎというのに外はまだ明るい。無性に歩きたかったので徒歩で向かったが、電気館通りに着いたころは暮れなずんで、居並ぶ店々に明かりがついていた。

路地へ入る。縄暖簾を潜る。店は混んでいた。常連客の声高な幾つもの話声が籠もり、聞き取れない。奥の小上がりで卯女子が手を振った。

人いきれと料理の匂い、調理場から漂う天麩羅油の匂い、ホッケの開きが焼ける匂いなどなど、おれは好きだ。

小上がりにあがって、麦酒を注いでもらう。テーブルの真ん中の土鍋の中で岩戸鍋が煮えていた。卯女子が鱈と山菜と糸蒟蒻《いとこんにやく》を小鉢に取り分けてくれた。

「乾杯」

「乾杯」

コップを合わせおわると、突然、

「あたし、結婚するの」

と、卯女子。

「え？」

「間士部さんと」

「たった今、卯女子さんに言われて、自分は承知しました」

と、言って、間士部刑事は頭を掻く。

なんだか、急に足元を救われた気分だ。

おれは、

「そりゃ、おめでとう」

と、だけ言った。

(彼女は、おれとの関係を間士部刑事に話したのだろうか)

戸惑っているおれを見て、年上の女は意味不明の笑いを口元に浮かべていた。

「来年は市会議員選挙なの。武史さん、手伝ってくれるわね」

「車の運転なら」

「それもあるけど、新進作家の武史さんに選挙演説の原稿をお願いするわ」

「自分からもお願いします」

間士部も言った。

「むろんです」

おれは言った。「で、犯人と言うのは？」

「ヒントをくれたのは月江夫人です。やはり月読命に対する保食神《うけもちのかみ》一族の復讐でした」

「で、だれだったのですか」

「天狗山山荘事件の犯人と同じく、熊野神仙流高弟の一人が、アナグラムで保食神になるのです」

と、言って間士部刑事は一枚の写真を見せてくれた。

見覚えのあるパーティ会場の写真である。

「あたしが撮ったのよ」

と、卯女子が言った。

「北海グランドホテルで行われた新年会の写真だね」

「ここを見て。うちの先生と月江夫人が談笑してるのを、じっと見ている長身の男がいるでしょう」

「この男なら覚えているよ」

長身で目つきの鋭いこの男は、おれも気になったのでよく覚えていた。

「魔鏡道士の神野地粂夫《かみのちくめお》です」

「ローマ字ならこうよ」

卯女子が紙に書いたものを示す。

KAMINOTIKUMEO
である。

並べ替えると、
UKEMOTINOKAMI
になる。

「で、自供は？」

「採れました。早々に〈霊魂再生補完機構〉に書類を上げて〈最後の審判〉を仰ぐ段取りです」

間土部刑事は肩を竦め、「やはり山門さんが言ったとおり、〈古事記の殺人〉でした。積年の恨みが凝り固まり、ハタレになったのでしょうか」

「諏佐議員を襲ったのは、彼ですか」

と、訊ねると、

「彼ではありません。彼の自供によると、諏佐参議院議員襲撃事件は、すでにあちらに送致された裳辺津午平《もへつごへい》の犯行だったようです」

「しかし、まだ天狗山山荘への侵入方法がわかりませんが……」

「犯人は、あらかじめ、屋上への出入り口がある塔屋の合鍵を用意していたのです」

「ですが、間土部さん、どうやって彼は外部から屋上へ上がったのですか」

「山門さん、スキーは？」

「歩くスキーだけです」

「ジャンプは？」

「とんでもない」

「小樽湊では、子供たちでさえ、ジャンプをやりますよ」

「じゃ、まさか？」

「その、まさかですよ。裏山を滑り降りて、崖の縁でジャンプして山荘の屋上に降りた。犯行後は、また屋上から海側へジャンプして、真下の急斜面に着地、そのまま坂道を滑り降りたと、あちらの世界へ送致されるときに供述していたそうです」

ともあれ、今回の事件は、これで、一件、落着したはずであるが、なにか後味が悪いのだった。

「これからも起きるでしょうか」

と、問うと、

「むろんよ」

と、卯女子。

「ま、今夜は飲みましょうや」

と、間土部。

「そうよ。来年の選挙で勝てますように、乾杯ッ」

と、卯女子。

そんなわけで、つい深酒になった。

深夜、下宿にたどり着く。

熟睡するかと思ったら、夢を見たのだった……

第一二章　仙女の誘い

1

ちゃかぽこ

それが合図だった。
睡りの底に〈世界〉があった。
遺伝子が記憶している夢を、観ているのだろうか
……おれは？

ちゃかぽこ

ロックされた遺伝子の記憶を開く、パスワードなのだろうか……それが？

青く透明な視界が薄れて、おれはそこに存在している……

ここは……どこだ？

ここは……何時《いつ》だ？

おれは気付く。

見覚えのある甍《いらか》が緑の奥に見える。

薬師寺《やくしじ》である。

唐招提寺《とうしょうだいじ》である。

学生時代に何度も訪れた奈良の西郊である。

改めておれは気付く。

ざっと七〇メートル以上はありそうな大路の向こう、北側にある大きな門は朱雀《すざく》門にちがいない。

反対側の南のかなたにあるのが羅生門《らしょうもん》のはずだ。

とすれは、ここはわが国初の通貨、和同開珎《わどうかいちん》を鋳造された元明《げんめい》天皇の都、平城京の朱雀大路にちがいない。

行き交う人々の数の多さにおれは驚く。歴史書で習い覚えた知識では、一五万人が住んだといわれるが、今はまだそれほどではない。

南北四・八キロメートル、東西四・三キロメートルのこの都ができたのは、和銅三年（西暦七一〇年）だから、遷都してまだ間もないのであろう。

騒がしい人々の声に誘われて脇道へそれて近付くと、大きな市が開かれていた。商いされているのは、米や魚、野菜、土器の他、アシギヌと呼ばれる粗布に絹布と糸や針など様々な日用品の類である。

踵を朱雀大路へ返して、しばらく北へ向かって歩くと、大きな建物が見えてきた。ここが平城宮にちがいない。

衣冠束帯を纏った人々は貴族たちだろう。一〇〇人程度と思われる彼らが支配階級であり、他に約六〇〇〇人の役人が仕えていたらしい。

姿なきおれは、門衛にとがめられることなく、敷地内に入って探索しているうちに、一人の男を見付ける。

おれのほうへ振り向いた顔は、安萬侶海運社長の太 晋六《おおのすすむ》に似ているが……彼ではない。

だが、すぐに気付く。彼は太安萬侶に相違ない。

彼は同輩らと編纂作業に従事しているらしい……

この場に存在しないおれは、聞き耳を立てる。

近づいて作業をのぞき込む。

彼らは、口述筆記の文字おこしのような作業をしていた。

口述者は稗田阿禮《ひえだのあれ》らしき者……巫女の装いである。

いわば生ける書物とも言うべき、記憶の天才である女は、朝廷の神祇官《じんぎかん》に集めた各地の巫女たちから幾ばくかの報酬と引き換えに、諸々の言い伝えを習い覚えたようである。あるいは、諸国を訪ね歩いて、口伝された伝承を収集したのかもしれない。

ともあれ、この仕事を阿禮に命じたのは天武天皇であるが、なぜ？

背景に、歴史に名高い〈壬申《じんしん》の乱〉があるらしいのだ。

勝者は大海人皇子《おほあまのおうじ》時代の天武天皇。一方、戦いに敗れた大友皇子《おほとものおうじ》に与していた豪族らも必然的に力を失い、結果、諸族に抱えられていたであろう巫女らも失職したらしいのである。

だが、それでは、諸族に伝わる諸々の伝承が散逸してしまうと、恐れたのであろうか。たしかに、『古事記』にはそう記されている。だが、どうもちがうらしいのだ。

舎人《とねり》たちが交わす雑談を盗み聞いていると、裏があるらしい……。

こういうことらしい。一度は道教の教えに従い、一族を率いて吉野山に身を隠したのが、即位する前の天武天皇（大海人皇子）である。

まさに臥薪嘗胆《がしんしょうたん》、宿敵を倒して政権の座に就き、封建制的統治方式を天皇親政の律令国家（いわば中央集権）へ改めようとしている矢先である。

この大改革にとって不都合な史実が、万一、失職した諸国の巫女らによって流布されるとしたら……おそらく、これを恐れての『記紀』編纂だったのではないだろうか。

など、おれなりに思うに、『古事記』序文に、

〝舊辭《きゅうじ》の誤り忤《たが》へるを惜しみ、先紀の謬《あやま》り錯《あやま》れるを正さまくして〟

とある記述が、隠されたほんとうの意味だったのではないか。

いずれにしても、『記紀』は、神話や伝説を万世一系の天皇中心に構成し直す政略的編纂事業だった

のだ。

それにしても、彼らが交わす会話は実に興味深い。この時代の天皇や貴族らに仕える舎人らの教養の高さに、おれは驚く。どうも、安萬侶はじめ編纂室の舎人たち全員が道教の心髄にも精通しているようである。

（道教は、当時の知識人にとっては、不可欠の教養だったようだ）

と、思いながら、夢の世界では姿なきおれが、盗み聞きをつづけるのだった。

「各々がた、以上のような編纂の趣旨を重々にご理解の上、この国家の威信に関わる仕事を行っていただきたい」

と、言うような趣旨の発現を安萬侶がすると、舎人の一人が、

「太殿《おおの》は、すでに序文の執筆を始められていますが、完成はいつですか」

と、問う。

「はい。今はすでに和銅四年初冬です。ご承知のとおり、私は九月になってからこの大仕事を拝命しました。期限は迫っております。おそくも、明年正月中には陛下に献上せねばなりません。各々がた、何とぞ、仕事に精を出されるようお願いします」

「先ほど、ちらっと貴殿の草稿を拝見しましたが、江南より将来しました道教思想に基づく語句が随所にちりばめられており、いやはや感心いたしました」

「ご承知のとおり、天武天皇におかれましては、唐の高宗皇帝を尊敬し、また習い、仏教とともに道教に対しても積極的な関心を持たれておられました」

「はい。自らを高宗に倣い天皇と称されましたが、これも道教の思想ですか」

「そのとおりです。即位四年目にはわが国に初めて星占台を建設され、天文遁甲《てんもんとんこう》にも精通されておられました」

おれは聞き耳を立てる。たとえば、即位八年目には、道教聖典『神農本草経』にある仙薬〈芝草〉が、紀伊の国から献上されたこともあるが、これは霊芝《れいし》のことである。

また、即位一三年目には〈八色《やくさ》の姓《かばね》〉という制度

も作った。これは地方の豪族らを大和朝廷の中央集権機構に組みいれるための家格を示す称号である。

最高位は言うまでもなく真人《まひと》で、天皇と皇族のみにつけられる称号で、天武天皇の諡《おくりな》にも使われているのだ。

「太殿《おおの》」

また一人が言った。「初代神武天皇は、正確には大王と呼ぶべきと思いますがどうしますか」

「編纂の大原則が万世一系であるのですから、天皇で統一しましょう」

「わかりました。もう一点、神武東征の件で、阿禮殿が錬金術について触れられておりますが、いかがいたしましょうか」

「紀伊の国に真朱《まそほ》の鉱脈があることは、秘中の秘とされております」

「わかりました。では、ここの件は省きますよ、阿禮殿」

おれには理解できた。真朱は『万葉集』にあるが、辰砂のことである。

道教の錬金術では、辰砂《しんさ》（丹砂）から朱を作り、朱から水銀を作り、それを黄金に変換する錬金術が考えられていたらしい。

また一人が言った。

「はなはだ僭越な質問ですが、紀伊の国と言えば人跡未踏の地、どのような魔物が棲みついているかわからぬ紀伊の山深く分け入る者は、今でもいないと思いますが、東征軍の半島縦断は果たして真実なのでしょうか」

「各々がた、だからこそ神秘性が増すのですぞ。初代天皇にはそうした人を越えた神秘性が求められるのです」

聞きながらおれは、（なるほどなあ）と思った。古代では超人的能力を持つ鬼神のごとき現人神《あらひとがみ》が求められ、その証が奇跡を起こす力なのであろう。

また一人が言った。

「神武東征の件の前半は、かの国の大王、歴山《アレクサンドロス》の天竺《てんじく》遠征を真似た説話という者もいないわけではありません。しかも、最近、耳にしましたが、難波《なにわ》津《つ》から紀伊の国を迂回して、熊野あたりから飛鳥に向かった道程が、摩西《モーゼ》の埃及《エジプト》からの脱出ルートとそっくりだということですが……」

「存じておりますが、その真偽を質すすべは、我々にはありません」

するると、

「いいえ。阿禮殿にお訊ねするが、この旧辞を採取されたのは何処でしょうか」

「日向《ひむか》ですわ」

「ほう。日向ですか」

「すると孝徳《こうとく》天皇の白雉《はくち》五年に日向に漂着し、斉《さい》明《めい》天皇の五年には帰国した、吐火羅《トカラ》国人と舎衛《しゃえ》人が伝えた異国の話が、地元日向の人々によって、いつの間にか神武天皇の東征神話にすり替えられた可能性が考えられませんか」

「その件を決めるのはあなたがたですわ。でも、吐火羅国人の名はわかっております。乾豆波斯達阿《ケンズハスダチア》と言いまして乾豆の者です。しかし、舎衛人の名は存じませんが、釈尊が活動された国の一つと聞いております」

「太殿のお考えは?」

「たとえ手本があったとしても、かまわないと考えます。編纂の目的は大和朝廷の正統性と権威を高めることなのですから」

「わかりました」

すると、

「しかし」

また別の舎人が質す。「太殿の遠い出自は阿蘇とうかがいましたが」

「そのとおりです」

「神代の巻の天孫降臨の件ですが、矛盾がありませんか」

「認めます」

「高天原ですが」

「はい。これも道教の思想です。万世一系という大いなる権威のためには、高天原が地上にあってはならないのです」

「ほんとうはご存じなのですね、高天原がこの地上のどこか……」

「むろん。しかし、申し上げられません」

「では、出雲の国譲りの件ですが」

「これも矛盾しているかもしれませんが、後代になっての征服ではまずいのです。おわかりですね。『古事記』は豪族たちにも読ませるわけですから、征服などと書いたら朝廷の真意が疑われる。疑念は不信の種ですからな、反乱の動機にもなりかねない。おわかりですな。従って、出雲の件は海外向けの『日本書紀』編纂チームに委ねましょう」

おれには理解できた。出雲国が大和朝廷に完全に服属するのは、おそらく崇神《すじん》紀と垂仁《すいにん》紀の二度に分けてであり、偉大なる大王大國主命がすでに他界してからなのだ。

さらに、

「上つ巻、神代の最後に置かれた鵜茸草茸不合朝《うがやふきあへずちょう》の件ですが、他の項目に比べても短かすぎて、不自然ではありませんか」

と、質した者がいる。

「認めます」

と、安萬侶が言った。「しかし、各々がた、それを記せば天孫降臨という大原則が崩れてしまいます。豪族らの力が衰えたとはいえ、いつ復活するやもしれません。統治には彼らを精神的に支配する方策が必要なのです。この国を治めるのは、万世一系の現人神《あらひとがみ》以外にはあり得ない……この真意、おわかりですな」

「わかりました。しかし、神武天皇即位年を実際よりも数百年も遡らせるには工夫がいりますぞ」

「初期の天皇を長生きさせればいいのです」

「わかりました」

「暴虐の殷《イン》を倒したのが周《シュウ》ですが、恵王の時代まで遡らせることが、わが国の対外への権威づけにも不可欠です」

2

目覚めたのは深夜である。

夢の内容は鮮明に覚えていたが、夢は夢だ。

万年床で腹這いになって、煙草を吸った。

そのまま寝付けなくなり、おれは夜が明けるまで創作用のノートに思いつくままメモを付ける。

ともあれ、純文学でも大衆小説でもない、中間小説の仕事は初めてなのだ。

まだ題名も決まらない。

とりあえず、仮題を付けることにした。たとえば、『高天原秘話』など……だが、あまりすっきりしない。

そのうち、

『高天原黄金伝説の謎』

というのを思いついた。

書き出しは阿蘇だ。神々の里にふさわしいからだ。

そのまま明け方近くまで、新作の構想をメモっているうちに、睡魔に襲われる……

今度は夢を見なかった。


八時すぎに起きる。

月が替わっていた。

八月は嫌いな月だ。終戦記念日があるからだ。ほんとうは敗戦記念日なのに……

今日も暑そうだった。パンツとランニングだけの姿で一階の風呂場に行き、冷水を浴びてから台所で朝飯。だが、寝過ごしたせいでだれもいない。大テーブルのお櫃《ひつ》に残っていた飯をよそって、梅干で食べる。久しぶりの興亜奉公日《こうあほうこうび》だ。戦時下を思い出す。ちがうのは、当時は白米が禁止され、七分づきでないことだ。食べ終わって煙草を一服。当時はこれも一日禁酒と共に禁じられていた。決まりを破れば非国民と呼ばれたものだ。

（平和はいい）

と、改めて思った。（空襲警報のサイレンに怯《おび》えることもない）

それから帳場へ行き、朝刊に目を通す。今日は水曜日である。小売米価一キロ六二円に値上げという記事が一面に載っていた。

電話が鳴ったのはその時だった。太晋六《おおのすすむ》である。

「以心伝心、こちらから電話しようと思っていたところです」

と、言うと、

「会えますか」

「いいですよ」

「じゃ、正午にシカゴで、特製カレーをおごります」

「では、後ほど。ところで、昨夜、君と夢で会いましたよ」

すると、

「ああ、やっぱり、山門さんか。私の夢の中への侵入者は?」

「えッ?」

「それで電話したのです」

彼の説明によると、時空構造が脆弱な〈此の世界〉では、ちょくちょく起こる現象で、第三者に夢を覗かれたり、二つの夢が合体したりすることもあるらしい。

おれは愛車のサイドカー、くろがね号で事務所に出勤した。

諏佐ビルヂングの入口に愛車を止めたとき気がついたが、筋向かいの空き家がいつの間にかアイスキャンデー屋になっていた。

カキ氷の旗も出ていて、懐かしい。

中天の太陽がまぶしい通りを横切って店に入り、一本買う。

鳥打ち帽の来客が、

「終戦直後は無糖アイスキャンデーというのがあったなあ」

などと、店の親父と話している。

店先の日よけの下に腰掛けて、薄荷味の青色のアイスキャンデーを嘗めていると、妙に幸せな気分である。

子供用の赤い自転車に乗った小学生が、アイスキャンデーを買いに来た。

前に銀茶楼《ぎんさろう》で見かけたあの子供だ。

不思議な気分である。おれが、おれと会っているのだ。

だが、少年はおれに気付いていない。もしかすると見えないのかもしれない。

「あなたは?」

と、話しかけてきた鳥打ち帽が、「自分は旭川の部隊ですが、沖縄戦で……」

「自分は満州からシベリアへ連れて行かれました」

と、応じると、

「許せないのは上の連中ですよ。さっさと内地に逃げ帰ったのがいましたからね」

「我々もです。国家に売り渡されたのです」

と、答えると、

「上の連中、とくに参謀本部の連中にとっては、我々兵隊は消耗品だったのです」

「ニューギニアでもインパールでもですね」

と、言うと、

「無謀な作戦で何万人もの兵士を殺しても、彼らは戦犯にはならない。矛盾を感じますなあ」

と、言い残して歩きだした男の背が、正午の強い日射しの中へ薄れて行く……

おれは、われに還った。

道を渡り真向かいのシカゴに入る。店は混んでいたがエルビスが手招きした。奥には小部屋があって、太《おおの》が先に来ていた。

向かいあって座る。

厨房のすぐ脇にあるので香辛料が強く匂った。すぐにカレーが出てくる。エルビス自慢の特製魚介カレーだ。具は鮑《あわび》の仲間のとこぶし、北寄貝、帆立貝柱、北海道特産のつぶ貝など貝づくしである。

食べ終わると本物のコーヒーと、月夜見堂の和菓子、月の兎が出た。

「それで、話というのは?」

と、促すと、

「実は月江様からの言付けで、これからは、ときどき、月江様の夢の中に君を招待するそうです」

つづけて、「君が取りかかろうとしている小説の役にたつならばということですが、これには君の生母様も関わっているらしいですよ」

「イワナガ様が」

「そうです。月江様はご自分の夢の中で、ちょくちょく、会われているそうですよ」

それから延々と〈此の世界〉の構造について量子論的な説明を受けたが、ほとんどおれにはわからなかった。太自身もらしい。だが、北海綜合大学の理学部にこれに関連した〈霊魂・量子研究所〉があるらしく、成果を挙げているらしい。

「ま、現世でもあの世でもないのが、我々がいる〈中間の世界〉ですから、現世でもあの世でもない物理法則が〈此の世界〉を支配していると言うことですよ」

「それで」

と、促すと、

「それ以上はどうも、わかりませんが、なんでもシンクロナイズド量子というものが存在して、これがヒトとヒトの同調現象をもたらし、意識の相互侵入を起こしているそうですが、この同調をもたらす心霊子という素粒子が存在しているらしい。君が信じる信じない、あるいは理解できる、できないは別として、現世ではよく起きている神霊現象や巫女や超能力者の予知能力なども、この〈P理論〉で説明できるそうですよ」

「それと、時空の関係は？」

と、訊ねると、

「未来側から逆行してくる干渉波も観測されているので、もしかすると〈此の世界〉は、安定した三次元空間と時間でできている四次元界ではないのかもしれません」

次第に、頭が痛くなった。まるで空想科学小説である。

ともあれ、おれにとって悪い話ではないが、彼に問いただすことがあった。


「昨夜の夢の中で安萬侶さんが漏らしていたことの確認ですが、やはり『古事記』には編纂当時のいわば政治的配慮というか、歴史の改竄《かいざん》があったのは事実ですか」

「否定しません。わが家に伝わる『太家文書《おほのけもんじょ》』には、そうした裏事情が記されておりますしね」

「やはり」

「山門さん。幕府を倒して天皇制が復活した明治維新ですが、あれは事実上、武力を伴った革命ですよ。これとまったく相似形になるのが〈壬申の乱〉です。先帝の天智体制と江戸期の幕藩体制は似ていると思いませんか」

「ですね」

おれは応じた。「当時は皇室と蝦夷《えみし》、入鹿《いるか》ら蘇我《そが》大臣家の力が拮抗していたと言いますが、これに危機感を抱いていた天智天皇は藤原鎌足《ふじわらのかまたり》の子孫を重用したと言います」

つづけて、「しかし、非常に有能で近江朝の中心人物であった天皇の長子大友皇子《おほとものおうじ》を、叔父にあたる大海人皇子《おほあまのおうじ》が挙兵して倒すのです」

「つまり、甥殺しですからね、ちょっと問題ですよね」

「ですね。しかし、能力は勝り、事実上、古代国家に初めて中央集権体制を確立したのは天武天皇です」

「考えてもみてください。『記紀』編纂の第一の目的が、内外に朝廷の絶対権威を示すことだったのです」

「それこそが真の目的だった。隣国周の時代から綿々とつづく、しかも万世一系という天孫族の血脈、かつ高貴な血筋で、その他、諸々の部族らとは、本質的にちがうことを証明してみせる必要性があったからですよ」

「だから、木で竹を継ぐような無理が、ところどころにあるのですね」

「しかし、君はそれでは承知できない。『記紀』には書けなかった真相を知りたいのですね」

「ええ」

と、うなずくと、

「壬申の乱の戦火で、多くの史料が失われたこともあり、学問的には証明できないのですが、月江夫人の夢の世界へタイム・トリップして追体験することは可能らしいですよ」


——その後、別れしなに英文資料の翻訳を頼まれたので、おれの事務所に戻る。

内容は、アメリカ企業と交わす契約書だった。朝鮮半島復興用の資材の大半が日本で買い付けられることになったらしい。


——六時、太《おお》に頼まれた翻訳の仕事が終わったので、中女卯女子《さるめうめこ》に電話して夕飯へ誘った。

二つ返事で承知した卯女子を、同じ階の諏佐世理恵後援会事務所へ迎えに行く。

外はまだ明るかった。

港のほうから潮風が香ってくる。

道々、訊ねたが、間土部刑事との結婚は、秋風が吹く頃になってからだそうだ。だが、双方はすでに大人の付き合い、同棲生活を始めているらしい。

着いたのは、いつものとおり岩戸家である。

座ったのもいつものカウンター席。例の件を訊ねると、『小樽湊詩集』は年内発行が決まって人選も完了。スポンサーなどの世話人は、案山子書房の少名史彦がかって出てくれたそうだ。

「国会の文教委員でもある世理恵先生の跋《ばつ》の他、市村房子《いちむらふさこ》先生からも推薦文がいただけるわ。ほんとに、解放出版の児屋社長って商売上手だわ」

などと話した。

おれは、夢の話をする。

「昨夜は太さんの夢の世界にお邪魔したのだけど、今夜あたり月江夫人の夢に招待されそうなんだ」

と、言うと、

「素敵だわ！　あたし、結婚しても武史さんと夢の中で会いたいわ」

と、おどけて言った。

むろん、訊きたかったのは天岩戸のことだ。場所を訊ねると、

「むろん、高千穂峡の高千穂にあるわ」

と、教えた。

「じゃ、高天原を阿蘇カルデラに比定する考えは？」

「否定はしないわ。天界にあったほうが神話的で説得力もあるかもしれないけど、天孫族は宇宙人じゃないんですから」

つづけて、「『富士宮下文書』に出てくる徐福《じょふく》移民団と同じ、あたしたちのご先祖も移民団なの。それが真相。『古事記』にもあるでしょう。天岩戸隠れの件《くだり》も天孫降臨の件もいろんな職業の神々がいるでしょう」

たしかにそのとおりだ。天安河原で行われた神々の会議までも、それぞれが役割分担である。議長役を務めた思慮深い思金神《おもひがねのかみ》、鏡作りの伊斯許理度賣命《いしこりどめのみこと》、勾玉作りの玉祖命《たまのおやのみこと》、鹿骨占いの布刀玉命《ふとだまのみこと》、祝詞を読んだ天児屋命《あめのこやねのみこと》、重量運搬の天手力男命《あめのたぢからをのみこと》など。

「そこで神代時代のナンバーワン・ダンサー、宇受賣命が登場するわけね」

と、卯女子。

天孫降臨の件でも、この顔ぶれのうち五部族が同行するのだ。すなわち、天児屋命、布刀玉命、天宇

受賣命、伊斯許理度賣命、玉祖命である。

「移民団の団長は邇邇藝命《ににぎのみこと》ですが、この神名は、稲作を意味しているので農民らも随行したはず。ただし、移民の目的は、随行した神たちのうち二柱の職能が技能者であることから推して、金鉱探鉱であるのはまちがいないと考えているけどね」

と、言うと、

「そこが天孫族、最大の秘密よ。『記紀』はこの真相を隠して編纂されたのは事実とみてさし支えないわ」

と、彼女も認めた。

「隼人の地の南九州と熊野の紀伊半島がセットになっていますが、これも黄金と朱の組合せで説明できますしね」

と、おれ。

「そのとおりよ。東征軍が大和で長髄彦軍と最終決戦を行ったとき現れる金鵄《きんし》もね」

「金鵄勲章の金鵄だね」

「ええ。あれはもしかすると、鉄製の鵄に金メッキした金鵄かもしれないわ」

再三述べたとおり、金の精錬には朱が、金メッキにも朱が必要なのである。

3

早めに下宿に戻った。

机に向かって新作のメモをとる。

『古事記』神話の一は、国生み神話である。この神話の担い手は、おそらく黒潮に乗って紀伊半島に漂着した南方系海人族であろう。彼らの発進地はウルム氷期の時代に中国本土と陸つづきだった台湾の先住民らであった可能性が高い。

二は、日本海を挟んで向かい合う新羅からの渡来人が創建した出雲王国。だが、長江上流の雲南から河口に出て、朝鮮半島に移動、何世代も経て、新羅経由でわが国にきた可能性もある。

三が筑後川流域で金鉱堀りをしていた日神系の人々だ。すなわち天孫族である。

以上の三部で構成されている——というのが、おれの考えである。

あくまで仮説だ。おれなりに辿り着いた、おれ自身の『古事記』解釈である。

そう自分に言い聞かせながら、書き出しを考えているのだった。

たとえば、こんな風に——

弥生時代は前一〇〇〇年ごろから始まるが、先住の縄文人が住む日本列島に、中国や朝鮮、あるいはシベリアから北海道経由で弥生系の人々がやってきたが、特に九州ではいち早く稲作がはじまり、人口も増えていった。

はじめ、北九州に小さな国々ができたが、その中に筑後川流域で砂金や金鉱を採掘する一族がいた。彼らが鵜葺草葺不合命《うがやふきあへずのみこと》の一族であるが、大日靈《おほひるめ》と呼ばれる偉大な巫女王がいて、彼ら一族を束ねていた。

この偉大なる巫女王の政所《まんどころ》は阿蘇高原にあり、〈偉大なる母の住む場所〉という意味で高天原と呼ばれていた。

一方、この時代の大八州における先進国は、山陰地方に本拠を置く大国の出雲国であるので、鵜葺草《うがや》国からなんども使者を送って交易を要請した。これが『古事記』に書かれている天菩比神《あめのほひのかみ》と天若日子《あめわかひこ》であるが、共に出雲側に取り込まれてしまうのだ。

しかし、このエピソードにつづく『古事記』の国譲りは、ほんとうはこの時代ではなく、ずっとあとの二、三世紀ごろ、おそらく崇神天皇の時代である。

やがて、筑後川流域では金が採れなくなり、彼らは、新たな金鉱を探す必要に迫られた。そのとき、とある旅人から筑紫の南の隼人《はやと》国で金が採れることを知った。

こうして、彼らは本拠地を阿蘇カルデラに置いたまま、邇邇藝命《ににぎのみこと》を団長とする移民団を結成、九州の険しい中央山地を猿田彦の道案内で突破し、笠紗《かさ》の岬に着くのである。

邇邇藝命はここで土地の長《おさ》、大山津見《おほやまつみ》の娘で絶世の美女、木花佐久夜毘賣《このはなさくやひめ》と結婚する。だが、面食いだったせいか邇邇藝命は姉の石長比賣《いはながひめ》とはしなかった。

しかし、土地の長老と縁戚になったことで、一行は滞在を許され、またこの時代の海外との交易地であった笠紗で、多くの情報を得ることができた。

こうして、彼らは薩摩半島へ向かい、金鉱堀りと砂金採取に精をだした。

さらに長い長い年月が過ぎ、やがて資源が枯渇してきたので、霧島山(高千穂峰)を越え、高原《たかはる》経由で、日輪が東の大洋から昇る日向の地に落ち着くが、むろん、阿蘇との関係はつづいていた。

金採掘もである。新たな採掘地は今の菱刈《ひしかり》鉱山と近傍の川内川《せんだい》で採れる砂金である。

また長い年月が過ぎ、彼らは陽光の降り注ぐこの土地を愛でて、自らを日向族と名乗るようになった。

黄金に加えて海の幸、山の幸に恵まれた豊かな生活を送ることになった彼らの日々から生まれたのが、海幸彦・山幸彦の神話であるが、このストーリーの下敷きにあるのは、山人族（探鉱族）である彼らが、原住民である海人族を従えるようになった史実である。

だが、彼ら海人族の造船や航海などの能力は彼らにとって重要であった。海人族は大型の丸木舟や側壁を張った半構造船、あるいは強壮な漕ぎ手の力で鳥のように速い船で航海する能力があったからだ。

事実、彼らは黒潮に乗って紀伊半島や伊豆半島まで航海していた。帰路は瀬戸内海のコースを採っていた。

後に、神武東征の発想に重大なヒントを与えた航海術のマスター、塩土老翁《しおつちのおきな》は紀伊半島の諸事情にも精通していたし、事実、日向の海人族が昔からこの地方、特に吉野川の川尻で紀ノ川との合流地点の五条に多くが移住していたのである。

——ここまで書いて気がつくと深夜である。

万年床に潜り込んだが、ひそかに期待していた夢を見ることはなかった。

4

八月六日、広島に原子爆弾が投下されたのがこの日である。

終戦の年、おれは満州でこのニュースを耳にした。

あれから、まる五年が経ったが、広島は復興しているだろうか。

広島や卵食ふ時口ひらく

という西東三鬼の句を思いだした。

昭和二一年夏、廃墟と化したままの広島の街を見たとき、どんな言葉も当てはまらなかった――という心情を、飾りっ気なしに詠んだ一句だ――と、おれなりに解釈した。

科学者たちが、とんでもない悪魔の兵器を創りだしてしまったのだ。

大量生産方式の工業力と科学力が、二〇世紀の戦争を根底から変えてしまったのだ。

月夜見月江夫人から夕食の誘いを受けたのは、その日の午後である。

午後七時、おれは愛車のサイドカーで出かける。

途中、駅の売店で買った夕刊を見ると、〝政府は、特高、思想検察関係を除き、鳩山一郎氏ら各界一万三九〇四名の第二次追放解除〟の記事がトップを飾っていた。

戦後という窮乏の時代が、意外に早く終わりはじめたようだ。

むろん、インフレがつづき、生活物資の不足もつづいているが、警戒警報だの空襲警報だのサイレンが鳴らないだけでも、平和のありがたさがわかるというもの。

おれは、月夜見邸の玄関を開け、声をかける。

「いらっしゃい」

大怪我を負ったのに、夫人は事件前よりも生気を回復しているようである。

おれは食堂を兼ねた広い台所へ導かれる。

なんとなく浮き浮きとした様子で、

「今日から当分の間、あたくし一人暮らしなのよ」

と、月江夫人が告げだ。

おれは仙術に掛けられたような気分である。

不思議なほど、若返っているのである。

「お手伝いの娘さんはどうされました?」

と、訊くと、

「衣織女《みそおりめ》ちゃんは、お盆休みで二週間ほど里へ帰しましたの」

と、教える。

「家事は大丈夫なんですか」

と、訊くと、

「これでも、主婦ですからね、炊事、洗濯、お掃除など一応はこなせますわ。それに、いざというときは、この前の事件のときのように、皆さんが援けてくださるでしょう」

「自分もどうぞ。いつでも駆け付けます」

と、応じて、「傷のほうはもう大丈夫なんですか」

と、質すと、

「ええ、すっかり快復しましたわ。武史さんもお気づきのとおり、あたくしは仙女ですからね」

と、笑いながら言う。

手術に何時間もかかった重傷だったのに……である。

「さあ、お食事にしましょう」

用意されていたのは、串に刺した肝焼きと肝吸いが付いた二段重ねの鰻重である。

「左文字坂に美味しい鰻屋さんができましたのよ」

と、月江夫人は言いながら、ビールを注いでくれた。

快癒を祝って乾杯。串焼きを口に運んで、肝の苦さとホップの苦さの協奏を楽しみながら、

「鰻は英語ではイールですが、イギリスのテムズ川河口のあたりで、労働者たちがスープにしたりして食べるという話を、読んだことがあります」

と、言うと、

「日本では平安時代に、すでに貴族たちが滋養強壮が目的で食しておりましたのよ」

と、教えてくれた。

多分、たれ付き発明以前で、白焼きだったらしい。

「土用の鰻を流行らせたのは平賀源内だったそうですが、江戸時代よりずっと以前ですね」

と、言うと、

「『万葉集』に書かれておりますのよ。詠み人は大伴家持《おおとものやかもち》です」

家持は、『万葉集』の編纂者と考えられている人物であるが、第一六巻三八五三番がそれで、万葉仮名の原文を訓読に直すと、

〃石麻呂に 我れ物申す夏痩せに よしいふものぞ武奈伎《むなぎ》捕り食《め》せ〃

当時、鰻はムナギと呼ばれていた。

「家持と言えば、〈海行かば〉ですね」

〈海行かば〉は戦時下の日本で、戦死者を送る鎮魂歌である。その原歌は家持の長歌「賀陸奥国出金詔書歌」(『万葉集』第一八巻)から採られているのだ。

つづけて、

「大東亜戦争ではこの歌のとおりになりました。今も祖国を守るという目的のために戦い、戦死した兵士たちが、海原の底、山野の中で骸なり朽ち果てているかと思うと、つらいです」

と、言うと、

「ええ」

と、うなずきながら、月江夫人は、「『万葉集』がおもしろいのは、『記紀』にはない古代の隠された謎が多々あるからです」

つづけて、「『万葉集』の冒頭の歌は誰と思いますか」

「当然、神武天皇では……」

「それがちがうのです。おかしいでしょう、第二一代の雄略天皇からなのです」

なお、二番目は舒明天皇で、天智天皇や天武天皇の父親である。

「神武天皇が歌を詠まなかったわけではないの。『記紀』にはちゃんと載っておりますもの。古代史の重要な立役者である聖徳太子も、第三巻にとってつけたようにあるだけですし、英雄倭建命《やまとたけるのみこと》も載っていないのです」

「事情があるのですか」

と、訊くと、

「謎です」

と、答えた。

もしかすると、『万葉集』編纂当時、天智と天武の時代を境に歴史の断層というか、それ以前を切り離す動きがあったのだろうか。

「たとえば、明治維新のような」

と、言うと、

「そうかもしれません」

と、言葉を濁した。

話題が転じたのはそれからである。

――気がつくと、鰻重を食べ終わっていた。

――気がつくと、夫人の居室のソファーでおれはくつろいでいた。

――しかし、気がつくと、意識がぽっかりと途切れているのだった。

――この感覚は、以前、天狗山山荘で宮滝姜永《みやたきしょうえい》夫人に掛けられた術に似ていたが、少しちがうような気もするのだった。

「それでも、あたくしは、神武東征は歴史の事実であると思いますし、神武天皇の出自である鵜葺草葺不合朝の存在を認めますし、あなたが考えているように、高天原の意味が〈高貴な太母が住んでいる国〉であって、その場所は阿蘇カルデラであったと信じますわ」

仙女であるだけに、月江夫人は、おれの心が読めているにちがいない。

いや、操られているのかもしれない。

「さあ、おいでなさい。時の垣根を越えて高天原国へ」

おれが抜けた真っ暗なトンネルの出口は見覚えのある場所……しかし、ちがうのは時である。


頭上に、青空が見えた。

耕地があって、人々は働いていた。

北の方角で視界を遮っている断崖は、阿蘇の外輪山の一角、大観峰《だいかんぼう》にちがいない。その南側の里には幾筋もの清流が流れ、水稲の植えられた水田や畑があってのどかである。

たしか、現世のおれの記憶では一の宮と呼ばれるところだ。ひと際、大きな高床式の建物は粗末だが、ここが政所《まんどころ》にちがいない。だが、神々の姿が見えないので、とおりかかった老婆を呼び止めて訊ねようとすると、見覚えのある顔だ。

「あなたは……」

昨年、蘭島で会ったあの老婆である。

「皆の者は、今、大事な会議があって高千穂峡じゃ」と、教えると、擦れるように消えてしまった。

おれは炎天下の路を歩き始める。阿祖谷から火口へ向かって登り、草千里を経由して下り、南郷谷から高森峠を越え、祖母山の南側の麓を流れる五ヶ瀬川の上流を流れに沿って下る。

長い距離だが疲労はない。ここが月江夫人の夢の中だからだろうか。

　途中で夢は一度、途切れたが気が付くと別世界である。清流が涼を呼び、おれの記憶ではこのあたりが天岩戸神社のはずである。

　ここまで来れば、天安河原は近い。清流に沿って上流へ向かうと大きな岩の庇があり、大勢の神々が御神酒を酌み交わしながらの会議中だ。

　思い切って近付いてみる。だれもおれに気付かない。おれが見えないのではなく、どうやら八百万の神々の一人になっているらしい。

　会議の内容は移住の相談らしい。先に中央山地を猿田彦神の道案内で踏破した邇邇藝命一行の子孫らが薩摩半島での金採掘を完了して、日向の地に移るというので、我々も現地で合流しようという相談である。

　もとより、吉凶を占なうのは、彼ら鵜葺草葺不合族の巫女王大日孁《おほひるめ》様である。

5

　そこで、一度、おれは目覚めた。

　傍らに臥せているのは月江様である。

　あまりに寝顔が美しくて、月の精のかぐや姫のようだ。

　おれは、その肌にふれることなく芳しい香気を吸って幸せな気分になり、臥所の天井を見上げながら考える……。

　たとえば、

（高千穂峡から日向へ向かうには、五ヶ瀬川を下って延岡に出、日向灘の海岸に沿って南下すれば容易に宮崎に着ける）

（宮崎平野の北にあるのが西都原《さいとばる》古墳群だ。南へ下れば亜熱帯を思わせる青島があり、さらに彼らの祖霊を祀る鵜戸《うど》神社もある）

（いったい鵜葺草葺不合族は、この日向でどのくらいの歳月を暮らしたのだろうか）

（数十年ではない、二百年とか三百年とかを、この山の幸、海の幸だけでもなく、水稲がたわわに稔

る温暖な土地で、幸せな日々を送っていたにちがいない）

（一方、山の民である彼らは、この地の先住民の海の民と積極的に婚姻関係を結んで融合、彼らの力を借りて紀元前の世界に日向・出雲・熊野の三角同盟を結び、交易あるいは相互に移住を行っていたのではないだろうか）

などと、思念を巡らせているうちに、おれの脳裏は、徐々に、紀元前の世界で暮らす人々の生活振りを鮮明にした。

おれは、ふと思った。

（諸部族伝承の記憶係である巫女たちは、覚えたことを覚えたままにしていたわけではなく、一族の遊興の一環として、節をつけて吟唱していたのではないだろうか。悲しい話、楽しい話など、それぞれにあった節で吟じたにちがいない。だが、こうした口承文学が文字化されたとき、ほんとうの意味が消えてしまうのではないだろうか。従って、『古事記』の読み方には裏読みが必要だ）

それにしても、文字化された「鵜葺草葺不合命」の件《くだり》は実に殺風景だ。たとえば、神武天皇の即位前の名は若御毛沼命《わかみけぬのみこと》だが、この命に関する日向時代の記述は一切ない。なぜだろうか。専門家の間では大和朝廷の出自を日向に結びつけるための作為であるとさえ言われているが、果たしてそれでいいのだろうか。

土地に伝わる伝承では、若御毛沼命の誕生は志布《しぶ》志《し》のあたりらしい。学生時代にこの地方出身の学友から、村の竹藪に〈神武天皇の臍塚〉があると聞いたことある。

いずれにしても、末子相続の習慣がある部族のきまりで王であったのは、おそらくキリスト生誕の何十年かは前のことで、弥生末期である。

この王が治める日向国で、いったい、何があったのか。

彼らが、前面の海から昇る朝日の射す、明るい国を棄てざるを得なかった、絶対的な理由があったはずだ。

（やはり、未曾有の大津波だ）

おれは、解放出版の海部幸彦の話を思い出した。

神武の兄である御毛沼命の記述だが、〝波の穂を踏みて常世國に渡りまし〟とあるのだ。

（これが、襲ってきた大津波にさらわれた光景を表現しているのではないだろうか）

おれは繰り返す。

（やはり、神武東征の直接の理由は大津波だ。さらに、この歴史的出来事と洪水と末子相続の伝説が重なっているのではないだろうか）

こういうことだ。たとえば、長江上流部、雲南の少数民族のイ族の例だが、大洪水のあと生き残ったのは男子の兄弟のうち末弟だけだったという伝説がある。地域によってバラエティーがあるらしいが、これは長江を下り、わが国にも、歌垣文化とともに流布した可能性があるのだ。

なお、歌垣とは、特定の日時に若い男女が集まり、相互に求愛の歌謡を掛けあう呪術的習俗のことだ。『古事記』でも、高天原で天照大神と須佐之男命が歌垣を行う場面があるが、ここからこの二神が婚姻関係にあったのではないかという説すらあるのだ。

（やはり『古事記』には、編纂時には自明であったが、二〇世紀の今では隠された意味がわからなくなった多くがあるのではないだろうか）

という思いをおれは強くしていた。

6

午前二時――ふたたび、おれは、鳴門の大渦に呑み込まれるように、夢の世界に引きずり込まれる。

おれが目にしたのは、ひと目で巨大津波に襲われた日向海岸の惨状である。推定波高二〇メートルを超す津波に襲われた日向国は再建不能であったろう。

その原因である四国沖南海トラフのずれがいつ起きたか。西の世界でイエス・キリストが産声をあげたころだったと思う。

それから数年、繰り返される余震に脅かされつつも、生き残ったわずかな人々は、海人とともに数隻の船を作って分乗し、日向を捨てた。従って、東征ではなく脱出がふさわしく、かの〈モーゼのエジプト脱出〉とイメージが重なるのだ。

同時に、九州東海岸南の位置関係が、アフリカ大陸の古代エジプトのカイロ附近と相似形であることに気付けば、これはマケドニア王のアレクサンドロスが征服したエジプトに重なる。彼はここから出発して、中東地域を経由して印度亜大陸のインダス川に達するのだ。

（ほとんど神武東征経路と相似形だ！）

アレクサンドロスは、部将らの進言を入れてインダス川から南下し、西に転じて引きかえすが、祖国へは戻らず、帰路の途中のバビロンに滞在し、ここで客死するのである。

（バビロンが高天原こと阿蘇カルデラとすれば、これも『上記《うえつぶみ》』にある帰還コースと凱旋地と相似形である）

『上記』では、稲氷命は船団からはぐれて熊野へは行かず、難波から筑紫へ引き返すのである。

また、アレクサンドロスに帰還を進言した部将らと、五瀬命の進言も相似的である。五瀬命の進言を受け入れた神武軍は、難波津から紀伊半島西海岸に添って南の潮岬を迂回することになる。

さらに、神武軍が紀伊半島を迂回するコースもまた、モーゼの一行がシナイ半島を巡り歩くコースと相似的に一致するのだ。

偶然だろうか。

それにしても不思議である。

ちがいは陸路と海路だけである。

彼らはコースを南にとり、半島南部のシナイ山を経由してアカバ湾に沿って北上、行き止まりのエラテから内陸部へ北上、カデシ・パルネアに着くが、この位置もまた飛鳥と相似的に一致する。

とすれば、神武軍の最終上陸地点は新宮や熊野ではなく、むしろ伊勢に近い三重県の紀勢《きせい》の綿《にしき》の海岸、つまり伊勢長島付近の複雑に入り組んだ湾のどこかのはずである。

紀伊半島の奥深い山中を越えるのは、おそらく当時は不可能で、半島東側から回り込んだほうが、飛鳥へ行き易いコースなのだ。

第一二章　神武東征の夢

1

日向《ひむか》を発った船団は、筑紫の東沿岸に添って北上したが、長い海岸線はいずれも巨大津波のために破壊され、海岸地帯は引き潮によって流れ込んだ木材などの瓦礫《がれき》に覆われ、寄港することはできなかった。

彼らは、やがて九州側の佐賀関半島と四国側佐田岬半島の間の海峡、速吸瀬戸《はやすいせと》（豊予《ほうよ》海峡）を越えて国東《くにさき》半島の付け根の宇佐《うさ》（豊國《とよくに》の宇沙《うさ》）に寄港し、宇紗都比古、都比賣《つひこつひめ》の歓迎を受ける。これまで交易や人の交流があったからである。

彼らの館、足一騰宮《あしひとつあがりのみや》で航海の疲れを休めた一行は、周防灘《すおうなだ》を進み、関門海峡を通過して北九州の岡田宮に着く。ここは福岡県遠賀郡遠賀川の河口で、筑紫と出雲を結ぶ交易の中心地である。

ともあれ、夢の世界なので時の流れは恣意的《しい》である。

伊波禮毘古《いはれびこ》（神武）の一行は、ここに一年間、滞在するのである。

だが、なぜ？

理由は一つしか考えられない。彼らは岡田から西へ約一〇キロメートルほどにある岡垣《おかがき》の金鉱山（三《み》吉野《よしの》鉱山）と、二〇キロメートルほどの宗像《むなかた》の金鉱山（河東《かとう》鉱山）で、金採掘をしていたのである。

むろん、『記紀』にその記述はない。だが、天孫族の秘密が金鉱採掘であるならば当然である。彼らは金鉱を採掘し、精錬して、食糧その他と交換した。もっとも重要なのは鉄である。朝鮮半島との鉄交易で岡田の人々は、十分、稼いでいたのである。

さらに出雲に関する情勢分析も行ったはずだ。出雲と大和には、日本海の若狭湾あたりから南へ大和へ向かう交易ルートがあったであろうから。

欲しかった情報は大和の先住者である。ここには彼らと異なる天孫族、邇藝速日命《にぎはやびのみこと》がおり、妹登美夜《とみや》毘賣《びめ》を嫁がせた豪族の兄、登美毘古《とみびこ》の勢力圏なのだ。

＊

一年後、東征軍はふたたび出航したが、彼らは金との交換で十分な鉄製武器を入手していた。

さて、次なる寄港地は阿岐國多祁理《あきのくにたけり》の宮。現在の場所は広島県安芸郡であるが、七年も滞在した理由はやはり金鉱山である。広島の南西の岩国(山口県)には祖生《そお》鉱山がある。

あるいは、中国山地を越えて出雲へ到る交易路があったのかもしれないし、三次《みよし》～庄原《しょうばら》経由で山鉄産地の船通山へ出掛けた可能性もある。

＊

伊波禮毘古《いはれびこ》が率いる武装移民団は、ふたたび東へ向かう。

次の寄港地は吉備の高島宮で、岡山県宮浦《みやうら》である。理由はやはり金鉱山である。宮浦から北へ約五〇キロメートルの津山には国盛《こくせい》鉱山、西へ三〇キロメートルの和気には日笠《ひがさ》鉱山と和意谷《わいだに》鉱山がある。また、北東五〇キロメートルの作東にあるのが橡《とち》ノ木鉱山、金堀《かなほり》鉱山である。

彼らはここに八年も滞在するのだ。日向を発って一六年以上が経ち、一行の幼子たちも若者に成長した。新たな子供も生まれた。彼らの仲間に加わる者も増えていた。

指揮官の伊波禮毘古は、兄の五瀬に相談した。

「兄上。大和の先住民と、十分、戦えるだけの武器も兵力も整いました」

「弟よ。戦費となる黄金もな」

五瀬命はつづけた。「すでに我々は十分な黄金を蓄えているので、その一部を阿蘇の大日孁《おほひるめ》様へ届けたいと思うがどうだろう」

「私も兄上に賛成です」

「では、稲氷命に黄金を届けさせよう」

しかし、このことは『記紀』にはない。黄金は天孫族の秘密だからである。

こうして、彼らは、ふたたび、出発した。

2

船団は潮流の早い危険な速吸門《はやすひのと》(明石海峡)を抜

け、浪速《なみはや》の渡《わたり》へ向かった。近づくと大きな湾は内陸へ深く入り込んでいた。目的地は近い。湾奥の白肩津《しらかたのつ》まで船をすすめ、上陸して南東へ向かえば橿原へは行軍一日の距離である。東征軍は白肩津で一泊、敵情を探る。夜陰に紛れて上陸した物見が戻ってきて報告した。

「上陸地点にはまったく人の気配はありません」

しかし、戦上手の登美《とみ》の那賀須泥毘古《ながすねびこ》が率いる軍勢が、山裾の高台に息を潜めて伊波禮毘古軍の上陸を待ち構えていたのだ。

彼らは強敵の待ち伏せに気付かなかった。しかし、用心のため夜明け前に上陸を開始することにした。五瀬命とともに、伊波禮毘古は司令船の艫《とも》に立って前方を観察した。前方、黒々と正面に立ちはだかるのは生駒山地である。斜め右手は金剛山地だが、この両山地が途切れた個所があり、ここを通り抜ければ橿原までは平坦な道なのだ。

目的は近い。旅の終わりが近い。

だが、

「兄上。妙に静かです」

と、伊波禮毘古が言った。

胸騒ぎがしたのだ。

すでに兵士たちは上陸を始めていた。

朝日が、正面の生駒の尾根から昇り始めたのは、そのときだ。

顔を覗かせた太陽の光が兄弟を照らした。

「陽が昇るぞ。上陸を急げッ」

と、五瀬命が下知《げち》した。

岸には葦がびっしりと生えており、兵士たちの上陸を妨げる。彼らは腰まで浸かる水の中を進む。だが、厚く堆積した泥に足をとられて、兵士たちはうまく前に進めない。

伊波禮毘古は焦る。日の出前に上陸する計画だったからだ。

「者どもッ！　急げッ」

が、そのとき、大きな日輪の輝きが眩しくて前方が見えない彼らに向かって、無数の矢が降り注いできた。兵士たちは、楯を掲げ、必死に身を守る。しかし、身動きのできない兵士らは次々と倒れていく。

五瀬命が叫んだ。

「弟よ。我ら日神族が太陽に向かって戦うのは理に適っていないぞ。退却だッ」

「後退ッ」

「後退ッ」

そのとき、一本の矢が五瀬に当たる……。

毒矢である。

「兄上ッ！　しっかり」

伊波禮毘古は兄の胸から敵の矢を引き抜く。だが……

五瀬命は、深手に苦しみながら耐え抜いたが、ついに男水門《をのみなと》（泉南市付近）で命を落とした。伊波禮毘古は亡骸を竈山《かまやま》（和歌山市）に上陸して手厚く葬る。そのとき土地の者から付近に鉱山があることを知り、調べたが金鉱石ではなかった。

東征軍は南下をつづけ、白浜《しらはま》では鉛山《かなやま》鉱山上富田《かみとんだ》の清水《きよみず》鉱山を調べる。さらに潮岬を回り新宮《しんぐう》に上陸したのは、神々しく朝日に輝く一筋の那智《なち》の滝を、沖合から望見したからである。伊波禮毘古はさらに土地の者が信仰するゴトビキ岩にも詣でた。

船団は次に熊野に着く。ここにも金鉱山があり、熊野市の西、紀和《きわ》の紀州《きしゅう》鉱山である。

だが、突然、熊の神霊が現れて伊波禮毘古も兵士たちも意識を失うのだ。おそらく長旅の疲れか、食あたりか、あるいは風土病ではないかと思われるが、ギリシア神話、ユリシーズの受難を思わせる。

ともあれ、この危機を救ったのが神剣を持参した土地の長、高倉下《たかくらじ》であるが、伊波禮毘古は彼の助言を聞き入れ、ここから北上して大和を目指すルートを断念した。

「申し上げます」

と、高倉下は言った。「紀伊の山奥は、谷は深く、山は険しすぎるので、踏破は不可能です。山中には荒ぶる者どもが隠れ棲み、いつ襲ってくるかわかりません。第一、化熊の出現は熊野の地霊が御子の上陸を拒絶、いや警告しているからです」

伊波禮毘古は、高倉下の助言を受け入れ、さらに北東の丹敷浦《にしきうら》（三重県紀勢《きせい》町錦）に候補地を決めた。

しかし、上陸してみると、土地の豪族が刃向かってきたので、難なく倒す。だが、『紀』によると、戦いが終わると、ここでも地霊の毒気に当たったとある。

ともあれ、伊波禮毘古は決断して全軍に下船を命じた。案内人が見つかったからだ。これが八咫烏《やたからす》であるが、渡り鴉をトーテムとする一族であろう。

「彼を信用して大丈夫でしょうか」

と、心配する側近らに向かって伊波禮毘古は答えた。

「三本足の鴉は太陽のシンボルなのだ。従って我ら日神族の仲間であるのはまちがいない」

このエピソードは、荒野をさまようモーゼ一行を導いた光る玉を想起させる。

*

吉日を選んで東征軍は丹敷浦を出発した。八咫烏が選んだコースは、おそらく海岸の綿から北へ向かい約一四キロメートルの紀勢《きせい》。ここから現在の鉄道紀勢線に沿って約一三キロメートル進み、大台《おおだい》町付近で宿営第一夜を過ごす。

二日目、伊波禮毘古軍は方向を西へ転じて一〇キロメートル先の宮川《みやがわ》村へ。ここからは（現国道四二二号線に沿って）高見峠を目指すが、一四キロメートル進んで野営した。

夢の中でおれは思った。

（このコースは東から西であるから、日の出を背にして進む彼らにとっては理想的だ）

三日目は、高見《たかみ》峠（九〇四メートル）越えの約二二キロメートルの強行軍。

四日目は前夜に野営した木津《きづ》川の畔で、終日、休養をとる。

五日目、南西へ約二〇キロメートル下り、吉野《よしの》河（吉野川）河畔の宮滝《みやたき》に着く。

竹を編んだ道具の筌《うえ》で、魚をとる者がいたので、名を聞くと、

「僕《あ》は国神《くにつかみ》、贄持《にへもつ》の子」

と、答えた。

食糧が尽きかけていたので土地の長《おさ》に頼み、鮎を、たくさん、分けてもらった。

翌日、川に沿って吉野方面へ下る途中で尾のある人と会ったが、夢の中のおれには小樽湊商科大学の

井氷鹿博士その人である。

さらに磐《いわ》を押し分けて出てきた人を見つけたので名を訊くと、

「国神石押分《いはおしわく》の子」

と、名乗った。

＊

行程は終わりに近い。伊波禮毘古《いはれびこ》軍は吉野川と紀ノ川との合流点を目指す。やがて着いたのは大和国宇智《うち》郡（現五條市）である。ここは南九州の隼人族と関わりが深い。隼人族や山幸彦との争いに負けた海幸彦の子孫が、和歌山付近から紀ノ川を遡って五条附近に移民している可能性が高いのだ。

伊波禮毘古軍の中には隼人族も海幸彦の子孫もいたので、言葉に不自由はない。交渉がまとまり、全軍、長旅の疲れを癒すため十分な休息をとる。食糧補給もだが、大和の情報が必要だった。宇智の同胞は伊波禮毘古軍が大阪湾の白肩津で大敗したことを知っていたので、大いに喜び協力を惜しまなかった。彼らは大和を支配している豪族たちに、しばしば脅かされていたからである。

やがて全員は体力を回復、戦闘態勢が整う。伊波禮毘古軍は気力を漲らせて宇陀《うだ》へ向かった。まず、兄宇迦斯《えうかし》と弟宇迦斯《おとうかし》の軍と相まみえるが、弟宇迦斯が兄を裏切って先に降伏した。

次に忍坂《おさか》の大室《おおむろ》で尾のある穴居民、土雲八十建《つちくもやそたける》をだまし討ちで倒した伊波禮毘古軍は、最後に兄五瀬命を殺した仇敵、那賀須泥毘古《ながすねびこ》（登美毘古《とみびこ》）と対決するが、登美毘古の妹登美夜毘賣《とみやひめ》を娶っていた、伊波禮毘古とは異なる天孫族邇藝速日命《にぎはやびのみこと》が義兄を裏切って登美毘古を暗殺した。

最後に現櫻井市の兄師木《えしき》・弟師木《おとしき》も討って、大和平定が終わるのだ。

かくして、伊波禮毘古命は、畝傍《うねび》の白檮原《かしはら》で即位するのである。

3

真夏の夜明けは早い。おれは日の出とともに起きだし、月夜見邸の湯殿で水浴びして汗を流した。

午前六時、月江夫人も起きてきた。

おれが用意した、ベーコン・エッグとトーストの朝食は、夫人と友人になった英国将校スミス大尉の贈り物だ。

「どうです、武史さん。日本の神話物語が書けそうですか」

と、問われ、

「はい」

「もしかして、大長編になるんじゃありません？」

「それはまだです」

と、おれは答える。「まだ、出雲の問題が謎のままですから」

「なにか、大きな構想をお持ちのようね」

と、問われたので、

「もしかすると『日本神代史《にほんじんだいし》』のような作品が書けそうな気もするのですが、まだまだ力不足ですから」

と、正直に答えると、

「〈此の世界〉に慣れることが必要よ。武史さん、〈クオリア〉という言葉をご存じ？」

と、訊かれた。

「さあ、自分の辞書にはないはずです」

と、首を傾げると、

quaia

と、書いてくれた。

「品質を意味する quality に似ていますね」

「そうね。実はこの言葉、未来側で生まれた言葉なの。未来では現在の電気計算機がもっと進化したコンピュータというものができるはずですが、さらに未来世界ではロボットが人間のように意識を持つかどうかが問題になるの。だから〈クオリア〉が重要になるの。〈クオリア〉は人間に特有の能力で、〈感覚質〉という訳語が当てられているのですが、おわかり」

「さあ？」

「つまりね、人の意識に上がってくる感覚の質を意味するの。むろん、個人差はあるわ。若いころはなくても、人は歳を重ねると感受性が豊かになり、たとえばね、涙もろくなったりね。あなたはまだお若いけれど、どうかしら。〈クオリア〉は、作家やその他諸々の芸術家にも不可欠なものよ。武史さんは、たとえば地を離れて昇る太陽の赤さを見て、どう感じるかしら……」

「それはもう、感動しますけど」

「いいこと、神話時代の人々が言い遺したお話はね、科学や合理的思考法が発達した時代の人々で感じ取れないくらい、何倍も何十倍も深い意味があるの。たとえば、巨岩や巨樹や大きな滝を見て、ただ大きいとか、珍しいとか、綺麗とかではなく、彼らの〈クオリア〉では、神を感じているの。神霊という永遠の存在を感知しているの。それが読み取れなくては、神話というものは、ただの空虚なお話にすぎないの。おわかり……」

「ええ。なんとなく。たしかに、神話を歴史の反映と考えるのはまちがいですね」

と、おれは応じた。

——八時、月夜見邸を辞して手宮のねぐらへ戻る途中、港に立ち寄る。

すでに太陽は高く昇り、強い光を〈此の世界〉に注いでいたが、潮の香と湿り気を帯びた風が心地よかった。

港の外へ、人々の霊魂を積んだ貨物船が、青白い光に包まれながら出て行く……

向かいの防波堤では、数人の釣り人たちが、陽炎のように揺らめきながら、竿を下ろしている……

不思議なことに、おれは、〈此の中間の世界〉で、生きているのを実感しているのだった……

ちゃかぽこ

『高天原黄金伝説の謎』完

あとがきに代えて
――私説『古事記』新解釈・七つの仮説

1　執筆の事情

「術の小説論――私のハインライン論」が、初めて森編集長時代の「ＳＦマガジン」（一三三号）に載ったのが一九七〇年五月なので、今年二〇二〇年がプロ・デビュー五〇年の節目になります。とは言っても、すでに満八七歳なので、そろそろ先が見えています。

実は、前々から自分なりに最晩年の仕事は〈日本神代史〉を書こうと決めていたので、資料だけは集めてあったのです。今、この何十冊もの資料を使って執筆していますが、まさに内宇宙《インナー・スペース》の旅です。

齢相応の持病に加えて、今年はコロナ禍にも見舞われているため現地取材ができず、できるのは一九五一年（昭和二六年）という過去への旅。しかし子供時代を送った商港小樽をモデルにした小樽湊という舞台設定で、自分の記憶の世界へ入り込んで、プルーストの『失われた時を求めて』の創作心理を追体験しているところです。

また、これができるのも、ＳＦという一般文学とは異なるジャンルで仕事をしてきたからですが、本作の執筆くらい、『古事記』というわが国、最古の文献の神話の部分を熟読・追体験したことはありません。

結論を言いますと、これまで、多分一九〇冊くらいの小説を書いてきた作家としての自分なりの評価になりますが、文学としても非常に優れています。ただ、『日本書紀』を含めて『古事記』を歴史書として読むのはまちがいです。歴史には年代の明記がありますが、神話にはそれがありません。

しかし、伝説の都市トロイを発見したシュリーマンの例からもわかるように、『古事記』神話の真相も解読することができるのではないか——という思いから、頭の中に『原古事記』を想定して、組み立て直してみました。

結果、幾つもの仮説が生まれましたが、作者自身は、歴史学者でも考古学者でも国語学者でもありません。従って、本作で書かれた仮説が正しいとは言いません。

読者の皆様には、「なるほど、こういう『古事記』の読み方、楽しみ方もあるのか」と、楽しんでいただければと思っています。

2 本作の七つの仮説とは？

取材写真一覧をご覧になればわかりますが、飛鳥には何度も行きました。阿蘇や高千穂峡や国東半島、また出雲や葦岳ピラミッドへも行きました。あるいは紀伊半島を北の五条から新宮まで車で走る体験もしました。その他、諸々、ずいぶん歩いているので土地勘はあります。

さらに、重要なのは地形の実感や距離感です。高校時代は山岳部だったので、北海道の山はずいぶん登りました。路なき路や困難な沢登りも経験しました。『古事記』の読解にはこうした経験が必要です。

①　たとえば、淡路島へも行ったとき、瀬戸大橋を渡りながら眼下に鳴門の渦を見ているので気付きました。『古事記』冒頭の神話の淡路島の淡は鳴門の泡であって、彼らは、ここが、彼らが考える原郷（生まれてきた場所／死後、還りゆく場所／天国）への通路と考えていたのではないだろうか、と。

②　神武東征の前半はアレクサンドロスのインドへの遠征路に似ていることに気付いたのも、ギリシアやエジプト、イラクのバビロン、パキスタンのモヘンジュダロなどへ行ったことがあるからです。用語説明でも触

れますが、中国の西安や敦煌、ウルムチを歩いた経験から、往時の東西交通と文化交流の頻度が想像できるからです。

③神武東征軍の紀伊半島迂回コースが、エジプトを脱出したモーゼ一行のシナイ半島放浪コースと相似形であることは、旧約聖書を読んでいたので気付きました。

④高天原の場所については様々な説が出されておりますが、〈高天原・阿蘇説〉は現地を取材した距離感からも、もっとも無理のない考えではないかと思っています。

⑤金色霊鵄《こがねのあやしきとび》に象徴される、天孫族・金鉱採掘族仮説は大胆すぎるでしょうか。

その他、⑥鵜葺草葺不合命朝《うがやふきあへずちょう》の日向と紀伊熊野と出雲の三角同盟、⑦八股大蛇新解釈。

3　大東亜戦争と『古事記』

本作では、大東亜戦争（戦後になって太平洋戦争に改名）を、銃後の小国民として経験した作者の記憶を辿り、国家が『古事記』や『日本書紀』の神話時代の記述を利用して、この戦いの合理性や戦意高揚に利用した過去を探りました。

4　『古事記』と地政学

作者は要塞シリーズや艦隊シリーズによって日本の地政学について触れてきましたが、本作ではさらに、わが日本列島がユーラシア大陸の東縁にあるという地政学的宿命にあることにも触れました。二百数十年におよぶ鎖国の夢から覚めたとき、日本人が浦島太郎のような心理だったはずです。世界がすっかり変わっていたのでした。同時に大陸近縁という地理的条件が、明治維新政府に過度のストレスを抱かせたと言うべきでしょう。当時の状況は、大陸で強国、唐が出現したときと相似形でした。

作者　識

令和二年一〇月

用語解説

［表題］

高天原　各説あって、今日なお決着のつかないのが高天原である。中にはメソポタミア説などもあるが、おおかたは朝鮮半島のどこか。あるいは神話である以上は架空の天界とされている。

だが、タカマガハラは、最初は、もしかするとタカラガハラ（宝ガ原）だったのではないだろうか、というのが本作の最初の構想であった。このタカラは古代では金銀を表していたのではないだろうか。となると、神武天皇の出自である鵜葺草葺不合《うがやふきあへず》族は黄金や鉄など金属を採掘する部族だったのかもしれない、と思い始めたです。

――さて、では、作者が想定した高天原はどこでしょうか。本文を最後までお読みください。

第一部

［第一章］

水母なす漂へる時に　『古事記』（武田裕吉訳注／角川文庫）一八ページ

夷神　戎とも書くが、恵比須は後世の当て字。初めは辺境の人、異郷の人を指し、未開や野蛮を意味したが、次第に福の神に転じた。冬の大荒れの日本海で漂着した海蛇や鯨を外の世界の神からの贈り物と考えて祀る夷信仰もある。

天狗山　標高五三二・五メートル。小樽（湊）の背後に横たわる。

『深夜の酒宴』　昭和二二年（一九四七年）、「展望」に発表。戦後における実存文学としての評価が高い。

兵隊さんの幽霊　中島公園傍の護国神社の裏手には、大きなアッツ島玉砕の祈念碑がある。小学生のとき、実際に作者が耳にした噂。拙作「アッツの幽霊」参照。

紫烟荘　札幌駅前通りにあった喫茶店。戦後文化人のたまり場であった。

失業対策事業　ドッジ・デフレ下の大量人員整理に対処するため、一九四九年に制定された緊急失業対策。公共事業等の入札時の見積もりに一定数の雇用が割り当てられることもあった。

帝国座　狸小路にある。小樽の電気館を経営していた故天野さんの映画館。

『自転車泥棒』　一九四八年公開。ヴィットリオ・デ・シーカ監督。第二次大戦後に制作されたネオリアリズムの傑作。職業俳優を使わず、大半がロケ。戦後日本の話題作。

『武蔵野夫人』　大岡昇平が昭和二五年に発表した禁欲的な恋愛小説。前作の『俘虜記』に比べると、敗戦五年後のほっとした雰囲気が漂う名作。

レトリック　比喩表現のこと。本文の用例は、人気度の高い『メタファー思考』（瀬戸賢一・著／講談社現代新書）による。

阿波岐原《あはぎはら》　前出『古事記』二七ページに、〝筑紫の日向の橘の小門の〟とある池で、伊邪那岐命が黄泉国の穢れを洗い落としたと書かれている以上、紀伊熊野と日向には古き時代より何らかの行き来があったと考えられる。日向からの往路は黒潮ルート、復路は瀬戸内ルートだったのではないだろうか。

エンリル　風の神の〝エンリルが清らかな乙女ニンリル女神をヌンビルドゥ運河の堤で強姦し、その罪ゆえに、最高神であるにもかかわらず他の神々によって罰せられ、冥界へ追放されることになる〟『古代メソポタミアの神々』（三笠宮崇仁・監修／岡田明子＋小林登志子・共著／集英社）五八ページ。以上、須佐之男命の高天原追放に似すぎていると思いませんか。

〈物語素〉　勧善懲悪とか成長物語とか、ストーリーの基礎的パターン。構造主義にも関係する。

伊邪那美命《いざなみのみこと》**の墓**　伊邪那美命の霊を鎮めるためのたくさんの花を掲げる〈お綱かけ神事〉が、海岸に面した巨大な岩〈花の窟《いはや》〉で行われる。『日本書紀』（岩波文庫／四〇ページ）には、〝土《くに》俗《びと》、此の神の魂《みたま》を祭るには、花の時には亦《また》花を以て祭る〟とある。ただし『古事記』では出雲國と伯伎《はき》國の境の比婆《ひば》山に葬ったとある。

まほろば　〈真秀ろば〉は〈まほらま〉の転。〈まほら〉のマは接頭語。ホは稲の穂。ラは〈こちら〉のラで漠然とした場所を示す接尾語。すぐれた所の意。『岩波古語辞典』

鰊漬け　身欠き鰊と大根や白菜、キャベツなどとつけ込む郷土食。昔は北海道の各家庭で作られた。

越前水母　傘の幅一メートル以上、一五〇キロを超す巨大水母。二〇〇六年七月に対馬沿岸で一〇〇〇匹あまりが網にかかり、一躍、全国的に有名になった。

縄文時代　最近の学説では一万六〇〇〇年前に始まり、三〇〇〇年前までとされている。その後、時代は稲作を有する弥生時代へ移る。

国生み神話の謎　天地をわけるなどの世界創世神話は多いが、国土を地方別に生み分ける神話は日本だけかもしれない。私見であるが、ウルム氷期が終わり、海面が上昇して島々に分かれる一部始終を、縄文人が目撃した記憶があるからではないだろうか。

縄文人の製塩　当時、奈良盆地では知られていない、粗製の土器を使う土器製塩法が、コオロコオロと音まで描写して書き込まれている。『日本神話の考古学』（森浩一・著／朝日新聞社）一七ページ。

オノマトペイア　擬声語あるいは擬態語と辞書にはあるが、言葉の起源と関係する。たとえば幼児は犬という名詞を覚える前に「ワンワン」と言うような音（この場合は鳴き声）で表現する。元は「名前を作る」という意味のギリシア語だそうだ。『ベルリッツの世界言葉百科』（チャールズ・ベルリッツ・著／新潮選書）一四ページ。

縄文海進　関東平野では六五〇〇年〜五〇〇〇年前にピークに達し、貝塚が内陸にある。大阪平野のピークは五〇〇〇年〜四〇〇〇年前であるが、この現象はわが国全土のみならず世界規模で起きた。なお、現在の問題でもあり、温暖化が進めば〈人新世《じんしんせい》海進〉となるであろう。

ジャワ島とスマトラ島を分離させたほどの超巨大噴火　クラカトア火山の噴火は西暦五三五年に起きた。『日本書紀』宣化天皇の宣化元年の条に、〝黄金が万貫あっても飢えを癒やすことはできない。真珠が一千箱あっても、どうして凍えるのを救えようか。〟とある。東ローマ帝国の衰退、ゲルマンの侵入、イスラム教の誕生など世界的出来事の引き金になったと言われている。

サロス周期　日月蝕の周期（六五八五日）を知る者は、古代社会では神と崇められたであろう。

[第二章]

オナリ神　〝兄弟に対する姉妹の優越ということが（中略）それに似かよったものがメラネシアから西部ポリネシアにかけて報告されています〟『黒潮列島の古代文化』（黒潮文化の会・編／角川選書）一四六ページ

プルースト（一八七一年～一九二二年）　世界文学に挙げられる大作『失われた時を求めて』は、一九世紀末からのベル・エポックのフランスの風俗、生活感を描写。

フローベル（一八二一年～一八八〇年）　『ボヴァリー夫人』は、近代小説の特色、写実主義の代表作。

ヘミングウェイ（一八九九年～一九六一年）　ハードボイルド文学の原点。ノーベル文学賞受賞者。最後は自殺。

銀茶楼《ぎんさろう》　何度も母親に連れられて行った幼児期の記憶が、執筆中に突然、蘇った。

ロース幼稚園　作者、幼児期の幼稚園。キリスト教に関心を抱くようになった原点。

電気ブラン　一八八二年に蜂印葡萄酒を発売した神谷傳兵衛がのちに浅草に神谷バーを開いて全国的に流行らせた酒（焼酎）。

二メートルはありそうな巨漢　〝身長二メートル肌は赤黒く、戦棒をもっていたという。ポリネシア人は、世界の人種のなかでとくに巨人族である〟『日本語大漂流　航海術が解明した古事記の謎』（茂在寅男・著／光文社・カッパブック）一二九ページ

白系露人　ロシア帝国が日露戦争後、レーニンらによって倒されたため、国外へ亡命した貴族ら帝政派の人々。驢馬の箱橇も作者の記憶だ。

ユング（一八七五年～一九六一年）　スイスの精神科医。集合的無意識（民族類型）を発見。共時性すなわち意味ある偶然の一致〈シンクロニシティ〉の研究とアインシュタインの相対性理論には、なん

らかの関係があるらしい。

洪水型兄弟始祖神話　前出『黒潮列島の古代文化』二〇〇ページ

美斗《みと》の麻具波比《まぐはひ》　美斗のミは接頭語、トはトツギ〈婚〉のト。麻具波比は〈目合ひ〉から転じて性交の意。（岩波古語辞典）

千人針　〝一枚の「千人針」には、千人の女性の思いが縫いつけられている、というもので、これを腹にまいて出征する兵士には、敵弾も避けてとおる、とされていた〟『戦中用語集』（三國一朗・著／岩波新書）九六ページ。

伊邪那岐命、伊邪那美命の神名も南方由来　前出『日本語大漂流』一〇四ページ

天浮橋　『古代日本の軍事航海史――上巻・先史時代から卑弥呼まで』（松枝正根・著／かや書房）一〇四ページ。

熊野の語源　前出『古代日本の軍事航海史』二二ページ。

西周《さいしゅう》　前一一〇〇年～前七七一年。現在の西安に都していた時代。作者は周発祥の地、周原へ行ったことがある。

ニライカナイ　奄美《あまみ》・沖縄で海の彼方、あるいは地底にあると信じられた聖なる場所、常世国。

唐が朝鮮半島に出兵　『韓国歴史地図』（韓国教員大学歴史教育科・著／吉田光男・監訳／平凡社）五二ページの「新羅と唐の戦争」の項目。六六八年、高句麗を屈服させた唐は、それまでの同盟を破棄して新羅に干渉を始める。以後、戦争がつづくが、新羅軍は強く、幾度か唐軍を撃破するのだ。

鬼界カルデラの巨大噴火　薩摩半島の南、約五〇キロメートルの大隅海峡にある。直径二〇キロメートル。七三〇〇年前の大噴火では火砕流が九州南部の縄文人を絶滅させた。

元型　〝それ（元型）は霊的エネルギーをその周囲に集め、それから意識において形象として具体化する（力の）の核であり、あらゆる個人的経験に先行する。〟『元型との出会い』（T・インモース・著／尾崎賢治・訳／春秋社）

なお、同書の一四一ページにクレタ島ミノタウロスの神話があるが、英雄テセウスに糸を渡したアリ

アドネの神話は、三輪山の神と糸のエピソードと相似形である。

ニューグレンジ遺跡　アイルランドの首都ダブリン近郊。エジプトのピラミッドより五〇〇年、イギリス南部のストーン・ヘンジより一〇〇〇年古いとされる。冬至の観測に利用されたらしく、通路の目にある石塊には二重螺旋の線刻があるが、同じものはわが国縄文中期の火炎土器にも見られる。

［第三章］

『日本後記』　平安時代初期に編纂された勅撰史書。六国史の一つ。講談社学術文庫で読むことができる。

道教　道教は、奥が深く変遷もあり要約では説明しきれない。以下に参考文献を上げる。『道教1／道教とは何か』（監修　福井康順＋山崎宏＋木村英一＋酒井忠夫／平河出版社）、『道教2／道教の展開』（同上）、『選集　道教と日本第二巻／古代文化の展開と道教』（野口鐵郎・責任編集／雄山閣出版）、『道教と古代日本』（福永光司・著／人文書院）、『日本古代の道教・陰陽道と神祇』（下出積與・著／吉川弘文館）、『日本史を彩る道教の謎』（高橋徹＋千田稔・共著／日本文芸社）

吉野町宮滝　『日本の道教遺跡を歩く』（福永光司＋千田稔＋高橋徹・共著／朝日新聞社）二五ページ。ここは不老長寿で楽しく生きられる神仙境と考えられていた。

『出エジプト記』　聖書講解全書3『出エジプト記』（B・D・ネイビア・著／渡辺正男＋島田勝彦・訳／日本基督教団出版局）によると、この出来事は前一三〇〇年〜一二〇〇年ごろと推定される。（彼らのシナイ半島放浪のコースは巻末に添付）

このとき、彼らを導いたのは光る雲であるが、「未知との遭遇」の巨大宇宙船出現の前触れのシーンは、この場面を表していると思う。なお、モーゼの脱出については作者も「歴史読本ワールド」（第三二巻第二号／一九八七・二）に書いたことがあるが、この稿では北方説を採っていた。

『先代旧事本紀大成経』《さきつよのふることのもとつふみおおいなるおしえ》　解説書は『先代旧事本紀大成経』（後藤隆・著／徳間書店）である。なお、これを補強するのが、『新版　物部氏の伝承』（畑井弘・著／三一書房）。

踏鞴《たたら》　足で踏んで空気を送る大きなフイゴのこと。語源はインドのタータラで、熱を意味し、熔鉱炉のことである。『たたら——日本古来の製鉄技術』（黒岩俊郎・著／玉川大学出版部）三八ページ

なお『熊野の謎と伝説　日本のマジカル・ゾーンを歩く』（澤村経夫・著／工作社）九〇ページでは、神武天皇の后、多多良伊須須岐比賣命《たたらいすすきひめのみこと》の名に踏鞴が含まれていることから製鉄部族との婚姻であるとする。一方、岩波文庫『古事記』八七ページの註にも、この姫の家系が製鉄のシンボルである雷神・蛇神と密接な関係があるとしている。

近江高天原　『近江と高天原』（橋本犀之助・著／近江人協會）を見付けたのは、京都の古書店であった。昭和五年一二月発行、正価金三圓とある。『近江高天原の発掘』（吾郷清彦・著／琵琶湖研究会）は、古史古伝研究家で、文通のあった著者からの献本。

徐福　徐福移民団を詳しく書いているのは『富士宮下文書』である。徐福は山東半島の人であるが、当時、東の海上によく蜃気楼が出たため、東方に神仙国があると信じこんだ始皇帝が、不老不死薬を探すよう徐福に命じたのであろう。

因みに西安の兵馬俑坑《へいばようこう》であるが、この使者の軍団が富士山を向いていることを、磁石ではかり発見したのは作者である。なお『徐福集団渡来と古代日本』（いき一郎・著／三一書房）では、神武天皇のモデルは徐福であるとする。

量子《クオンタム》の性質　『見て楽しむ量子物理学の世界』（ジム・アル・カリーリ・著／林田陽子・訳／日経ＢＰ社）参照

ゴトビキ岩・磐座《いわくら》　芭蕉の「閑けさや岩に染み入る蝉の声」は、磐座信仰と無関係ではないと思う。古代人の心を想像すると、現代人の環境とはまったくちがい、個々人の限られた日常空間で経験した知識しかない。そんな彼らが、山深く入り見たこともない巨木に出会ったとき、あるいは巨石を見たとき、彼らは限られた日常空間の外にある何か、異界を感じたにちがいない。巨木には永遠の命、巨岩には永遠の時間を感じたはずである。『日本宗教とは何か』

（久保田展弘・著／新潮新書）参照。

三本足の鴉　樫原神宮のシンボルでもある。父の代から毎年、御札をいただいている。前出『熊野の謎と伝説』七二ページ（およびカバー写真）。

蟇蛙はね、兎ではなく月の使者　〝鴉とひきがえる（ゴトビキ）が、それぞれ太陽と月の使者として古代中国で信じられていたことを思い出していただきたい。〟前出『熊野の謎と伝説』七八ページ

三匹の馬のマーク　ゴム長で知られた大正八年創業の地元産業。昭和四九年にミツウマに社名変更。

［第四章］

カストリ物　下記の本の口絵には七二冊が挙げられている。戦時下の厳しい思想統制が敗戦でなくなると、いっせいにこうした雑誌が花盛りとなったが、やがて廃れた。『カストリ雑誌研究――シンボルにみる風俗史』（山本明・著／出版ニュース社）

地政学　中央公論社の依頼で、要塞シリーズ１『ニセコ要塞――利尻・礼文特攻篇』を書きはじめた一九八六年のころは、地政学の本はわが国にはなかった。唯一、頼りにしたのは『地政学入門』（曽村保信・著／中公新書／昭和五九年三月初版）だけであった。

当時は、なぜかソ連の脅威がニュースになっていた時代で、北海道在住の作者にとっては他人事ではなかったのである。

このシリーズが成功したので、一九九〇年一二月に『紺碧の艦隊１――運命の開戦』を徳間書店から出し、姉妹編の『旭日の艦隊』を中央公論社でも出すことになった。

この仕事を通じて考えたことは、戦争がなぜ起きるのかという疑問である。その答えが地政学という学問であり、日本という国がユーラシア大陸の東縁に位置し、しかも近代という工業時代には必要な鉄や石油に関しては、事実上、無資源国である――という運命であった。だからこそ『紺碧の艦隊』第一巻の副題を「運命の開戦」としたし、自分の考える地政学は〈宿命の地政学〉としたのである。

二〇世紀最後の年を区切りに、この仕事は止めたが、その後も、地政学の本は目に付く限りは買い求

めて読んでいるが、最近、手にしたのが『地政学原論』（庄司潤一郎＋石津朋之・共著／日本経済新聞出版）である。簡潔に地政学の問題点を広い視野でまとめた好著であると一読を推薦するが、二二ページの〈「地政学リスク」――大衆化が進む日本〉の〝さらに、日本では一九九〇年代以降の現象であるが、荒巻義雄の『紺碧の艦隊』シリーズのヒットに象徴されるように、人気漫画の世界でも地政学が展開されるなど大衆化しつつあり、言論界全般の動向を含めて「大衆地政学」の現象が見られる。〟の記述を目にして、驚いた次第だ。

もとより、地政学をほんとうに究めようとすれば、国際政治学など、より高度で専門的知識が必要となるが、地政学は本質的に決して象牙の塔の中で収まる性質の学問ではなく、むしろ、広く国民一般の常識となったほうが、日々、目まぐるしく変わる世界の変化を伝える報道の意味を理解する基礎的知識となり、役立つと思う。

なお、『地政学原論』に、ひと言、要望したかったことは、中国側あるいはロシア側、あるいはインド側など、世界の大国や小国それぞれの立場からの地政学である。相手の立場を理解しなければ、地政学的な国際問題の解決はできないと思う。

この項目の最後に付け加えるが、本作執筆を通じてわかったことは、天智・天武の時代と現在の日本は、基本的になにも変わっていないということである。

太平洋地政学　『太平洋地政學』（ハウスホーファー著／太平洋協会・編譯／譯者　佐藤荘一朗／岩波書店刊行／昭和一七年二月二五日第一刷発行）の同六月二〇日第二刷発行部数は五〇〇〇部。索引ともに六〇〇ページを越すこの大著は、当時としてはベストセラーだったのではないだろうか。（改訂版定価五円六〇銭）

紀元節　『日本書紀』の神武天皇の即位に基づき、明治五年（一八七二年）に制定された祝日（二月一一日）。敗戦後昭和二三年（一九四八年）に廃止されたが、昭和四一年（一九六六年）建国の日として復活した。

スイトン　戦時下では米飯に代わる代用食として

よく食べたが、古来の郷土食である。小麦粉生地をちぎるなどして煮立った汁に投入、根菜類などの野菜もたくさんはいる。我が家では醤油味だったが、味噌味もあったかもしれない。

津田左右吉（一八七三年～一九六一年）戦前より『記紀』を史料批判したことで知られる。戦後、皇国史観の否定論者として歴史観変更の先がけとなる。

食糧公団　正式名の食糧配給公団の字句どおり、主食品など配給するため作られたが、昭和二六年廃止された。

白兎は先住民で　白兎を大國主が助ける神話は『古事記』（角川文庫）三九ページだが、兎受難の場所は〈気多《けた》の前《さき》〉とある。だが、これは通説どおりの岬ではなく、〈サビ（鉄）の港〉のことらしい。つまり朝鮮語の〈サップ（鉄）〉からの転訛で、ここに朝鮮半島からの鉄を輸入する港があったらしい。この説は、『朝鮮と古代日本文化』（座談会　司馬遼太郎＋上田正昭＋金達寿・編／中公文庫）一七三ページで語られている。菟が鰐に裸にされるという話は、〝ワニというのは朝鮮語の「サップ」つまりサビ、鉄のことだと言うんです。（中略）（か弱い兎で象徴される）先住的なものをいじめて虐待し、これを征服したことを物語〟っているのがどうやら真相らしい。

電蓄　電気蓄音機の略。

デキシーランド・ジャズ　ミシシッピー河口のニューオーリンズで本場のジャズを聴いた経験がある。作者の学生時代は銀座テネシーで南里文雄《なんりふみお》のトランペットを聴いたのが自慢だった。

東京ブギウギ　笠置シヅ子の明るく軽快なリズムは、戦後の暗い空気を吹き飛ばした。

木素貴子《モクソキシ》　天智天皇二年（六六三年）、百済滅亡により、余自信《ヨジシン》、谷那晋首《コクナシンス》、憶礼福留《オクライフクル》らと亡命、大友皇子（弘文天皇）の賓客となる。兵法に通じていた。『天皇家はどこから来たか』（佐々克明・著／二見書房）二一一ページ参照。

白村江《ハクスキノエ》**の戦い**　朝鮮南西部錦江河口付近を戦場として、六六三年、新羅・唐連合軍に対し、百済復興軍と日本軍が挑んだ戦争。（白村江は錦江の古名で

ある）

戦いは二日にわたったが、まず河口の岸上に陣を張った百済軍は、文武王率いる新羅軍に敗れた。大和朝廷軍は多数の船団で蘇定方が率いる唐軍と海上で戦ったが、豪族混成軍の攻撃はばらばらとであったため、秩序だった唐軍に大敗した。（平凡社電子百科事典）

金官加羅国《キンカンカラ》　始祖首露王。古代朝鮮の加羅諸国の有力国。金海加羅、大加羅、任那加羅とも。『魏志倭人伝』では狗耶韓国《くやかんこく》と伝えられる。『加耶は日本のルーツ』（澤田洋太郎・著／新泉社）一三二ページに「金官加羅国の滅亡の過程」という項目がある。

国體　国家の根本体制を指すが、わが国では国體明徴運動に表れているように万世一系の天皇が国家に君臨し、四海に天壌無窮の君徳をもたらし、忠孝一致の国家を推進することを意味した。

『地人論』　明治二七年（一八九四年）に最初、『地理学考』の署名で刊行された。内村鑑三は、わが国は西洋と東洋、両文明の媒介者たれとの確信から、世界史と世界地理の両面から証明しようとしたこの考えは、今日の日本にも通じる卓見ではないだろうか。（岩波文庫で読める）

南下政策　不凍港の獲得を目指して南への出口を求める、大ロシアの政策。各国がこれを警戒した。

大陸間戦争　今日ではゲームの名になっているが、大陸間弾道弾が配備された二一世紀の戦争は、必然的に大陸間戦争になる。

日英同盟がなぜ破棄された　一九〇二年から一九二三年まであった攻守同盟条約。第一次大戦参戦もこれに基づき行われたが、大戦終了とともに国際関係が一変し、ワシントン会議で調印された〈太平洋方面に於ける島嶼たる属地及島嶼たる領地に関する四国条約〉の第四条で同盟終了が明記された。この背後にアメリカ合衆国がいたのは明らかである。（平凡社電子百科事典参照）。

オレンジ計画　一九二〇年から一九三〇年にかけて、アメリカが交戦可能性のある当時の五ヵ国を色分けして研究した計画のうち、オレンジが日本であった。背景には米西戦争でフィリピンやグァムを獲得したアメリカが、大陸への進出を目指し始めた日本との戦争を予想していたからであろう。
アジア主義　欧米列強のアジア侵略に対抗して、アジアは団結しようという主張。これがやがて国粋主義となり、大アジア主義となり、五族協和思想となって、大東亜戦争へ突入するのである。

[第五章]

コロポックル　北海道道東に自生(現在は栽培も)する人の背丈以上もある大きなラワン蕗の下に住むと言われたこびと。実はハワイ諸島にもこれとそっくりな伝説があり、彼らは、やはり、人の背丈以上のタロイモの下に住むミネフネと呼ばれたこびとがいた。
倭族発進地　『古代朝鮮と倭族――神話解読と現地踏査』(鳥越憲三郎・著／中公新書)の冒頭のページ。
アナグラム　文字を入れ替えると、別の意味になる遊び。因みに本作登場の黒人兵のエルビス(Elvis)はlives(生きている)になるし、作者の姓は魔《ま》晃《あきら》に変換できる。

言霊　わが国では、言葉に宿ると信じられていた霊的力。
辛酉《しんゆう》革命　辛酉(かのとり)の年には大きな社会革命が起きるという説。天智天皇の即位年六六一年も辛酉であった。
『古事記』編纂チームで主導権を握ったのは　〝『日本書紀』は新羅を敵国視しているということがある〟あるいは、〝『古事記』を編纂したのは新羅系渡来の史《ふひと》で、『日本書紀』は百済滅亡後にやってきた連中ですね〟前出『朝鮮と古代日本文化』二六八ページ。
東周恵王　周朝第一七代(東周では四代目)の王。前六七六年に即位すると、田畑に野獣を放って飼育するなどして反乱を招く。名君ではなかったようだ。

[第六章]

「また逢う日まで」　監督は今井正、岡田英次と久我美子が共演。ガラス越のキス・シーンが有名。ロマン・ローランの反戦小説『ピエールとリュース』を脚色。空襲警報下の地下鉄ホームで出会ったこの二人に、やがて悲劇が訪れる。

パチンコ　戦前のパチンコは穴に入ると飴が出てきたと記憶している。パチンコが急激に発達したのは戦後で、オール15正村は昭和二五年、連発式オール20の普及は昭和二七年ごろ。

聖徳太子　〝藤原不比等らによって構想されたのが高天原・天孫降臨・万世一系というイデオロギーであった。その間、『記紀』の編纂が進むが、蘇我《そがの》馬子《うまこ》の王権は万世一系に矛盾するから、消されることになる。（中略）その馬子の存在感を代行すべく用意されたのが厩戸王＝聖徳太子であった〟『聖徳太子の真実』（大山誠一・編／平凡社）九ページ。

スローガンの戦争　slogan は標語、宣伝題目。語源はゲール語で、戦争のときの声。前掲『戦中用語集』には、戦時下、耳にした夥しい標語が載っているが、今、思うと国民を戦争に駆り立てる刷り込み効果があった。

八紘　天地の八方の隅の意。八紘一宇《はっこういちう》は、全世界を一つにまとめて、一家のように和合させること。大東亜戦争推進の国家理念の一つ、あるいはスローガンであった。

遠呂智《おろち》　『日本書紀』では八岐大蛇、『古事記』では八俣遠呂智と表記。

葦嶽ピラミッド　酒井勝軍《さかいかつとき》の『太古日本のピラミッド』が有名。実際に登ってみるとピラミッドらしき構造物はないが、一瞬、人工物かと目を疑うような巨石群が目を引く。土地の人々のハイキング・コースとして親しまれているようである。（巻末／取材写真）

〈大蛇退治の神話〉　実はよく似た神話が、世界初の製鉄開発者、ヒッタイトの神話にある。ヒッタイト神話では、嵐の神（ケルラシュ）が竜神（イルルヤンカシュ）と争い敗れる。ケルラシュは女神（イナラシュ）に助けを求め、いろいろな酒を用意する。イナラシュは自分では戦わず、人間のフパシャシュに仕事を頼む。彼は女神と共寝することを条件に引き受け、酒を飲んで眠り込んだ竜神を殺す。『世界の神話伝説総解説』一一〇ページ参照。

八隅知し　前出『日本の道教遺跡』六三ページ。

八仙信仰　前出『日本の道教遺跡』四〇ページ

第二部

[第七章]

二千六百年祭　一九四〇年（昭和一五年）、神武天皇即位紀元（皇紀）を祝う一連の行事が、全国的行われた。当時はまだ七歳で記憶があるのだが、国民全体がハレの気分だった。その翌年、大東亜戦争が始まるとは、だれも思っていなかったと思う。

曽戸茂梨《そしもり》　ソシモリは韓国では牛頭山。各地にも牛頭の地名がある。これはヒンズーのシバ信仰の反映であって、わが国では須佐之男が牛頭天王と呼ばれる理由は、ともに嵐の神だからである。『日本人のルーツ　その探求の一方法』（加治木義博・著／保育社）五〇ページ。

〈いろは歌〉　弘法大師をネットで検索していたら、偶然、これを見つけた。

太秦景教流行中国碑　作者は碑林で購入した大きな拓本を持っている。

阿羅本《アラホン》　景教宣教師団の団長として六三五年入唐、太宗の寵を受けて三年後、長安に太秦寺を建立。

伊佐良井《いさらい》**の井戸**　巻末写真参照

本居宣長《もとおりのりなが》　宣長は極端化され、また曲解され、時局に利用されたようである。『宣長神学の構造　仮構された「神代」』（東より子・著／ぺりかん社）、『本居宣長集　日本の思想15』（編集・吉川幸次郎／筑摩書房）、『本居宣長の大東亜戦争』（田中康二・著／ぺりかん社）

朱子学・陽明学・国学　いずれも江戸時代の学問。中国に学んだ朱子学は〈性即理〉を唱え、権威と秩序を重んじたので為政者に支持された。同じく中国から伝わった陽明学は〈心即理〉を重んじ、いたずらに権威に従うのではなく自己責任を重視するため、革命家に好まれた。

　一方、国学はわが国独自のもので、江戸中期以降発達した古典研究の学派。契沖《けいちゅう》を祖とし、荷田《かだの》春満《あずまろ》、賀茂馬淵《かもまぶち》を経て本尾宣長に至り完成した。

　儒教や仏教など外来思想（からごころ）の伝来前のわが国固有の精神・文化（やまとごころ）を明らかにするため、広く神道、国史、歌学、有職故実を研究、総合的古代文化学へ発展した。特に平田篤胤《ひらたあつたね》の復古思想は、やがて尊皇攘夷運動の思想的根拠と

なり、明治維新を経て戦前・戦中思想へ繋がってい
くのである。
鹿屋《かのや》基地　南九州にあった特攻隊出撃基地

［第八章］

「**荒地《あれち》**」　一九四七年九月から一九四八年六月まで同人誌として刊行された詩誌。戦後知識人の心の内面を知る貴重な資料だと思う。

カインは語源的に鍛冶工　『旧約・新約　聖書大事典』（教文館）のカインの項目。

神話では物語の構造はそのままで役割が入れ替わる　レヴィ＝ストロースの構造主義の考え。主人公と脇役、場所などが変わるが物語の構造は同じ。参考文献、『悲しき熱帯』、『野生の思考』、『儀礼と神話』など。

神武東征がいつ行われたか　よく考えられた合理的計算法を駆使した『古代天皇の実年代を探る』（石澤一由・著／新人物往来社）の一二四ページにあるが、神武東征は西暦一五〇年〜一五三年。ただし、本作では、巨大津波の関係で、キリスト誕生とほぼ同じに設定した。なお、同書では神武治世年数は一五四年〜一七二年の一九年と試算されている。

巨大津波襲来の記憶　「四国に巨大津波」でネット検索できる。高知大岡村真教授が、紀元前後、約二〇〇〇〜二〇五〇年前、巨大津波が四国を襲った痕跡を見つけた。推定波高は四〇〜六五メールと推定。

もしそうなら、巨大津波が日向を含む九州東岸全域を襲ったはず。『古事記』はこれを〝御毛沼命《みけぬのみこと》は、波の穂を跳《ふ》みて常世國に渡りまし〟と表現したのではないだろうか。

『**播州平野《ばんしゅうへいや》**』　はじめ「新日本文学」に連載されたが中断。一九四七年、河出書房から単行本で出版。第一回毎日出版文化賞。戦争末期と終戦直後の日本がわかる作品。これも文学の力であろう。

『**闘牛**』　井上靖四二歳のときの短編。芥川賞受賞作。初出は「文学界」（一九四九年一二月号）。なお、戦後の心象風景を活写している『射程』は名作と思う。

『**死霊《しりょう》**』　戦後から半世紀を費やして書かれたが、

全一二章中九章までで未完に終わる。個人的にはまだ全部を読み通せなかったので心残りであるのだが、敗戦文学の一大傑作であるのはまちがいない。だが、否定に否定を重ねていくと終わりのない深淵にはまる例とも思える。私見であるが、祖国（母国）という母に裏切られ男の子のトラウマが、この大作の執筆エネルギーかもしれない。

補陀落渡海《ふだらくとかい》　はるか南方海上にあると信じられていた観音浄土を目ざして、熊野那智山や四国足摺岬、室戸岬などから小舟で船出する信仰。

『デモクラシーの理想と現実』　待望の訳書は『マッキンダーの地政学』（H・J・マッキンダー・著／曾村保信・訳）という題名で、「デモクラシーの理想と現実」が副題になっている。因みに原題は、*Democratic Ideals and Reality* である。帯に〈地政学の祖　マッキンダーの幻の名著〉とあるが、この題名が示す含意は、いかにデモクラシーの旗を掲げても、国際政治の現実は地政学に支配されるということであろう。

　この訳書の一七七ページに、有名なテーゼ、

　東欧を支配する者はハートランドを制し、
　ハートランドを支配する者は世界島を制し、
　世界島を支配する者は世界を制する。

とあるが、この情況が第二次大戦後に、スターリンの東欧囲い込みとなって出現した。

　これに対抗して自由主義諸国は、リムランド（大陸の縁）を以て封鎖したが、これを食い破ろうしたのが、朝鮮戦争でありヴェトナム戦争である。あるいはソ連のアフガニスタン侵攻である。しかし、一九九〇年代に戦後つづいたこの風景はソ連崩壊で決着をみたが、「引き続き台頭してきたのが中国である。やはり、世界情勢はマッキンダー地政学の法則に従って動いているようである。

ユーラフリカ　ユーラシア大陸と地峡で陸つづきのアフリカ大陸を一つにまとめた名称。

〈鉄のカーテン〉　一九四六年、英国元首相のチャーチルが、東欧諸国に勢力圏を構築しつつあるソ連を「鉄のカーテンを引こうとしている」と皮肉った言葉。しかし、それがいつの間にか共産圏封じ込めのカーテンの意味で使われるようになった。

アルフレッド・マハン（一八四〇年〜一九一四年）『海上権力史論』（北村謙一・訳／原書房）の著者。過去はポエニ戦争、近代は英国の海軍力を研究し、アメリカ合衆国の海外膨張政策に貢献。米西戦争にも参加。シーパワーの力を強調する前提は〈海洋は偉大な公路〉という考えである。

[第九章]

〈熊出日同盟〉 作者の想定。神代というまだ人口の少なかった時代には、熊野、出雲、日向の間に交易や人的交流があったのではないだろうか。

『古寺巡礼』 『古寺巡礼』（和辻哲郎・著／岩波文庫）を、六〇年ぶりでワイド版で読み返しているが懐かしく、かつ新鮮であった。みずみずしい感動が伝わってくるのだ。谷川徹三氏の解説によると、和辻氏三〇歳のときの印象記だという。

東京在住のころはよく、東京駅を深夜に発つ夜行で奈良に通った。列車は、翌早暁に奈良に着くのだ。奈良を知ったのは高校の修学旅行からだが、手引き書は『古寺巡礼』であった。しかし、古都の歩きかたを伝授してくれたのは、当時、東京芸大の学生であった親友の伊藤隆一氏（故人）だった。読み進めながら様々なことが思い出される。名著。

乾豆波斯達阿《ケンズハシダチア》・李陰翳《リミツエイ》 「東アジアの古代文化」（一九七八年秋／特集）の「古代東西文化の交流」のページ、「奈良時代に来日したペルシア人李密翳」（石原力・著）二八ページ、および「日本に来た西域人」（岡本健一・著）五八ページ。

身の丈一丈五寸、頭に三寸もある二つの角を生やし、背鰭があった 前出『先代旧事本紀大成経』の一五二ページ参照。もとより事実ではなく、当時の人間が抱いていた神の観念だったのではないだろうか。

角はモーゼもです（巻末写真）。フランス、ディジョンの精神病院敷地内にある、モーゼが掘り当てた井戸の屋根を支える柱の彫刻。角は神の声を聴くアンテナなのだそうだ。

アルテミス ゼウスとレトの娘で、アポロンの姉。この月と太陽の関係は月夜見命と天照大神の関係と相似的である。このアルテミスの水浴を盗み見たのが狩人アクタイオンで、怒った女神は彼を鹿に変える。すると彼の猟犬どもが襲いかかり、バラバラにひき裂いて殺したという神話がある。『世界女神大全Ⅰ』（アン・ベアリング＋ジュールズ・キャシュフォード・共著／森雅子・訳／原書房）三九七ページの図版参照。

ミトラス教　ペルシア起源のミトラスを祀る密儀宗教。一世紀後半から四世紀中葉まで流行したが、キリスト教の普及で衰退した。

［第一〇章］

『上記《うえつふみ》』　貞応二年（一二二三年）三月、豊後の国守、大友能直《おおともあたなお》が、源平騒乱から承久の乱へつづく世の中の乱れを憂い、散逸した史料を、家臣に集めさせ、これを編纂した古文書。『謎の上記——古代の百科全書の全貌』（佐治芳彦・著／徳間書店）参照。

わが国の地下資源　わが国の鉱山はウィキペディア「日本の鉱山一覧」で検索できる。

菱刈鉱山　高千穂の北西約三〇キロメートル、川内《せんだい》川の流域にある、世界有数の金銀鉱山。発見されたのは一九八一年であるが、神代の川内川では砂金が採れたはずだ。

銅と錫を産する鉱山　『神話と古代文化』（古賀登・著／雄山閣）のあとがき七一一ページに下記の記述を見付けた。〝日向に五十鈴川があり（中略）五ヶ瀬川を遡ると、高千穂の峰に日影《ひかげ》鉱山、見立《みたて》鉱山、尾平《おびら》鉱山などなどの銅と錫の鉱山が無数にあるではないか。〟

エドモント・フッサール（一八五九年〜一九三八年）現象学の創始者。戦後流行した実存主義の双峰、ハイデガーとサルトルに多大な影響を与えた。

（出雲が）ほんとうの意味で大和によって制圧されたのは　〝纏向と呼ばれる盆地の山裾に勢力を築いた王権が、日本列島のなかに支配領域を拡大していった初期のころである。〟『出雲神話論』（三浦佑之・著／講談社）五七七ページ

三万年前すでに、大陸から南西諸島伝いに日本列島に来て　台湾東海岸から与那国島までの実験航海の記録が下記の本である。『サピエンス日本上陸3万年前の大航海』（海部陽介・著／講談社）なお、

ＮＨＫでも放映された。

多くの共通点がわが国と雲南には　『中国雲南岩絵の謎』（彭飛《ポンフェイ》・編著／雲南省博物館・協力／祥伝社）二六ページに「雲南と日本の驚くべき共通性」という項目があり、鳥居、赤飯、入れ墨、下駄、畳、山や木への信仰などが挙げられる。なお、男女が集まって掛け合いで歌を歌い求婚する歌垣の風習（東南アジア）も共通する。なお、こうした掛け合う言葉には、呪術的力があると信じられていたらしい。

原アジア人から分岐　ＮＨＫの放送で知ったが、縄文人の臼歯の芯から核ＤＮＡを採取することに成功、調べたところ我々日本人がどうやらアジア人が分岐するより昔の原アジア人から分岐した種族らしいと判明した。

隼人　古代に、水田耕作に適さない南九州シラス地帯に住んだ人々。狩猟・漁撈を営み。南方系文化の影響が強い。律令時代には〈吠声〉して宮廷の守護に就いたが、この〈吠声〉は呪術的意味があったらしい。『隼人』（大林太良・編／社会思想社）および『隼人と律令国家』（中村明蔵・著／名著出版）

ポート・モレスビー　恐竜の形をしたパプア・ニューギニア島の尾の部分の北側、ブナ・ゴナ地区から最高峰ビクトリア山（四〇七三メートル）を擁する脊梁山脈オーエン・スタンリー山脈を越えて、南側のポート・モレスビーを攻略する作戦を実施したが、むろん失敗した。

餓島と呼ばれたガダルカナル島といい、インパールといい、当時の軍部上層部には補給という考えが欠落していた。我々がこの事実を知ったのは、「真相はこうだ」などの戦後になってからの報道である。

インパール作戦　インパールはインド東北部アッサム州の町で、ビルマ（今のミャンマー）国境に近い。ここが、いわゆる援蒋ルートの拠点であった。

昭和一八年、ビルマ方面軍が新設されたが、その指揮下にあった第一五軍司令官牟田口《むたぐち》中将が、軽装で山岳地帯を突破して占領するという無謀な作戦を立案し実行したが、失敗に終わった。三個師団いずれもが参加人員二万数千名の半数を失ったが、多くは病気、栄養失調、行き倒れ、餓死だったという。前出『戦中用語集』四〇ページ。

戦略的には大失敗　〝ながい間定まらなかった問題が一挙に解決を見たのである。米国は世論の完全な統一の下に、一糸乱れずに堂々と戦争に突入した。〟『大国の陰謀』（W・H・マクニール・著／実松譲＋富永謙吾・訳編／図書出版社）一七ページ

［第一一章］

生ける書物　〝稗田阿礼はかつての同業者のもとを尋ね歩き、消えかかる物語や歌謡の取材と蒐集に努めたのでは〟『「古事記」の真実』（長部日出雄・著／文春新書）一八ページ

〈天武天皇〉仏教と道教に対しても　『道教と古代日本』（福永光司・著／人文書院）三五ページ

出雲の国譲り　『古代出雲と大和』（水野祐・著／大和書房）二〇ページ

興亜奉公日　国民精神総動員運動というものがあり、この一環として昭和一四年九月一日から毎月一日をそう呼ぶことになった。全国民が早起きして神社に参拝、一汁一菜の食事、禁酒禁煙が奨励された。我々子供は弁当箱に詰めた米飯の真ん中に梅干しが一つ。これを日の丸弁当と呼んだが、なるほど、白地に赤くの国旗に見立てている表現なので、隠喩であるなあ。前出『戦中用語集』五六ページ参照。

無糖アイスキャンデー　戦時中は砂糖が無くなった。この記憶は終戦直後だったと思うが、甘くないアイスキャンデーが、短期間、売られていた。

〈霊魂・量子研究所〉　作者の造語であるが根拠はある。この種の研究は二一世紀将来の主要テーマとなるはずだが、超常現象の科学実験的研究はアメリカではすでに行われているようである。

金鵄　〝金色《こんじき》の霊《あや》し鵄《とび》有りて、飛び来たり皇弓《みゆみ》の弭《はず》に止まれり〟『日本書紀』一巻二三〇ページ

ムナギ　鰻の古形。岩波『古語辞典』に、〝夏やせによしといふ物そむなぎ取りめ食せ〟（『万葉集』三八五三）

〈神武天皇の臍塚〉　徳間書店の取材で出掛けた南九州志布志《しぶし》のとある民家裏の竹林の中にあった。（巻末写真）

洪水と末子相続　〝洪水などによって人類のほとんどが死に絶えたが、兄一人と妹一人が生き残って

結婚し、肉塊や不完全児を経て（多くは二番目に）やっと普通の子を生み、以後子孫が続いて村や島が栄え今に至っているというもの〟『古事記以前』（工藤隆・著／大修館書店）四五ページ参照。

右、伊邪那岐と伊邪那美の国生み神話とあまりにも酷似しているので驚く。戦時下の小学校で日本国民はみな同一の家族だと教えられた記憶があるが、この考えの根拠も、かつて洪水で生き残った兄妹の子孫が我々だ――という神話的思想に基づく教育だったのだろうか。

［第一二章］

神武天皇　父の書架に遺されていたのが『神武天皇論』（橘考三郎・著／天皇論刊行会）、発行が昭和四〇年九月二〇日である。厚さが六センチもある大作だが、『記紀』や『万葉集』その他諸文献からの引用が多い。

天孫族の秘密は金鉱採掘であるならば　東征軍が最初に立ち寄り饗応されたのが豊國の宇沙。ここから近いのが宇佐八幡であるが、興味深い記述を見つけた。〝まことに宇佐の神は黄金と関係する神であった。その上、どうやら宇佐八幡のご神体自身が黄金らしいのである〟『金銀島日本』（田中久夫・著／弘文堂）四四ページ。

那智の滝　この滝には五〇年前、三〇代前半の思い出があり、当時、同人誌で評論活動をしていたわたしは、大阪で眉村卓氏から、「あなたは評論ではなく小説をかくべきだ」と強く勧められた。

その足で列車で紀伊半島をめぐり那智勝浦で下車、バスに乗って那智川上流の那智の滝へ向かった。未だそれほど観光が流行っていなかった時代で、終点に着いたときはわたしだけだった。運転手さんから戻りはこのバスが最終だと告げられていたので、走って滝へ向かい、慌ただしくバス停に戻った。滝の前の広場にはだれもいなかった。社殿には神主もいなかった。冬だったのですでに夕闇が迫っていた。わたしは気配を感じた。この世のものではない何かの……。帰りのバスの中で、たしかに、何かが決まった。あれが、わたしにとっての人生の八衢《やちまた》だったのだろうか。

ともあれ、落差一三三メートル、幅一三メートルの一段滝では日本一の名瀑の背後には、標高九一〇メートルの烏帽子《えぼし》山が聳え、この山系が那智山らしいが、実は神代の隠し金山があったのではないかという気がしてきた。

前出『熊野の謎と伝説』の一四九ページに、明治三九年、この地の鉱山で出水事故が起きたが、原因は池の底が抜けたからであった。しかし、この池は、昔の露天掘りの跡で、見事な鉱石の露頭が現れていた。那智山は優秀な金銅鉱山だったのである。さらに、三菱の総帥岩崎弥太郎《いわさきやたろう》が探したが見付からなかった幻の鳴滝《なるたき》金山も、この地の言い伝えである。

三本足の鴉　まさに橿原神宮のシンボルでもある。中国では黒点がそのように見えたことがあったのだろうか。（カバー裏）

（海彦之子孫が）五条附近に移民　〝南大和の宇智郡には、二見首《ふたみのおびと》や大角隼人《おおすみはやと》など、海幸彦の子孫という南九州出自をにおわす集団が居住しており（新撰姓氏録）、イワレ彦は大和入りにさいして、まず南九州勢力が分住している地域に入っている〟　前出『日本神話の考古学』二一四ページ。

〈クオリア〉　脳は物質であるが、なぜそこから意識や自由意志が生まれるのか。これが人工知能と我々人間との越えがたい違いとなるはずだ。花を見て美しいと感じるのは何故か。元日の日の出を見て感動するのは何故か。大樹を見て神を感じた古代人の心こそがクオリアである。クオリアとは意識の持つ属性の一つであるが、この感受性がなければ『古事記』神話からはなにも読み取れないのではないだろうか。『クオリアと人工意識』（茂木健一郎・著／講談現代新書）参照。

取材写真一覧

神武天皇御降誕伝説地

昭和 57 年、拙著『始皇帝の秘宝』（徳間文庫／ 171 ページ）の取材の際に、南日本新聞社の大野記者の案内で知った。この記念碑は、河口が志布志湾西部にある肝属川の河畔にあり、母親の玉依毘賣命《たまよりひめのみこと》が出産のときの産殿《うぶや》も、ここの河原にあったという伝承があるそうだ。

神武天皇の臍塚

ガイドブックには載っていないパワースポット。近くの唐仁《とうじん》古墳を見学した帰りに立ち寄った民家の裏手の竹林の中にあった。

モーゼ像

拙作『「能登モーゼ伝説」殺人事件』（講談社文庫／263ページ）参照。パリのリヨン駅からTGVで2時間、白牛とワインで知られたディジョンに着く。問題の〈モーゼの井戸〉は、町外れの元修道院、今は軽度の患者を収容する精神病院の敷地内にある。六角形のガラス張りの建物の中にある大きな井戸だ。柱の六聖人の一人がモーゼである。

吾平山上陵

『始皇帝の秘宝』（同ページ）参照。神武天皇の父鵜茸草茸不合命と母の玉依毘賣命の御陵。鳥居の向こうの大きな石屋が見える。強い霊気を感じさせる聖域である。

伊佐良井《いさらい》の井戸

由来は水の出が悪いためらしい。だが、日猶同祖論者はイスラエルの井戸だとする。飛鳥時代、桓武天皇が遷都した平安京をヘブライ語訳すると「エル・シャローム（エルサレム）」になるのだそうだ。京都太秦の広隆寺の境内に向かって、左側へ塀沿いに回ったところにある。実は、今や幻の希書となった「地球ロマン」（復刊1号／1976年8月号）124ページにも書かれているのだが、『太秦（禹豆麻佐）を論す』（佐伯好郎・著／明治41年）の中でも、この井戸のことが取り上げられている。曰く、〝寺内に井戸あり。伊佐良井と呼ぶ其旧井たる疑ふべくもあらず〟。

葦嶽ピラミッド

広島県庄原にある。登ってみるとわかるが、一見、人工物とまちがえそうな巨石の連なりがあるが、明らかに自然物である。この山をピラミッドと認定したのが、山形県出身の酒井勝軍である。

方位石

この十字の割れ目も、自然にできたもので、人工物ではない。

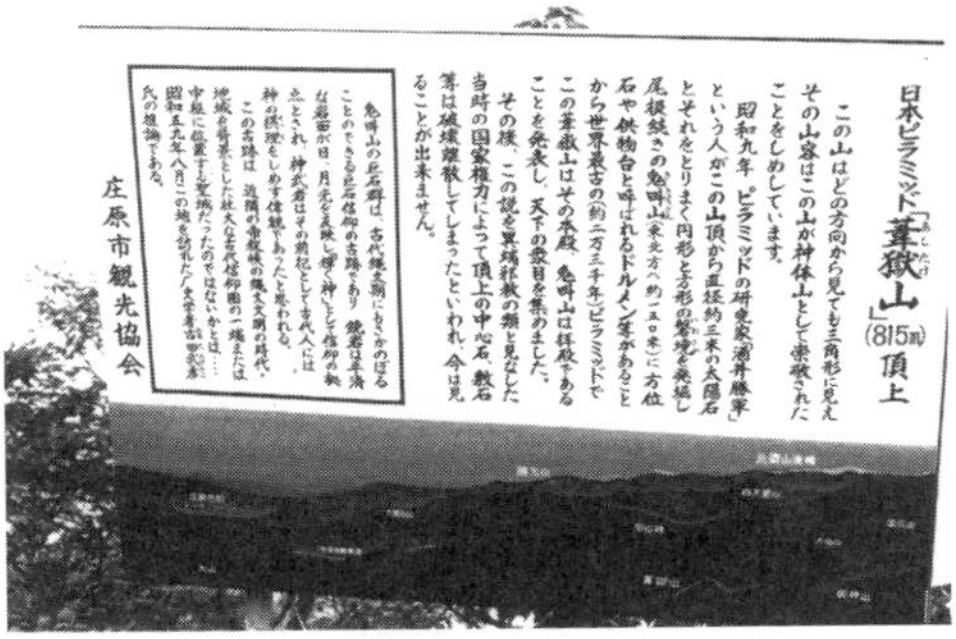

葦嶽山頂上の看板

山頂から奥出雲の方向を望見すると、高くはないが折り臥し連なる中国山地である。岩の露頭がたくさんある地帯で、古代人の想像力を間違いなく喚起するような景観だった。

飛鳥石舞台の内部

奈良県明日香村にある。古墳時代後期とされ、埋葬者は蘇我馬子とされる。当時は墳丘であったが土が剥ぎ取られ石組みのみが残った。現在は拝観料が必要だが、取材した当時は人気もなく自由に内部に入れ、登ることもできた。

電気館通り

本作の舞台となった繁華街。電気館通りは通称で、電気館という映画館があったからである。

飛鳥石舞台の外部

スケールでしきりに計測しているのは作者であるが、体積からおおよその巨石の重量が知りたかったからである。どうやって巨石を積み上げたのか。資料によると、使われている約30個の総重量は2300トンと言われる。採石地は傍らを流れる冬野川の上流約3キロメールの多武峰の麓である。ともあれ、古代人の重量運搬技術は高度である。おそらく、そうした技術を持った帰化人らがいたのであろう。

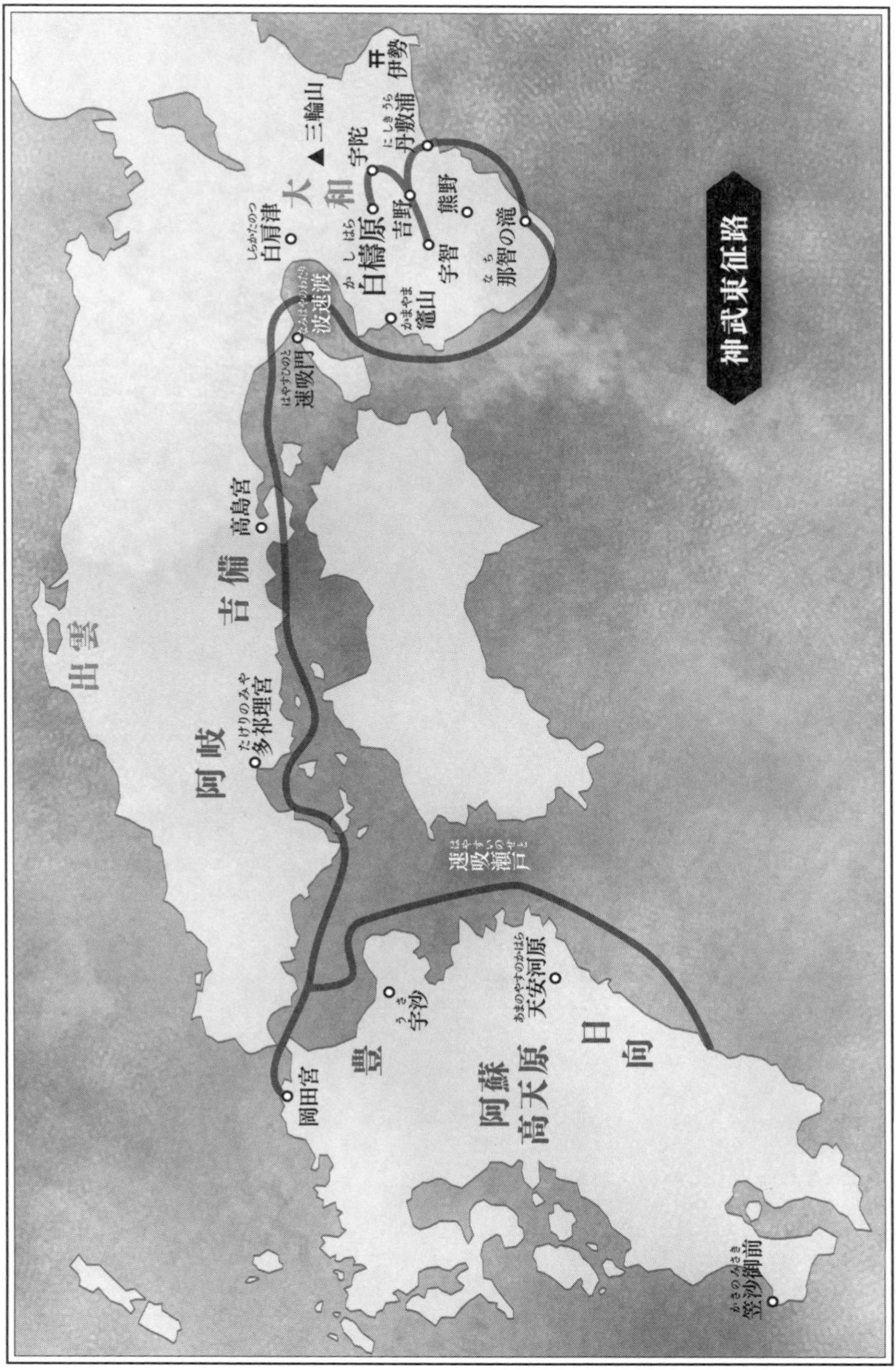
神武東征路
伊勢
丹敷浦《にしきうら》
三輪山
宇陀
大和
白肩津《しらかたのつ》
白檮原《かしはら》
吉野
熊野
宇智
那智《なち》の滝
竈山《かまやま》
波速渡《なみはやのわたり》
速吸門《はやすいのと》
高島宮
吉備
出雲
阿岐
多祁理宮《たけりのみや》
速吸瀬戸《はやすいのせと》
宇沙《うさ》
天安河原《あまのやすのかはら》
豊
日向
岡田宮
阿蘇
高天原
笠沙御前《かさのみさき》

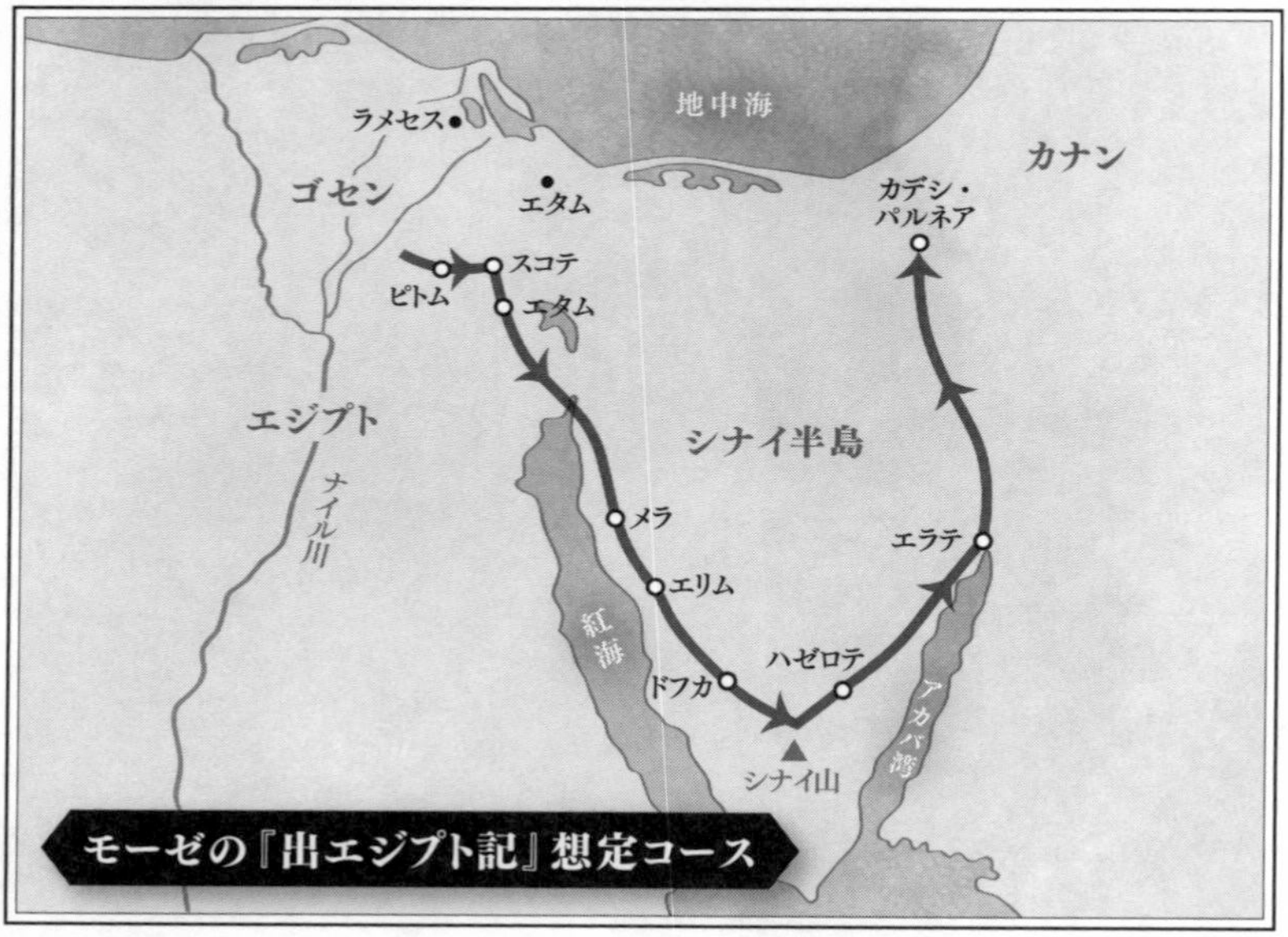
地中海
ラメセス
ゴセン
エタム
カナン
カデシ・
パルネア
スコテ
ピトム
エタム
エジプト
シナイ半島
ナイル川
メラ
エラテ
エリム
紅海
ハゼロテ
ドフカ
アカバ湾
シナイ山
モーゼの『出エジプト記』想定コース

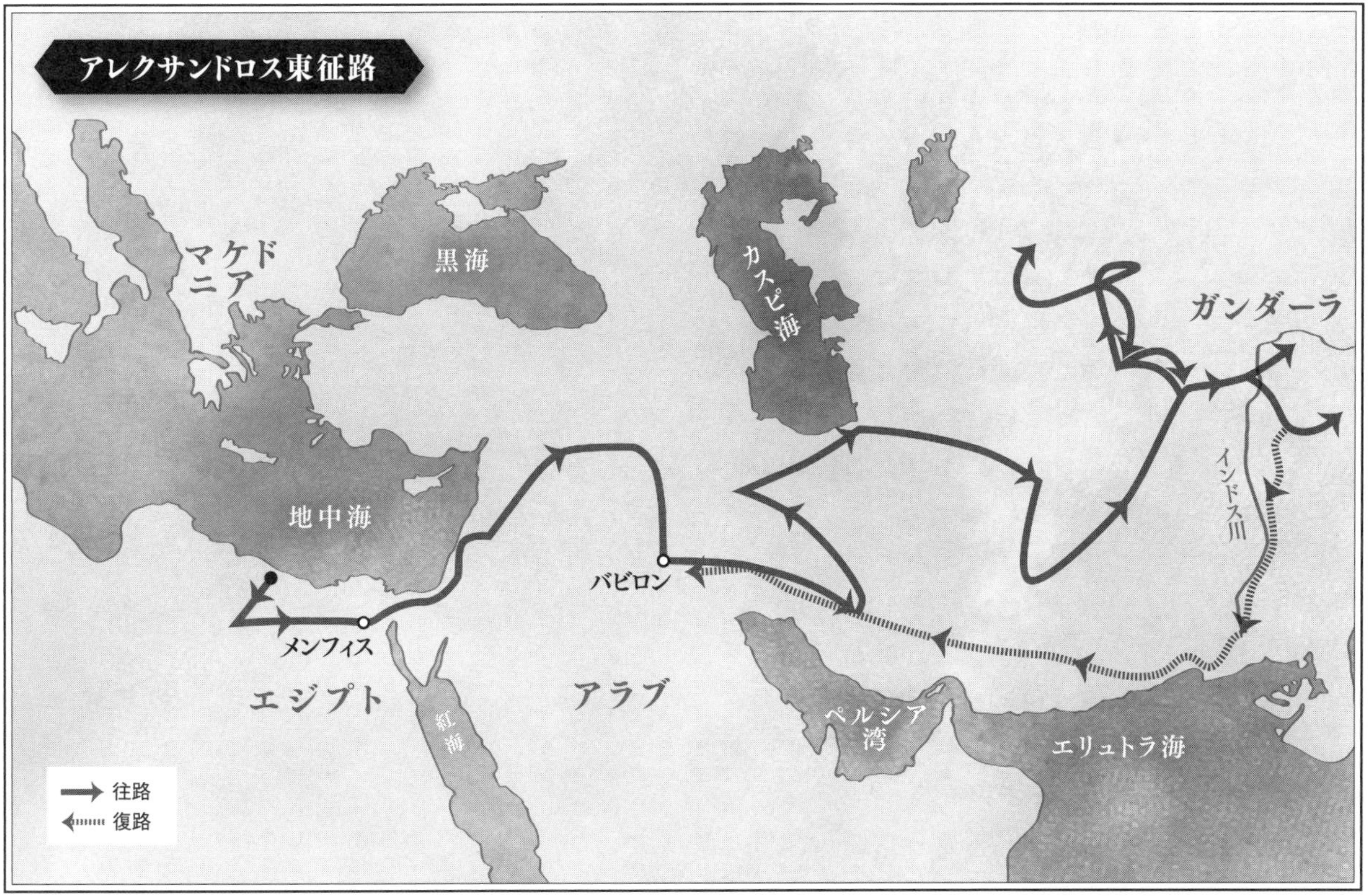
アレクサンドロス東征路
マケドニア
黒海
カスピ海
ガンダーラ
地中海
インドス川
バビロン
メンフィス
エジプト
アラブ
紅海
ペルシア湾
エリュトラ海
往路
復路

全登場人物一覧

山門武史《やまとたけし》　本作の主人公
山門　芳《よし》　武史の父親（他界）、大八州《おおやしま》商事支店長
キヨさん　旅籠竜宮の女主人
エルビス　駐留軍厨房主任を除隊し、小樽湊のカレーライスの店、シカゴを開く
サキ婆さん　旅籠竜宮の飯炊き担当
白《つくも》　兎志子《としこ》　キヨさんの孫娘。小樽湊商科大学に入学
申女卯女子《さるめうめこ》　諏佐世理恵後援会小樽湊支部長
申女春彦　卯女子の兄（他界）
諏佐世理恵《すさよりえ》　参議院議員、婦人人権同盟小樽湊支部長
児屋《こやね》　勇《いさむ》　（株）解放出版社長
月夜見月江《つきよみつきえ》　他界した月夜見隼人（シュメル学の権威）の妻
西塔《さいとう》　西塔自動車整備工場社長
御毛沼神子《みけぬしんこ》　エルビスに店を譲った女性
鍛冶村鉄平《かじむらてっぺい》　鍛冶村組長
鍛冶村秦子《しんこ》　電気館通りの岩戸家の女将（鉄平の実妹）
間土部海人《まどべかいと》　小樽湊警察刑事
少名史彦《すくなふみひこ》　左文字坂の案山子書房店主
天手力男《あまてりきお》　小樽湊海洋大学教養学部教授（ユング研究者）
太《おおの》　晋六《すすむ》　中学教師を辞め、安萬侶海運の社長に就任（タミル語研究者）

牛飼春樹《うしかいはるき》　北海総合大学名誉教授（考古学者）
おせいさん　銀茶楼《ぎんさろう》のママさん
スミルニツキー　白系ロシア人、小樽湊商科大学ロシア語担当教官
宮滝火徳《みやたきかとく》　熊野神仙流宗家（被害者・他界）
宮滝姜永《きょうえい》　同右夫人
宮滝薬子《くすこ》　同右令嬢
熊野神仙流五高弟　絵馬《えま》道士《どうし》
瓢箪《ひさご》道士
魔鏡《まきょう》道士
八角《はっかく》道士
左道《さどう》道士
大太黒光造《おおたぐろみつぞう》　政権与党の大物代議士
丸富一成《まるとみかずなり》　丸富商船会長
嵐　地元衆議院議員赤染真作の秘書
国代《くにしろ》　昇《のぼる》　画家、黒画《こくが》会会員
左田明雄《さだあきお》　小樽湊商科大学、数学担当の教官
井氷鹿《ゐひか》　光《ひかる》　小樽湊商科大学、神代《じんだい》経済学史担当教授
木素貫文《もくそたかふみ》　くだらない亭店主
衣織女《みそおりめ》　月夜見邸のお手伝い
蘇我馬人《そがまひと》　葛城牧場有限会社相談役
憲太郎《けんたろう》　手宮酒造の跡取り息子、〈北前船〉経営

息吹部鉄之介《いふくべてつのすけ》　小樽湊工科大学土木工学科主任教授
畝傍《うねび》　肇《はじめ》　帝都大学社会学部心理学助教授
海部幸彦《かいふゆきひこ》　（株）解放出版編集者
井賀吉夫《いがきちお》　同右編集長
飯島八重子《いいじまやえこ》　小説家志望、岩戸家従業員
嶽《だけ》　富美彦《ふみひこ》　医師、詩人
作事棟夫《さくじむねお》　田岸建築設計事務所主任
倭《やまと》　姫子《ひめこ》　バー久延毘古《くえびこ》のオーナー
ジェームズ　英国海軍将校
鍛人麻羅男《かぬちまらお》　小樽湊商科大学教授、地下資源研究室室長
市村房子《いちむらふさこ》　参議院議員（婦人人権同盟会長）
スミス大尉　月夜見月江夫人のファン（英国将校）

付録　往復書簡

荒巻さん

コロナウィルスのため春学期開始が実質上、五月からになったこともあり、読書時間が増えました。

ご恵贈いただいた『壘』[1]第四号の岩田英哉氏[2]の論考に接して、失礼ながらようやく『有翼女神伝説の謎』に手を伸ばし、様々な刺激を受けた次第です。

のっけから、松田優作にでも主役を張らせたらさぞかしカッコいいであろうハードボイルド映画風の展開に接して引き込まれました。

シュメールをテコにして神武天皇起源説まで転覆し、歴史を脱構築していく二重の時間構造は、もちろんマニエリスムなのですが、基本的にそれはジェイムズ・ジョイスらモダニズム以降の文学において再発見された神話的手法のリメイクであるような気がします。

読みながらずっと考えていたのは、敗戦の意識とも痛切に関わるこうした二重の時間はアメリカのノーベル文学賞作家ウィリアム・フォークナーのいう現実の時間（アクチュアル）と聖書外典的な時間（アポクリファル）の二重構造が音楽で言えば対位法的に絡み合う典型的なモダニズム手法を連想せざるを得なかったということです。

ポストコロニアリズム思想家エドワード・サイードは自身もクラシックピアノの名手ですが、彼のキーワードの一つが、まさに文学におけるこうした二重の時間の「対位法的構造」であり、これはマニエリスムとも矛盾しません。

ちなみに、一九五五年に来日講演したフォークナーは、自身が南部という南北戦争の「敗戦国」の出身故に日本からもいずれこうした敗戦国ならではの「外典的」な想像力を用いた作家がノーベル文学賞を受けるであろうと予言しましたが、ひょっとしたらこうした外典的発想は敗戦国ならばその他の国以上に濃厚になるのではないでしょうか。

かつて荒巻さんに、「最近『時の葦舟』を読み直したらガブリエル・ガルシア＝マルケスの『百年の孤独』に迫る魔術的リアリズムに驚いた」と述べたことがありましたが、そのガルシア＝マルケスが最も尊敬していたのがフォークナーでした。

高山御大[3]が神と仰ぐグスタフ・ルネ・ホッケや、今回の岩田氏が引き合いに出されたトーマス・マンがいずれもドイツ系で、その主要な著作が戦後に出されていることも、偶然とは思えません。

ちなみに、トーマス・マンの『魔の山』はニューヨークでご紹介した北米思弁小説作家サミュエル・ディレイニー[4]の愛読書であり、彼の最大のメタSF『ダールグレン』（一九七五年）に結実します（拙著『パラノイドの帝国』で詳述）。

このころ一九七〇年代中葉の荒巻さんは『時の葦舟』から『神聖代』へ至る神話的想像力へ移行する過程でますますマニエリスム色を強めながら、巧妙に自伝的背景を織り込んでおり、それもディレイニーと呼応します。日米の先端的SF作家の方向性が必然的に交わった、それは瞬間だったと言えるでしょう。

なお「ちゃかぽこ」はもちろん夢野久作『ドグラ・マグラ』へのオマージュに他なりませんが、巻末用語解説には登場しませんね。続刊にてその関わりが明かされるのではないかと、楽しみにしております。

ではでは、乱文乱筆失礼の十乗。

巽 孝之[5]

二〇二〇年四月二五日

【作者による註釈】

註1　『壘』作者が主宰する詩誌、年四回発行

註2　岩田英哉　在野で活動する安部公房研究家

註3　高山御大　学魔とも呼ばれるマニエリスム研究の第一人者、高山宏。最新の著作は大著『高山宏の解題新書　トランスレーティッド』、『アリスに驚け　アリス狩りⅥ』（ともに青土社）

註4　ディレイニー　代表作にネビュラ賞受賞作『バベル―17』、『アインシュタイン交点』、『ノヴァ』など多数。

註5　巽 孝之　アメリカ文学者。『パラノイドの帝国――アメリカ文学精神史講義』（大修館書店）／『現代SFのレトリック』（岩波書店）／『マニエリスム談義――驚異の大陸をめぐる超英米文学史』（高山宏との共著／彩流社）

巽さん

メール便ありがとうございます。

鋭いご指摘のとおり、アニメ製作で使われているレイヤーの手法を自分の小説作法として用いています。透明なセルに描かれた絵を何枚も重ねることで浮かび上がる、新たな世界の構築こそがSFの世界であり、伝統的なリアリズム小説では到達できないより高度な創作技法ではないかと密かに思っています。

実は、持病のための食事制限と今回のコロナ禍で外出も取材も不可能になり、ならばと小学四年まで過ごした小樽を舞台に記憶の世界へ転移しているところです。書いていると往事の出来事が思い出されて、記憶の底

で眠っていた人々にも出会えるという時間旅行を楽しんでいるところです。

で、僭越ながら世界文学を代表する一人、プルーストが『失われた時を求めて』を執筆していた心境が、やっと、少しはわかったような気がしています。

今ちょうど〈小樽湊シリーズ〉の第二作『高天原黄金伝説の謎』を脱稿したところですが、高校時代の修学旅行で京都・奈良に行ったのが古代への開眼でした。作家になってからもあちこちを取材旅行したのですが、いわば『古事記（神話）』という文学作品の実証実験を現地体験で行った結果、いろいろと気になる矛盾がでてきたのです。この疑問を自分なりに解決したいという長年の欲求が動機となり、この作品となりました。

ところが、ここでも、古代の対外関係と現在が、やはり相似的に二重構造で重なることに気付いたのです。どうやらわが国の過去・現在・未来は、ユーラシア大陸の東縁、すなわち地政学用語でいうリムランドの宿命から逃れられないようです。

また、この〈気付き〉こそが小説を書く者にとっての醍醐味なのですが、まさにインナースペースという自分の脳の中で、現実界とは相似的であるが、質的に異なる世界が立ち現れてきました。

ともあれ、巽さんに指摘されたとおり、無意識裡に、学生時代に読み漁った海外文学の影響があるのかもしれません。ある意味、今、自分は〈無意識界の神話〉を書いているのでしょう。

改めて思いますが、歳をとるということは、人それぞれが過ごした長い人生という時間の味を反芻しながら生きるということで、すなわち私のみの財産なのです。

今は世間様とは、ある意味で隔絶した鴨長明と同じ心境ですが、生きている限りは書きつづけたい思っています。

荒巻義雄

二〇二〇年九月一二日

【著者】

荒巻義雄

（あらまき　よしお）


1933年、小樽市生まれ。早稲田大学で心理学、北海学園大学で土木・建築学を修める。日本SFの第一世代の主力作家の一人。

1970年、SF評論『術の小説論』、SF短編『大いなる正午』で「SFマガジン」（早川書房）デビュー。以来、執筆活動に入り現在に至る。

単行本著作数180冊以上（文庫含まず）。1990年代の『紺碧の艦隊』（徳間書店）『旭日の艦隊』（中央公論新社）で、シミュレーション小説の創始者と見なされている。

1972年、第3回星雲賞（短編部門）を『白壁の文字は夕陽に映える』で受賞
2012年、詩集『骸骨半島』で第46回北海道新聞社文学賞（詩部門）

2013年度札幌芸術賞受賞
2014年2月8日～3月23日まで、北海道立文学館で「荒巻義雄の世界」展を開催。

2014年11月より『定本　荒巻義雄メタSF全集』（全7巻＋別巻／彩流社）を刊行。

2017年には『もはや宇宙は迷宮の鏡のように』（彩流社）を満84歳で書き下ろし刊行。

2019年、北海道文学館俳句賞・井手都子記念賞。『有翼女神伝説の謎』（小鳥遊書房）書き下ろし刊行。

現在も生涯現役をモットーに、作家活動を続けている。

高天原《たかまがはら》黄金《おうごん》伝説《でんせつ》の謎《なぞ》

神武《じんむ》東征《とうせい》『アレクサンドロス』・『出《しゅつ》エジプト記《き》』相似《そうじ》説《せつ》の真偽《しんぎ》

2020年12月5日　第1刷発行

【著者】
荒巻義雄

発行者：高梨 治
発行所：株式会社**小鳥遊《たかなし》書房**
〒102-0071　東京都千代田区富士見1-7-6-5F
電話 03 (6265) 4910（代表）／FAX　03 (6265) 4902
http://www.tkns-shobou.co.jp

編集協力　有限会社ネオセントラル
装幀　渡辺将史
地図　デザインワークショップジン
印刷・製本　モリモト印刷株式会社

ISBN978-4-909812-49-0　C0093